CISNE

Biblioteca de

Constance O'Banyon

Constance O'Banyon

El canto del ruiseñor

Traducción de
Antonia Kerrigan

COLECCION CISNE

Título original: *Song of the Nightingale*
Diseño de la portada: Método, S. L.
Ilustración de la portada: Franco Accornero

Tercera edición: abril, 1999

Printed in Spain – Impreso en España

ISBN: 84-01-50874-6 (vol. 36/1)
Depósito legal: B. 16.668 - 1999

Fotocomposición: B. B. & S., S. L.

Impreso en Litografia Rosés, S. A.
Progrés, 54-60. Gavà (Barcelona)

M 508746

Este libro es para ti, Bobbi Smith Walton.
Si las riquezas pueden medirse
en la lealtad de un amigo,
yo soy muy rica.

A mi marido, Jim,
y a mis hijos, Pam, Rick, Kim y Jason,
quienes permiten que mamá
sufra una metamorfosis cuando se acerca
el plazo de entrega,
y quienes al haber finalizado
siguen queriéndome.
Para ti, Sharon,
maravillosa nuera,
que a menudo acude a mi rescate.

Mi especial agradecimiento
a una encantadora niña,
Kassidy Sullivan,
que me permitió tomar prestado
su hermoso nombre escocés.

CANTO DEL RUISEÑOR

En el soplo de los vientos estivales, si escucháis bien,
podéis oír el canto del ruiseñor.

En la víspera del despertar del verdadero amor,
os brinda la serenata de un cuento apasionado.
Así que prestad atención, vosotros los amantes,
al encanto del ruiseñor.

Llevado por la melancolía, canta con intensa nostalgia
para soportar la noche y el inminente amanecer
del invierno.

CONSTANCE O'BANYON

1

Londres, 1810.
Una casa en Percy Street.

Raile DeWinter subió por las escaleras de la moderna casa de ciudad preguntándose por qué su tío, el duque de Ravenworth, había mandado llamarlo con tanta urgencia. Su tío había estado enfermo durante más de tres años, y ahora Raile temía que estuviera muriendo.

Entregó el sombrero al mayordomo, que lo recibió con una sonrisa tensa.

—¿Sabes por qué mi tío desea verme, Larkin? —preguntó, consciente de que el mayordomo estaba al corriente de todo cuanto ocurría en la casa de su tío.

Los viejos ojos del criado no parpadearon al responder:

—Su excelencia no confía en mí.

—¿Desea verme ahora?

—Se me ha ordenado que en cuanto llegara lo hiciera subir. El doctor, lord John... y su madrastra ya están con su excelencia.

Los ojos de Raile se nublaron.

—Así pues, excepto mi hermano Hugh, el clan está reunido.

—No esperamos la llegada de su hermanastro —confirmó el criado, volviéndose hacia las escaleras y subiendo con decisión.

Cuando llegaron a la habitación de su tío, Raile se adelantó a Larkin.

—¿Por qué no sigues con tus obligaciones? Yo mismo me anunciaré.

Por un instante, el mayordomo lo miró con acritud, pero luego se alejó con indiferencia, mientras Raile abría la puerta y entraba en la habitación.

El duque sentía aversión hacia la luz del sol, así que a Raile no le sorprendió que la estancia estuviera sumida en la oscuridad. La única luz provenía de una lámpara que había en la mesilla de noche, iluminando débilmente la cama y dejando el resto de la habitación en penumbra. A pesar de ser un día cálido, el fuego ardía en la chimenea de mármol negro. El calor era insoportable y el ambiente opresivo, intensificando el olor a medicamentos.

Como nadie había advertido la entrada de Raile, éste permaneció en la sombra, observando.

Su excelencia, William DeWinter, el duque de Ravenworth, yacía en una enorme cama, con la pierna afectada de gota apoyada en varios almohadones y una expresión contraída en los profundos rasgos de la cara.

El doctor Worthington, después de mirar con inquietud al duque, se acercó a los pies de la cama y comenzó a ajustar los vendajes que le envolvían la pierna, luego apartó el bastón del anciano cuando le rozó un punto sensible.

Raile movió los labios. El duque no estaba tan cerca de la muerte como había temido y se sintió aliviado, pues sentía afecto por el severo anciano.

Raile observó a los presentes en la habitación. Su primo John, heredero del título, había sido amigo de Raile desde la infancia. John estaba de pie cerca de la cama, hablando con su padre.

Luego dirigió la mirada hacia su madrastra, Lavinia, que con ojos inexpresivos, parecía ausente. Nunca se había sentido unido a la mujer con que se había casado su padre tras la muerte de su madre. Por supuesto, él nunca había vivido con ellos, de modo que había tenido pocas oportunidades de conocer a Lavinia. Su padre había muerto un año después de que naciera el hermanastro de Raile, Hugh. Lavinia y su hijo continuaron viviendo en Londres, mientras Raile permaneció en el campo, en la propiedad de su tío.

Trató de pensar objetivamente en Lavinia. Comprendía por qué su padre se sentía atraído hacia ella. Su rizada cabellera negra le enmarcaba la cara, y tenía una figura tan esbelta como la de una muchacha. De rostro deslumbrante, en su juventud debía de haber sido muy bella, ya que, de hecho, seguía siendo una mujer atractiva. No obstante, la dureza de su rostro le resultaba desagradable.

Raile se compadecía de Hugh. Lavinia había dominado tanto a su hijo que éste se había convertido en un pelele, aferrándose a cada una de las palabras de su madre como si fuera incapaz de pensar por sí mismo. Personalmente no admiraba a ninguno de los dos, pero los toleraba porque eran de la familia.

De pronto, el duque vociferó una obscenidad y lanzó un vaso al aire. Pasó cerca de la cabeza del doctor Worthington, que se secó la cara con el puño de la camisa.

—Excelencia, ¿cómo puedo tratar su gota si critica mis métodos? Cuando le alivio el dolor, me reprende para que no le aplique ninguno de mis nuevos tratamientos científicos. Luego, cuando le sugiero vendarle las piernas, me acusa de practicar la medicina antigua. Así pues, excelencia, ¿qué debo hacer?

—¡Fuera de aquí! —exclamó el duque con tanta vehemencia que se le hincharon las venas del cuello—.

¡Llévese su maldita medicina de brujo y vaya a torturar a cualquier otro desgraciado!

El doctor pasó junto a Raile, abrió la puerta y salió con rapidez.

—Buenos días, tío —saludó Raile, acercándose a la cama—. Veo que sigues atemorizando al doctor Worthington. Es sorprendente que siga tratándote.

El duque abrió los ojos desorbitadamente.

—Te mandé llamar hace unas tres horas. Te lo has tomado con calma —dijo con acritud.

—Vine en cuanto recibí el mensaje, tío. Al parecer, mi preocupación por tu salud era infundada, ya que puedes seguir atormentando y dominando al doctor Worthington.

Por un instante, la expresión del anciano demostró respeto.

—Eres el único al que nunca he podido controlar, Raile —dijo a regañadientes.

Ambos se miraron, comprendiéndose. Los labios de Raile esbozaron una ligera sonrisa.

—No es exactamente así, tío. Al igual que hace el doctor Worthington, ¿no acudo cada vez que me llamas?

El duque trató de incorporarse, con la mirada dura y el malhumor apenas controlado.

—Bastante me desagrada el motivo que me ha llevado a llamarte, Raile —espetó.

—¿Por qué? —preguntó Raile, perplejo—. ¿Hay algo que te inquieta?

—Te traté como a un hijo, te acogí en mi casa cuando mi hermano volvió a casarse y te eduqué con mi propio hijo John, ¿no es así?

Antes de responder, Raile miró a John extrañado.

—Sí, tío —asintió—. Siempre estaré agradecido.

—Y cuando cumpliste los veintiún años, ¿no te permití dejar el castillo de Ravenworth y llevar tu propia vida? ¡Responde!

Raile se acercó aún más a su tío.

—Así es. Hiciste todo eso.

—Y correspondes a mi generosidad deshonrando el viejo y distinguido nombre de DeWinter —le acusó el duque, con la cara enrojecida cuando levantó el puño sobre Raile—. ¡No lo toleraré!

Raile fijó la mirada en su tío durante un buen rato. Luego dijo, controlando su propia ira:

—Ignoro cuándo he deshonrado tu nombre. Si me han acusado de algo, que mi acusador de un paso al frente.

—¿Es cierto que te han visto en compañía de lady Harriet Pinsworthy? —inquirió el duque.

Raile miró a su madrastra. En aquel momento, Lavinia pareció inspeccionar el dobladillo de su vestido, aunque Raile advirtió una sonrisa de satisfacción. Lavinia sabía que Hugh salía con lady Harriet... todo Londres lo sabía, pero al parecer, no iba a decírselo a su tío.

Sigilosamente, volvió a mirar al duque.

El anciano siguió delirando:

—Según tengo entendido, no sólo alardeaste de esa vergonzosa relación, sino que también disparaste al marido de esa mujer en un duelo de honor.

La expresión del duque se tornó lívida, y sus manos nudosas temblaron mientras apretaban los puños.

—¡Un duelo de honor en el que por tu cobardía, Raile, disparaste al hombre por la espalda! Es un milagro que lord Pinsworthy siga vivo. ¿Acaso creías que porque semejante desgracia sucediera en un remoto pueblo, yo no me enteraría? ¿Creías que permitiría que el nombre de esta familia quedara manchado por la cobardía?

La expresión de Raile no mostró la turbación que albergaba en su interior. Le sentó como un doloroso golpe en el corazón que su tío creyera todas esas infamias sobre él. No obstante, mantuvo la calma y dijo con voz fría:

—¿Puedo preguntarte cómo te llegaron esas noticias?

La cara de su tío palideció aún más y se recostó, cerrando los ojos.

—Buena pregunta, pero no me siento con ánimos de responder.

Raile miró a John, que asintió ligeramente a Lavinia. Luego se volvió y se situó frente a su madrastra, que lo miraba con una evidente expresión de triunfo en sus fríos ojos azules. Quizá había mentido deliberadamente... pero Raile no podía imaginar el porqué.

Raile controló el tono de su voz, aunque sus ojos emitían destellos de ira.

—¿Fuiste tú, Lavinia?

La mujer se adelantó presurosamente para acercarse al duque, interponiendo la cama entre ella y Raile.

—No quería decírselo, Raile, pero permitir que tus actos quedaran impunes, sería nuestra ruina —dijo con voz temblorosa.

Por fin, Raile comprendió que Lavinia había mentido con el fin de desacreditarlo, asegurándose de que Hugh siguiera disfrutando del afecto del duque.

—¿Qué hay de mi hermano, Lavinia? —inquirió—. ¿Por qué no está presente mientras me enfrento a mis acusadores?

—Yo no te estoy acusando, Raile —se excusó John como si desafiara a su padre.

—¡Nadie ha pedido tu opinión, John! —rugió el duque—. ¡Limítate a cerrar la boca mientras me ocupo de tu primo!

Por un instante John pareció dispuesto a añadir algo, pero bajó la mirada y retrocedió.

Raile sabía que John no lo apoyaría. En aquel asunto estaba solo. ¿Sería capaz de descubrir la sarta de mentiras de Lavinia?

—No has respondido, Lavinia. ¿Dónde está mi hermano? —insistió.

—Mi hijo está en la escuela. Tal y como se espera de él, se esfuerza en los estudios. —Lavinia meneó la cabeza y se encontró con la mirada despectiva y desafiante de Raile—. Le dije a tu tío que lo negarías, Raile.

El orgullo se mezcló con el dolor y Raile repuso:

—Te equivocas. Lavinia, si mi tío cree en tus palabras, no lo negaré.

El duque se incorporó, apoyándose en un codo.

—Por supuesto que la creo. A diferencia de la primera esposa de mi hermano, Lavinia procede de una antigua y respetable familia. Le dije a tu padre que no sacaría nada bueno casándose con la hija de un comerciante. Pero ignoró mis advertencias. Sólo me alegro de que no viva para ver la vergüenza que el hijo de la comerciante a hecho recaer sobre esta familia.

Enfurecido, Raile avanzó un paso hacia su tío, que se dejó caer sobre las almohadas.

—Puedes decir lo que quieras de mí, pero no escucharé ni una sola palabra más sobre mi madre. Cuando murió, mi padre quedó destrozado. Fue el primer matrimonio que le dio amor y riqueza, y lo sabes tan bien como yo.

La cara del duque enrojeció de ira y le tembló la mano.

—Lo que yo sé, Raile DeWinter, es que la respetabilidad no se puede comprar. Soy consciente de que durante estos años has estado manteniéndome. Pero nunca te lo pedí y no esperes que lo agradezca.

—¿Tienes la desfachatez de ignorar que es el dinero de mi madre el que permite vivir a la familia DeWinter?

El duque le lanzó una mirada desafiante.

—¡Guarda tu maldito dinero, Raile!

—¿Por qué iba a hacerlo, tío? Quiero que recuerdes, cada vez que te lleves un bocado a la boca o que pagues a tu mayordomo, que es el dinero de la industria de mi abuelo materno el que te lo permite.

—No eres más que una vergüenza para todos. ¡Vete de esta casa y no vuelvas mientras yo siga vivo! ¡Si el idiota de mi hijo te permite volver después de mi muerte, será él quien sufra por tu conducta escandalosa!

Montado en cólera, Raile se volvió dispuesto a salir, deseando que hubiera algo o alguien contra quien verter su ira.

La airada voz de su tío lo siguió al otro lado de la puerta y por las escaleras.

—¡Márchate del país y no vuelvas jamás a Inglaterra!

Furioso, bajó las escaleras y llegó a la puerta principal antes de que John lo alcanzara.

—¡Espera, Raile, tengo que hablar contigo!

Raile se libró con un gesto de la mano de John y apartó de su camino al asustado mayordomo, abriendo la puerta de golpe. Sabía que John le seguía, pero no quería hablar con nadie.

John insistía en que le escuchara y volvió a cogerlo por el brazo, obligándolo a detenerse.

—Los dos sabemos que fue Hugh quien se batió con lord Pinsworthy.

Raile alzó la mirada, tratando de aplacar su ira.

—Todo Londres sabe que él fue el responsable del duelo. No puedo creer que a tu padre no le llegaran los rumores. Y lo peor de todo, no puedo imaginar por qué tiene un concepto tan bajo de mi carácter.

—Sólo se entera de lo que Lavinia quiere que se entere. Sabes de sobras que siempre ha querido seducirlo —respondió John con amargura—, y padre se deja engañar con facilidad por ella.

—Creí que Hugh diría la verdad.

El rostro de John se endureció.

—¡Maldita sea, Raile! ¿Cuándo te darás cuenta de que Hugh hace lo que quiere Lavinia?

Raile lo miraba con incredulidad.

—Pero si Hugh hubiera estado aquí hoy, hubiera admitido su culpabilidad. Mi hermano no permitiría que me culparan a mí.

—Te equivocas, Raile. ¿Recuerdas cuando esa muchacha del pueblo de Ravenworth tuvo un hijo bastardo? Era hijo de Hugh, pero él dijo a todo el mundo que tú eras el padre. La culpa recayó sobre ti, exactamente igual que ahora. ¿Cuándo admitirás que Hugh no merece tu lealtad?

—Hasta que él me lo demuestre, John.

—Hugh es un bastardo, Raile. Siempre lo ha sido y siempre lo será.

—Estoy seguro de que no sabe nada de las mentiras de Lavinia. —Raile suspiró, deseando que fuera cierto—. En fin, no importa, me voy en busca de un regimiento.

—¿Insinúas que vas a tomarte al pie de la letra las palabras de mi padre? ¿No irás a abandonar Inglaterra?

—Desde hace tiempo he estado pensando en alistarme en el ejército. Este incidente me ha ayudado a decidirme.

John metió las manos en los bolsillos.

—Te conozco lo suficiente para darme cuenta de que, si has tomado una decisión, nada de lo que diga te detendrá. Sólo deseo...

—Ya está bien, John. Dejémoslo. Cuida de ti y de mi tío, ya que soy incapaz de desearle nada malo. Y si alguno de vosotros necesita algo, ponte en contacto con mi procurador y él se ocupará.

John pareció avergonzado.

—Me alegro de que por fin haya salido a la luz el hecho de que eres tú quien carga con los gastos de esta familia.

—Esperaba que mi tío lo supiera. Por cierto, ¿cómo se enteró?

—Verás, el verano pasado fui al despacho del administrador y me informó de que mi padre debía recortar sus gastos. Tras insistir un buen rato, admitió que, desde hacía años, tú pagabas los gastos de la familia. Se lo dije a mi padre. Pensé que debía saber qué estabas haciendo por nosotros. —John meneó la cabeza—. Te debemos tanto y, sin embargo, te hemos ofrecido tan poco...

Raile estaba impaciente por marcharse.

—No me debéis nada. Soy yo quien está en deuda con tu padre y contigo, John. Durante años me dio un hogar.

—¿Por qué no le dijiste a mi padre la verdad sobre Hugh?

Raile observó por unos instantes el cielo despejado antes de mirar los ojos sinceros y azules de John.

—¿Por qué no se lo dijiste tú, John?

Sin esperar una respuesta, Raile se volvió y se marchó.

2

Seis meses después.
Otra casa en Percy Street.

La pequeña Kassidy Maragon, de trece años de edad, corrió escaleras abajo en la moderna casa de su tía, con la mejilla enrojecida por la bofetada que su hermano le había propinado. Evitó varios carruajes y se encaminó hacia el parque situado al otro lado de la calle.

Henry no se había mostrado comprensivo con la pequeña Trudy, después de que esta descubriera que un compañero de juegos había destrozado su muñeca. Desconsolada, la niña sollozaba mientras su padre la amonestaba por no cuidar de sus posesiones y la castigaba sin jugar durante un mes.

Kassidy no lamentaba haber consolado a la niña en contra de las órdenes de Henry. Había llamado a su hermano «monstruo indeseable» y él la había abofeteado.

Kassidy respiró hondo y se secó las lágrimas de los ojos. Dentro de dos días ya no estaría bajo el duro dominio de Henry. Hacía un año que sus padres estaban en la India, y por fin volvían a casa.

Henry había cumplido a regañadientes la solicitud de sus padres de llevar a sus hermanas a Londres para recibirlos. Era la primera vez que Kassidy estaba en

Londres, y se negaba a permitir que su hermano le estropeara la visita. Se olvidó por completo de él cuando vio un vendedor ambulante, cantando mientras pregonaba sus mercancías.

Al oír que la llamaban, Kassidy miró al otro lado de la calle y vio a su hermana mayor, Abigail, haciéndole señas. Con un gesto, indicó a Abigail que se reuniera con ella en el parque.

A pesar de ser hermanas, eran muy distintas. Abigail tenía unos rasgos preciosos y el pelo rubio. Sus modales eran refinados y sus gestos siempre correctos. A Kassidy nunca le había gustado su propia melena rubia, y se consideraba cualquier cosa menos una dama.

Los tres años de edad que separaban a las hermanas, no parecían importar; eran grandes amigas. Kassidy atribuía su afinidad a la naturaleza afectuosa de Abigail. Consideraba a su hermana dulce y paciente, mientras ella tenía un carácter acalorado y poca paciencia para los imbéciles.

—¿Te has hecho daño, querida? —le preguntó Abigail, con una expresión de preocupación en el rostro?

—No, él no podría hacerme daño. Hoy soy tan feliz...

—Henry es un monstruo, y les diré a nuestros padres cómo te ha maltratado. —Abigail apoyó la cabeza de Kassidy en uno de sus hombros—. No permitiré que te pegue nunca más. Ha tenido suerte de que tía Mary no fuera testigo del incidente. Le hubiera dado una buena reprimenda.

—Apuesto a que tía Mary le hubiera devuelto la bofetada.

Las dos niñas rieron con complicidad.

—Mira —dijo Kassidy, olvidándose de su hermano—, en ese árbol hay una ardilla.

—Tenemos que volver, Kassidy —le recordó Abigail—. Sabes que tía Mary espera invitados para tomar el té.

—¿Qué importa? Se trata de la vieja suegra de Henry y sus queridas hijas... Son tan egoístas que no soporto estar en la misma habitación con ellas.

—Bueno, pero no podemos decepcionar a tía Mary. Se ha tomado muchas molestias en nombre de Henry.

—¡Mira! —insistió Kassidy, señalando hacia lo alto—. La ardilla se ha metido en ese agujero del árbol. ¿Crees que vivirá ahí todo el año?

Abigail, a los dieciséis años, se creía estar por encima de esos asuntos infantiles.

—No lo sé. No me interesan los hábitos de un roedor.

—¿Qué comerá un roedor en Londres?

Abigail sonrió ante el gran entusiasmo de Kassidy por la vida.

—Estoy segura de que tío George podría contestar a esa pregunta.

—¿Crees que madre y padre nos llevarán a Drury Lane? —preguntó Kassidy, alzando la mano y partiendo una pequeña rama—. Quiero ver las floristas vendiendo lavanda en las calles y comprar limonada en un puesto ambulante.

—A mí me gustaría ver el palacio. Tío George me ha prometido que podré visitar el Parlamento —dijo Abigail—. Me apetece tanto navegar por el Támesis en un barco cubierto...

—Pues yo preferiría ir a Ascot y ver los elegantes caballos —añadió Kassidy, pensativa—. ¿Crees que padre y madre querrán volver al campo lo antes posible?

—En realidad, no importa lo que hagamos mientras estemos juntos —dijo Abigail—. Los he echado muchísimo de menos.

—Además, Abigail, Henry ya no podrá darnos órdenes. Un año viviendo bajo sus severos dictados es mucho tiempo.

Abigail asintió mostrando su acuerdo.

—Henry no puede ser un hombre feliz. Nunca sonríe y le molesta que los demás lo hagan. Siento tanta pena por nuestra sobrinas... ¿Por qué crees que es así?

—No lo sé. No se parece a padre ni a madre —dijo Kassidy. Luego sonrió con picardía y agregó—: Quizá lo abandonaron unos gitanos.

—Supongo que deberíamos compadecernos de él. Después de todo, Patricia no lo trata muy bien.

—A veces eres demasiado buena, Abigail —dijo Kassidy con desdén—. No me importa Henry ni su mujer. Quiero divertirme y ellos no son divertidos. Henry cree que el demonio Londres construyó Londres para su propio uso. Merece ser desgraciado.

Kassidy y Abigail intercambiaron sendas miradas.

—¡Pero nosotras no! —exclamaron al unísono, y se echaron a reír.

—Será mejor que volvamos a casa, Kassidy. —Abigail dirigió la mirada hacia el sol—. Arruinarás tu cutis si te quedas aquí mucho tiempo.

—Ve tú. Quiero quedarme un rato más. Prometo que volveré antes de la hora del té.

Abigail la miró por unos instantes y pensó que no debía dejar a Kassidy sola en el parque. Pero cuando vio a varias niñeras con sus niños, transigió.

—No te ensucies el vestido nuevo. Supongo que querrás tener buen aspecto cuando vayamos a recibir a nuestros padres.

Kassidy observó a Abigail cruzar la calle y entrar en la casa. Se sentó en un banco de mármol y estudió atentamente un pez de colores que aparecía y desaparecía entre las liliáceas. Por supuesto, lo que más amaba era el campo, pero en Londres cada día era como una nueva aventura. Sumida en sus pensamientos, no vio a dos chicos que se acercaron por detrás, hasta que uno se colocó entre ella y el estanque.

—¿Qué tenemos aquí, Elmer? ¿Crees que es una de las encantadoras niñas del otro lado de la calle? Quizá sea demasiado remilgada para nuestro gusto.

Kassidy parpadeó y fijó la mirada en los dos niños, que llevaban escobas y cepillos colgados de los hombros. Sus ropajes estaban cubiertos de hollín y tenían el rostro ennegrecido. Sin duda eran deshollinadores de chimeneas.

Kassidy les dio la espalda. No tenían el derecho de tomarse tantas confianzas con ella.

—Al parecer, se considera demasiado elegante para hablar con nosotros —se mofó uno de ellos.

—Así es. Marchaos —dijo ella con acritud.

—Vamos, Hank —intervino el otro muchacho—. ¿Por qué no la dejas en paz? No te ha hecho nada.

Hank sonrió con arrogancia y dijo:

—Me pregunto si sería tan altiva si la arrojara al estanque.

De inmediato Kassidy se volvió hacia el chico y le miró, desafiante.

—¡No te atreverás!

Hank avanzó hacia ella con decisión, la cogió por el brazo y la llevó hacia el estanque.

—Ya veremos, señorita... ya veremos...

Kassidy le propinó una patada en la rodilla y el muchacho la soltó. Hank aulló de dolor tras recibir un puñetazo en el estómago, mientras su compañero observaba la escena con regocijo.

—Tienes lo que mereces. Ahora déjala en paz. Papá estará esperándonos. —Sin más palabras, Elmer se alejó.

Cuando Hank recobró el aliento, arremetió contra Kassidy, pero no llegó a alcanzarla porque un oficial del ejército de su majestad, con insignia de coronel, lo levantó del suelo y lo sostuvo unos segundos suspendido en el aire.

—Muy bien, muchacho, al parecer, no tienes nada mejor que hacer que atormentar a niñas indefensas. Seguro que tirarla al estanque no sería una gran proeza. —El oficial observó a Kassidy y añadió—: es tan pequeña... Eres mucho mayor que ella.

Hank trató de liberarse.

—Le aseguro que sabe defenderse. ¡Es un demonio!

El oficial, Raile, observó a la pequeña que, con los puños cerrados y la mirada desafiante, contemplaba a su agresor.

—Sé a qué te refieres —Raile liberó al muchacho—. Si quieres luchar, alístate al ejército y hazlo contra los franceses.

El muchacho pareció avergonzado.

—Lo siento, señor. —Miró rápidamente a Kassidy y dijo—: Le pido disculpas, señorita. —Y tras recoger a toda prisa las escobas y los cepillos se alejó corriendo.

—¿Te ha hecho daño?

Kassidy alzó la mirada hacia su salvador. Era el hombre más apuesto que jamás había visto. Si Abigail se hubiera quedado un poco más, le habría conocido. Sin duda se hubiera quedado prendado con su belleza y se hubiera enamorado.

—No me ha hecho ningún daño. Gracias, señor.

Sonriendo, Raile se arrodilló frente a ella.

—Quizá no estés herida, pero te has manchado tu precioso vestido blanco.

Ella observó las oscuras manchas en la manga y meneó la cabeza, algo consternada.

—Tía Mary me compró este vestido y se suponía que no debía ensuciarlo. Tenía que ponérmelo mañana para recibir a mi madre y mi padre.

Él sacó un pañuelo del bolsillo, lo humedeció con el agua del estanque de peces y le frotó la manga.

—Quizá pueda ayudarte. —Frotó con cuidado la mancha, mientras Kassidy lo miraba, esperanzada.

Cuando la mancha desapareció, se sintió aliviada. Deseó arrojarse en los brazos de su salvador, pero no se atrevió. Sin duda, era el hombre más compasivo que jamás había conocido.

—Bueno —dijo Raile DeWinter, poniéndose de pie—, si no se lo dices, tía Mary nunca se enterará. —Le dio el pañuelo y agregó—: Tienes una pequeña mancha en la frente, pero será mejor que te la quites tú.

Kassidy se frotó la mancha durante unos segundos. Cuando iba a devolverle el pañuelo, Raile la cogió de la mano y dijo:

—Guárdalo como recuerdo. Quién sabe cuándo volverás a necesitarlo...

—Gracias —dijo Kassidy, observando su cabello negro mecido por el viento—. Ahora debo irme, pero no olvidaré tu amabilidad.

—Vamos, date prisa.

Dio unos pasos, se volvió de nuevo hacia él y preguntó:

—¿Volveré a verte alguna vez?

De pronto, los ojos de Raile se oscurecieron de tristeza y repuso:

—Me temo que no. Parto mañana.

—¿Lucharás contra los franceses?

—Sí.

—Pensaré en ti y sabré que estoy a salvo porque estás entre Napoleón y yo —dijo emocionada.

Él sonrió, sorprendido. Aquella jovencita de ojos verdes era un verdadero encanto.

—Haré todo lo posible para que estés a salvo.

—Pensaré en ti como mi buena estrella, mi campeón.

Raile hizo una reverencia formal, intentando mantener la compostura.

—Me enorgullezco de ser tu campeón. Te aseguro que no eludiré mi responsabilidad hacia ti. Ahora debo desearte un buen día.

Kassidy cruzó rápidamente la calle. Cuando se volvió, él ya no estaba.

Al observar el pañuelo, vio que tenía una inicial bordada en negro. Recorrió con el dedo el llamativo reborde de la letra R, lamentando no haber preguntado su nombre.

Kassidy guardó su tesoro en el bolsillo y subió corriendo por las escaleras.

Ardía en deseos de contar a Abigail su encuentro con el guapo oficial que la había rescatado de un remojón en el estanque. Sin duda estaría muy celosa.

Durante la cena, Kassidy se sentó al lado de tía Mary, tan lejos de Henry como le fue posible. Desafiando los deseos de Henry, tía Mary había insistido en que Kassidy cenara con los adultos y no con los niños.

Kassidy hundió la cuchara en el helado de limón y se la llevó a la boca, mientras devolvía la sonrisa a tío George. Ella lo adoraba. Aunque su tío no tenía título, formaba parte de la Casa de los Comunes y era una presencia importante y distinguida en el Parlamento. No obstante, para ella sólo era el tío George, y siempre le había parecido cariñoso y divertido.

Observó la mirada afectuosa que intercambiaron su tío y su tía. Tía Mary era hermana de su madre. Todos aseguraban que Kassidy se parecía a ella, pero dudaba que algún día llegara a ser tan bella como su tía, aunque las dos tenían el pelo rubio y siempre se habían llevado muy bien.

Mientras tomaba su helado de limón, Kassidy miró de reojo a su hermano, Henry, y a su mujer, Patricia. Henry tenía unos treinta años, era alto y delgado, y aunque se parecía a su padre, todo lo que éste tenía de afable, él lo tenía de desagradable.

—No me parece bien que los niños coman con los adultos —objetó Henry mirando a Kassidy con acritud—. Es una forma de malcriarlos y luego son indomables.

Patricia, de tez pálida y ojos grises y huidizos, se mostró de acuerdo con su marido asintiendo con la cabeza.

—Tonterías —repuso tía Mary, sonriendo a su sobrina favorita—. Kassidy está a punto de convertirse en una hermosa dama. Mientras esté en mi casa, no cenará con los niños ni se acostará al atardecer.

Kassidy miró fijamente a Abigail y ésta sonrió, disfrutando de la incomodidad de Henry. Su hermano nunca se atrevería a contradecir a tía Mary.

En aquel momento el mayordomo entró en la sala y se acercó a tío George, entregándole una carta.

—Lo siento, señor, pero es urgente.

George leyó la nota. Abrió los ojos desorbitadamente y clavó la mirada en su mujer. Luego dijo:

—Retirémonos al estudio.

De inmediato, todo el mundo se levantó y comenzó a abandonar la sala. George asió la mano de su mujer, deteniéndola.

—Vuestra tía y yo nos reuniremos con vosotros enseguida.

Kassidy y Abigail se sentaron en el sofá de piel cogidas de la mano.

—Apuesto a que madre y padre se han retrasado —dijo Abigail con preocupación.

—Es muy probable —convino Henry con acritud—. Espero que no sea por mucho tiempo. Estoy harto de Londres.

Poco después, cuando sus tíos entraron en el estudio, era evidente que tía Mary había estado llorando.

—¿La carta era de padre y madre, tío George? —preguntó Kassidy, ansiosamente—. ¿Llegarán más tarde de lo previsto?

Su expresión se ablandó al mirarla.

—Me temo que no vendrán —respondió con tristeza—. Verás, Kassidy, el barco en que viajaban se hundió en el mar. Me duele tener que deciros que no ha habido supervivientes.

Kassidy meneó la cabeza con incredulidad. Las lágrimas inundaron sus mejillas, estaba segura de que no podría soportar el dolor.

—¡No! —exclamó, y Abigail la abrazó para consolarla—. ¡No puede ser... padre y madre no!

Tía Mary se acercó a las dos niñas, rodeándolas con los brazos.

—Oh, queridas, ¿qué podemos decir?

Kassidy se agarró a Abigail y ambas sollozaron con el corazón destrozado.

El día, que había comenzado con tantas esperanzas, se había convertido en una tragedia. Kassidy tuvo la impresión de que la vida había terminado. Jamás volvería a ver a su querida madre ni a su padre. La envolvió un sentimiento de irrealidad.

Abigail lloraba desconsoladamente. De pronto, Kassidy logró reprimir la pena que sentía para consolarla.

—Vamos, vamos, querida, nos tenemos a nosotras... Lo superaremos. Abrázame fuerte.

Henry se levantó y masculló:

—Bien, al parecer ahora soy el jefe de la familia. Intentaré estar a la altura de nuestro padre. Él así lo hubiera esperado.

Abigail y Kassidy intercambiaron una mirada desesperada. Encontrarse para siempre bajo la tutela de un frío y odioso hombre, aumentó su pesar.

El día que el carruaje abandonó Londres, llovía. Kassidy estaba sentada al lado de Abigail, cogiéndole la mano. Henry y Patricia viajaban en el primer carruaje, mientras ellas iban en el segundo con la niñera.

Henry había asumido el lugar del cabeza de familia. Había heredado el título de vizconde de su padre y estaba aceptando todas las responsabilidades con gran seriedad.

Tía Mary le había rogado que dejara que Kassidy y Abigail se quedaran con ella, pero él se había negado tenazmente, insistiendo en que las niñas de su edad necesitaban disciplina y alguien que vigilara cada uno de sus movimientos.

Abigail apoyó la cabeza en el hombro de Kassidy y susurró:

—No sé cómo podré soportar tanto dolor.

—Siempre me tendrás, Abigail. Nunca te dejaré.

—No creo que pueda hacerlo sin ti, Kassidy. Dependo de tu coraje.

Kassidy cerró los ojos, sintiendo que acababa de dejar atrás la infancia. Abigail era frágil, así que ella tendría que ser fuerte por las dos.

3

Bélgica. 17 de junio de 1815.
Waterloo.

La noche cayó en cuanto las nubes de una tormenta de mal agüero ocultaron el sol. Los relámpagos rompían la impenetrable oscuridad iluminando la campiña, mientras los truenos retumbaban en el cielo como el ruido de una bala de cañón.

Los regimientos británicos, exhaustos por la batalla, se hacinaban bajo las tiendas de campaña, esperando protegerse de la inminente lluvia. A lo lejos, el ruido de esporádicos disparos rompían el silencio cuando los francotiradores de ambos bandos intercambiaban ráfagas.

Un fuerte relámpago bailó tumultuosamente en el cielo. Un silencio extraño cubrió la tierra y las primeras gotas de lluvia empezaron a caer con fuerza.

El coronel Raile DeWinter se puso el abrigo y se encaminó hacia las hogueras del campamento. Había cabalgado durante dos días para unirse a su tropa y, por el camino, había tropezado con dos refriegas.

Al caminar, sus espuelas plateadas tintineaban, pero estaba demasiado cansado para quitárselas.

Saludó a un grupo de soldados que se apresuraron a ponerse en pie.

—Calma, muchachos. Guardad vuestras fuerzas para la batalla de mañana —les ordenó Raile.

Se detuvo en la entrada de su tienda para echar un vistazo al campamento y a los bosques. Las escoltas le informaron de que Napoleón y sus fuerzas iban en ferviente persecución de Wellington. Por la mañana, sin duda se enfrentarían al enemigo. Muchos de los soldados acampados allí aquella noche, mañana morirían.

La victoria sería para el más fuerte, y Raile, como la mayoría de los británicos, apoyaría a Wellington.

—¡Enviaremos a esos perros al infierno, coronel! —exclamó uno de los soldados, que intentaba pulir los botones de su harapiento uniforme.

Raile miró al hombre atentamente. Era muy joven, tenía la ropa empapada, y debía de sentirse miserable, pero en sus ojos se reflejaba un entusiasmo que Raile envidió.

—Así es, soldado. Si no lo creyéramos, no estaríamos aquí.

El regimiento 34 de los Light Dragoons había estado al mando de Raile desde la campaña portuguesa, y tenía todos los motivos para sentirse satisfecho de la actuación de sus hombres, ya que habían obtenido todos los honores por su propio esfuerzo. Aunque sus uniformes estaban hechos trizas y sus caras marcadas por la fatiga, algo en sus ojos indicaba a Raile que se entregarían ferozmente a la batalla.

—¿Mañana acabará todo, señor? —inquirió el joven soldado, deseando que su superior lo tranquilizara de nuevo—. ¿Venceremos por fin a Bonaparte?

—Creo, al igual que el general Wellington, que propinaremos un buen puntapié a Napoleón. Si llegan los prusianos, sin duda obtendremos la victoria —respondió Raile con total naturalidad.

Entró en su tienda y sonrió a su ayuda de cámara,

Oliver Stewart, que le saludó con cierta reprobación.

—Le esperaba más temprano, coronel.

—Hubiera llegado hacia el mediodía de no haber encontrado resistencia por el camino —dijo Raile cansinamente. Se desabrochó la chaqueta roja del uniforme—. Los bosques están plagados de enemigos.

—Vamos... —dijo Oliver, ayudando a Raile a quitarse la chaqueta—, yo lo haré, señor. Está calado hasta los huesos. Va a coger una pulmonía.

—Te preocupas demasiado —comentó Raile, dejándose caer en el catre mientras Oliver le quitaba las botas cubiertas de barro.

—¿Ha comido, coronel?

—No quiero nada —repuso, sitiéndose agotado—. Sólo necesito descansar.

Oliver asintió con la cabeza y comentó.

—Sus botas necesitarán brillo, coronel. Mañana querrá tener un buen aspecto.

Raile se desprendió de la chaqueta y se tumbó.

—Tú también debes descansar, Oliver. Mañana pondremos a prueba nuestras fuerzas.

El fiel ayudante, con las botas llenas de barro en las manos y las ropas sucias bajo el brazo, apagó la lámpara y se retiró.

Raile cerró los ojos, deseando que le invadiera el sueño. Sin embargo, por algún extraño motivo, los insistentes recuerdos del pasado le venían a la mente, impidiéndole descansar. Respiró hondo e intentó concentrarse en la inminente batalla. Los franceses utilizarían todas sus fuerzas, era su última esperanza.

Estaba cansado de la guerra y deseaba volver a Inglaterra. Cuando terminara la lucha, volvería a casa y se enfrentaría a su pasado.

No había pensado en Inglaterra desde hacía meses... al menos no de manera consciente. ¿Por qué de pronto le abordaban aquellos dolorosos recuerdos? Supuso que quizá le importaba la posibilidad de que pudiera morir antes de justificarse ante su tío.

Apretó los puños de rencor. Tenía mucho que hacer cuando volviera a Inglaterra. Su honor se había puesto en entredicho y juró limpiar su nombre antes de morir.

Pensó en lo insignificante que había sido su vida antes de luchar bajo las órdenes de Wellington y de haberse enfrentado a la muerte en cada una de las batallas. En Londres había pasado las noches entre los brazos de bellas mujeres, y los días entre cacerías y fiestas con el príncipe de Gales y sus favoritos.

Qué intranscendente le parecía ahora aquella vida... y qué distante. Con la lluvia cayendo sobre la tienda de campaña, finalmente su mente angustiada halló tranquilidad en el sueño.

Domingo, 18 de junio.

Era casi mediodía cuando el eco de los primeros disparos resonó en el valle.

Raile alzó su catalejo para observar la posición del enemigo. El terreno surcado estaba húmedo por la tormenta de la noche anterior, y los aliados tenían problemas para transportar los pesados equipos. Los ejes de los cañones quedaban empantanados, dificultando que los soldados pudieran apuntar hacia el enemigo que se aproximaba. Tras múltiples esfuerzos, los pesados cañones estuvieron listos para disparar.

Cada vez que un cañón abría fuego, el estruendo retumbaba por todo el valle. El olor de la pólvora, penetrante y acre, impregnaba el ambiente. El humo parecía quedar suspendido sobre el paisaje, disipándose con lentitud. Cuando la batalla se desató, las nubes de sulfuro se mezclaron con la constante neblina, como un fantasmagórico presagio de la infernal devastación. El valle quedó sembrado de muertos y heridos.

Los ojos de Raile se oscurecieron cuando observó el campo de batalla, donde florecía la cosecha de cebada y patatas... Se dijo que aquella realidad quizá formaba parte de un mundo irreal pisoteado por las botas de los soldados que avanzaban.

Observó las fuerzas francesas lanzándose a la carga. ¿Estaban realmente seguros de la victoria? Él había luchado en suficientes batallas para saber que la muerte no honraba tributos a nadie, que no favorecía a ninguna nación, que no respetaba causa alguna. Sin duda aquellos locos valientes se darían cuenta de que al final prevalecería el más fuerte. Y sólo Dios sabía quién era el más fuerte. Pero ¿se trataba tan sólo de la estrategia de Napoleón contra la astucia de Wellington?

Durante horas, se libraron duras batallas sin que ninguna de las partes cediera terreno. Napoleón enviaba grandes columnas de hombres que atacaban las primeras filas británicas.

Entrada la tarde, la atención de Raile se centró en la infantería francesa, que avanzaba, marchando con doble refuerzo, hacia el flanco derecho de Wellington.

Hubo una salvaje batalla, tras la que Wellington se vio obligado a retroceder.

Raile y sus hombres se encontraron con los lanceros franceses y sus sables dispuestos. Las espadas resonaron por encima del eco de los cañones. Alguien anunció que habían llegado los prusianos. Por Dios que sea cierto, rogó Raile cuando la lanza de un enemigo le hirió en el hombro, derribándolo del caballo. Por un momento, lo invadió un dolor abrasador. Trató de incorporarse y advirtió que varios cientos de prusianos habían avanzado a su derecha. Pero algo iba mal. Al parecer, el comandante había muerto y el caos se había apoderado de sus hombres. Los prusianos abandonaban sus posiciones y se retiraban hacia la seguridad de los bosques.

Raile evaluó la situación y se dio cuenta de que si los prusianos, presos del pánico, no mantenían sus posiciones, el enemigo penetraría en las líneas y atacaría a Wellington por el flanco derecho, su punto más débil. Metiendo la bota en el estribo, montó en la silla. Entre cañonazos, cabalgó hacia el enemigo, que avanzaba sobre los prusianos que se daban a la fuga.

Los hombres de Raile observaron su maniobra y, alentados por su heroica acción, corrieron tras él al galope.

El sol se reflejaba sobre los sables cuando se libró el siguiente ataque.

A galope tendido, Raile alcanzó la bandera prusiana atada a una lanza y la recogió. Sin pensarlo dos veces, se enfrentó a un muro de caballería francesa. Uno de sus enemigos, con la espada manchada de sangre, se abalanzó sobre Raile, pero éste hundió su espada en el corazón del francés, cuyo rostro reflejó el pavor de la muerte al observar la bandera prusiana clavada en su cuerpo como el estandarte de la victoria.

Al ver su bandera ondeando sobre el cadáver del enemigo, el orgullo de los prusianos pareció renacer de repente y, retrocediendo, avanzaron por la colina para enfrentarse a los franceses con renovado fervor.

La batalla no tardó en convertirse en una lucha por la supremacía, en un combate a muerte con Raile inspirando lealtad en el pecho de los ingleses y los prusianos.

De pronto, su caballo fue herido y Raile tuvo que seguir la lucha a pie. El sudor y la sangre le escocían los ojos, aunque no sabía si se trataba de su propia sangre o la del enemigo, pero no importaba. Raile blandió la espada en el aire, seccionando carne y huesos. Sintió un intenso dolor y bajó la vista, advirtiendo una profunda herida en su pierna. No obstante, empuñó la espada y se enfrentó al enemigo.

El tiempo no tenía sentido... lo único que importaba era matar o morir.

De pronto, se produjo una fuerte explosión cerca de Raile, que se tambaleó a causa de un golpe que recibió en la cabeza. Perdió el equilibrio y cayó al suelo, pero de inmediato volvió a levantarse. Luego le pareció que el mundo se desvanecía y sintió que caía al vacío.

No fue consciente de que sus hombres lo rodearon para protegerlo, luchando por mantener al enemigo alejado. No oyó las fantasmagóricas cornetas indicando la retirada de los franceses. No fue consciente de lo que ocurría entre las filas del enemigo, ni de que la batalla se había vuelto en contra de las fuerzas francesas, que ahora eran asediadas por Wellington.

Raile recuperó la conciencia en el momento en que varios hombres lo levantaron para llevarlo a la tienda hospital situada tras las líneas. En medio del caos, observó una tierra baldía que durante los años venideros cargaría con las huellas de aquella guerra. Por un instante pensó que se encontraba en el infierno.

Para los franceses, la esperanza se había convertido en desesperación, agravada por la certeza de que su poderoso emperador había sido derrotado. Raile vio cómo los hombres que se batían en retirada pisoteaban sus propias banderas abandonadas.

Oliver trató de infundirle ánimos disimulando su preocupación.

—Se repondrá, señor. Es una herida superficial.

Raile tenía la cara ensangrentada, y las heridas de la pierna y el hombro sangraban profusamente.

Trató de levantarse, pero el dolor era tan intenso que fue inútil.

—¿Mi tropa...?

—Siete muertos y veinte heridos. Es una proeza,

señor —aseguró Oliver—. Será mejor que no hable. Los cirujanos esperan que se tranquilice para ocuparse de sus heridas... Pronto volverá a ser el de antes, señor.

Raile suspiró débilmente. Ambos sabían que estaba gravemente herido.

—¿Hemos... ganado? —insistió Raile.

—Sí, coronel. Aunque al parecer la Vieja Guardia de Napoleón ha decidido permanecer hasta el final en su puesto para proteger la retirada del emperador. Pero no aguantarán demasiado.

—Digno en la batalla, digno en la derrota —murmuró Raile, aferrado a su sable y, tras mirar fijamente a Oliver, mascullò—: Hoy hemos sido testigos de la muerte del corso, Oliver. No se recuperará de esta última locura.

Raile dirigió la mirada hacia el campo de batalla, sembrado de cadáveres de hombres y caballos... pertenecientes a ambos bandos.

—Tantos muertos... parece tan inútil...

Lo colocaron en un carro con otros heridos para transportarlos al campo más próximo al hospital. Oliver se sentó junto a él y le apoyó la cabeza mientras traqueteaban por los angostos caminos. El dolor se intensificó y Raile volvió a sumirse en la oscuridad.

A primera hora de la mañana, el cirujano extrajo el fragmento de mosquete de la pierna de Raile, pero la herida en la cabeza era otro problema. Tras limpiar la herida, dijo a Oliver:

—He hecho todo lo posible por él —secándose las manos ensangrentadas—. Ahora todo depende de Dios.

—Es un hombre fuerte, lo conseguirá —dijo Oliver con convicción.

—Si tuviera que apostar, lo haría en contra. La herida de la cabeza es profunda, y tiene un fragmento que no me atrevo a extirpar, ya que podría estar demasiado cerca del cerebro. Si se produce un milagro y sobrevive, puede que su cerebro quede afectado o que pierda la visión.

Oliver cogió al médico por el brazo e imploró:

—¡Tiene que salvarlo! No hay otro hombre como él... valiente y lleno de coraje... Es un héroe.

El doctor dirigió la mirada hacia los catres repletos de heridos y muertos.

—Todos son héroes, pero la mayoría morirán, como sin duda le ocurrirá a este hombre.

A lo largo de las lentas horas del día y parte de la noche, Oliver estuvo a su lado, mientras en el exterior los victoriosos soldados del regimiento 34 de los Light Dragoons esperaban bajo la lluvia la noticia de si su oficial comandante viviría o no.

Al amanecer, las densas nubes seguían cubriendo el sol. Un sentimiento de melancolía invadió a los hombres del regimiento 34 cuando se les ordenó que se incorporaran al resto de las tropas, abandonando a su comandante sin saber cuál sería su destino.

Oliver estaba sentado junto a Raile, observando la lluvia repiquetear contra la ventana mientras sus camaradas se alejaban.

Por la tarde se personó un oficial británico. Al verle, Oliver se abrochó la chaqueta e intentó alisarse el cabello.

—Calma, soldado —dijo el hombre, observando a Raile—. Soy el general Greenleigh de la plantilla del general Wellington. Me ha enviado para conocer el estado del coronel DeWinter.

—El doctor apenas tiene esperanzas de que sobreviva, señor.

—Tu coronel se llevó toda la gloria en la batalla de ayer.

—Sí, señor, así es —convino Oliver, orgulloso—. Fue un ejemplo para todos nosotros.

—El general Wellington es consciente de su heroicidad y se ocupará de que sea condecorado.

Oliver se encontró con la mirada compasiva del general.

—No creo que la gloria pueda hacerle mucho si muere, señor.

El general Greenleigh miró la punta de sus brillantes botas y dijo:

—El general Wellington ha ordenado que el coronel DeWinter sea trasladado a Bruselas, donde recibirá los mejores cuidados médicos.

—No estoy seguro de que sobreviva a un viaje como ése, señor.

—El general Wellington ha puesto a su disposición uno de sus carruajes, que encontraréis bien dispuesto. El hecho de que el coronel DeWinter esté inconsciente quizá sea una bendición. Así no sufrirá la incomodidad del viaje.

Oliver asintió, preguntándose si el coronel viviría lo suficiente para llegar al hospital.

El doctor, de pie junto al general Greenleigh, negó tristemente con la cabeza.

—Morirá antes de una hora, general.

—Está bien —dijo el oficial, pensando ya en otros asuntos—. Escribiré las cartas para su familia. Lo lamento. Era un buen hombre.

Oliver miró a Raile, que estaba pálido y sobrecogido de dolor, respirando con dificultad.

—Están locos —murmuró el soldado, sintiendo resentimiento hacia los dos hombres que se disponían a abandonar a Raile—. No conocen tu espíritu de lucha. Nunca te han visto enfrentarte a las circunstancias más adversas. Saldrás de esta, coronel. Sé que lo harás. Te has enfrentado a cosas peores...

4

Kassidy estaba en el jardín cuando oyó que las campanas de la iglesia del pueblo empezaban a tañer. Inglaterra celebraba su victoria. ¡La guerra por fin había terminado y Napoleón había sido derrotado!

Sonrió al recordar al oficial que había conocido en el parque, frente a la casa de tía Mary, cuando era pequeña. Entonces lo había llamado infantilmente su campeón, pero seguía pensando eso de él. Aunque había olvidado su aspecto, se había acostumbrado a rezar por él cada noche... y sólo deseaba que hubiera salido a salvo de la guerra. Lamentaba que jamás sabría con seguridad si su campeón había sobrevivido.

Entró en la habitación que compartía con Abigail, se dirigió hacia el espejo y observó su imagen mientras se quitaba el sombrero. Sin vanidad, sabía que era hermosa. Ya no tenía pecas, y su piel era cremosa e impecable. Los rizos de su cabellera rubia le cubrían los hombros. Era esbelta y delicada. No había perdido su espíritu combativo, pero ya no era tan impulsiva. Se había convertido en una joven dama acostumbrada a comprobar la admiración en los ojos de los hombres. En la iglesia podía sentir cómo la observaban, pero para Henry, ninguno de los hombres del pueblo era adecuado para ella y, por supuesto, ninguno se atrevería a cortejarla por temor a su hermano.

Abigail y Kassidy nunca habían estado a solas con un caballero, y Henry haría todo lo posible para que la situación no cambiara. Gobernaba la casa como un tirano, y trataba a sus hermanas como si no fueran más que sirvientas. Asimismo, ignoró los ruegos de tía Mary de que permitiera a las chicas pasar una temporada en Londres con ella.

Kassidy sabía que por las calles del pueblo habría bailes y festejos, y que la celebración seguiría durante toda la noche. Suspiró con pesar y se dijo que Henry nunca permitiría que disfrutara de la fiesta.

Abrió una ventana y oyó el griterío. Después de encender una vela, corrió las cortinas y observó los últimos rayos de sol. Buscó ansiosamente a su hermana. Estaba preocupada porque Abigail aún no había vuelto. Pensó que quizá estaba en el pueblo.

Henry, como hombre devoto, había permitido que Abigail cuidara de los niños del vicario hasta que su enfermiza esposa diera a luz al quinto hijo. Cuando aquella misma mañana Kassidy vio al vicario en el mercado, le había preguntado por Abigail, pero él había insinuado que no la había visto desde el pasado domingo. Así pues, Abigail no se dirigía a la vicaría al salir de casa, ¿adónde iba?

De pronto, oyó pasos en el pasillo y se dirigió rápidamente hacia la puerta. Al abrirla, vio a Abigail con la cara sonrojada como si hubiera estado corriendo.

—¿Dónde has estado? —preguntó Kassidy en un susurro, e hizo entrar a su hermana en la habitación y cerró la puerta tras ellas—. Henry ha preguntado por ti. Estaba de muy malhumor.

—No me importa el humor de Henry.

Kassidy miró a Abigail y dijo:

—Deberías tener cuidado. Hoy he visto al vicario...

Abigail evitó la mirada de Kassidy.

—Supongo que te ha dicho que no he ido a la vicaría

en toda la semana —comentó quitándose el sombrero.

—Abigail, nunca ha habido secretos entre nosotras. ¿Qué ocurre? ¿Estás metida en algún lío?

—Oh, Kassidy, no puedo seguir ocultándolo. ¡Estoy enamorada! —Abigail rió y abrazó a su hermana—. Es el hombre más maravilloso del mundo. Sólo soy feliz estando a su lado.

Kassidy se quedó atónita.

—¿Cuándo has podido conocer a alguien? Conozco a los mismos caballeros que tú, y no creo que ninguno de ellos sea maravilloso.

Los ojos de Abigail brillaron al decir:

—Verás, lo conocí en la fiesta de Navidad de lady Broadwick. ¿Recuerdas que te negaste a ir porque decías que esas fiestas son aburridas? Pues bien, yo fui porque es la única reunión social a la que Henry nos deja asistir.

—Lo recuerdo.

—Él... bueno, nos sentimos atraídos desde el primer momento. Todas las damas coqueteaban descaradamente con él, pero sólo se fijó en mí. Lady Broadwick se quedó perpleja porque me sacó a bailar tres veces y no bailó con su hija Emily... —Se interrumpió para recuperar el aliento—. Esa misma noche hicimos planes para encontrarnos al día siguiente. Puesto que Henry nunca le permitiría venir a casa, me cité con él en el cementerio de detrás de la iglesia.

Kassidy se sintió algo traicionada.

—Nunca me hablaste de ese hombre.

Abigail miró a su hermana como disculpándose.

—Henry siempre te echa las culpas a ti, así que preferí no decírtelo. Si descubre que he estado engañándolo, sólo me castigará a mí. No podrá culparte de nada porque no lo sabías.

—Abigail, debes dejar de ver a ese hombre. Si Henry se enterara...

—Es demasiado tarde, querida —la interrumpió—. Alégrate por mí, Kassidy... voy a casarme.

Kassidy se sentía confusa. Si Abigail se casaba, escaparía de una vida monótona bajo el control de Henry, pero por otro lado añoraría a su hermana y se sentiría muy sola.

—Pero ¿y si ese hombre no te merece, Abigail? Sabes muy poco de la vida y aún menos de los hombres. Sólo ves el lado bueno de las cosas. ¿Cómo puedes juzgar a un hombre cuando se trata del amor?

Abigail empujó a su hermana a la cama y se acostó junto a ella.

—Si lo conocieras te impresionaría. Es un hombre muy importante. ¡Oh, querida, alégrate por mí porque estoy con el hombre que amo!

—¿Quién es?

—No puedo decírtelo, Kassidy, al menos de momento. Pero cuando me haya casado y tenga una casa, vendrás a vivir con nosotros.

—No sé qué decir, Abigail. ¿Cómo puedes amar a un hombre al que apenas conoces?

—Desde el principio, nos las hemos arreglado para citarnos varias veces a la semana. Nos encontrábamos por las tardes, cuando se suponía que estaba impartiendo clases de canto a las hijas de la señora Hardy.

—Deberías habérmelo dicho. Sabes que te hubiera ayudado en todo lo posible —le reprochó Kassidy.

—Nunca quise decepcionarte. Él y yo discutimos el asunto y decidimos no decírselo a nadie. Me hizo prometer que ni siquiera te lo diría a ti. Verás, su madre tiene sus propias ideas acerca de con quién debería casarse. Duda de que me aceptara. Pero ¿qué podrá hacer si ya estamos casados?

—Esto no me gusta —dijo Kassidy con suspicacia—. Si es un hombre de honor, al menos debería venir a ver a Henry y pedir tu mano formalmente. ¿Y qué ocurrirá si sólo ha prometido casarse contigo para que te marches con él?

Abigail se echó a reír y respondió:

—No lo sé, pero confío en él, Kassidy. —Abigail negó con la cabeza y agregó—: Sabes que Henry nunca daría su consentimiento. Me encerraría y nunca permitiría que volviera a ver a mi amor.

Kassidy sabía que Abigail estaba en lo cierto.

—Quiero conocerlo. Alguien de la familia debe conocerlo.

—No hay tiempo, Kassidy. Me marcho con él esta misma noche.

Kassidy apretó la mano de su hermana.

—No hagas nada de lo que puedas arrepentirte.

—Nunca me arrepentiré de abandonar esta casa, que Henry ha convertido en una prisión. Lo único que me entristece es tener que abandonarte. —Apretó su mejilla contra la de Kassidy—. Prometo enviarte noticias en cuanto pueda, pero no te preocupes si no sabes de mí durante un tiempo. Todavía no sé cómo podré escribirte sin que Henry se entere.

—No puedo dejar que te marches sin saber adónde vas.

—Estaré con un hombre que me ama y que sólo desea mi felicidad. No debes preocuparte por mí.

—¿Cuáles son tus planes? —inquirió Kassidy, preocupada.

—A medianoche me encontraré con él en el cruce. Antes de que amanezca, seré su esposa.

Kassidy suspiró, resignada.

—En ese caso, será mejor que preparemos tus pertenencias. Vamos, te ayudaré.

Los ojos de Abigail se llenaron de lágrimas.

—Sabía que lo comprenderías. Espero que Henry no te haga sufrir por lo que estoy haciendo.

—No te preocupes por mí. Me encargaré de Henry.

—Nunca he comprendido por qué siempre te ha odiado, Kassidy. Siempre recibías los castigos cuando estaba descontento con alguna de nosotras.

—Soy la única persona que lo desafía. Los hombres como Henry quieren que los demás tiemblen de miedo ante ellos... pero yo no le temo, y eso le molesta.

—Por favor, ten cuidado. —Abigail sacó una carta del bolsillo—. Voy a dejar esto en la mesa del vestíbulo. Le he escrito sobre la fuga.

Kassidy abrió el arcón de madera que había a los pies de la cama de Abigail.

—Lamento que tu vestuario sea tan exiguo. Padre enriqueció a Henry, pero él es tan mísero que discute hasta el último céntimo.

Abigail sacó una pequeña maleta de debajo de la cama.

—No importa. No necesito mucho. Mi amado me ha prometido un nuevo vestuario y todo cuanto desee.

Kassidy volvió a sentir cierto recelo.

—Si supiera un poco más sobre ese hombre...

—Cuando sepas quién es, ya estaré casada. Acaba de obtener una gran fortuna y pronto heredará un viejo y distinguido título.

Kassidy reprimió el llanto cuando puso las raídas pantuflas de Abigail en el maletín. Debía pensar en lo feliz que sería y olvidarse de su propia desgracia cuando su hermana se marchara.

Henry estaba furioso. Abrió con fuerza la puerta de la habitación y cogió a Kassidy por el brazo, pasándole la carta de Abigail por la cara.

—¿Qué significa esto?

Kassidy apenas había dormido y, de pie frente a su hermano, sabía que había llegado el momento que tanto temía.

—Sabes tan bien como yo que es una carta de

Abigail —respondió, soltándose—. Se ha ido. Ya no podrás hacerle daño.

Henry retrocedió para abofetearla, pero la desafiante mirada de sus ojos le detuvieron.

—La encontraré, no temas, y antes de lo que crees.

Kassidy negó con la cabeza.

—¡Aunque lo supiera, no te diría dónde está! Me alegro de que se haya marchado.

Henry la empujó contra la cabecera de la cama, pero sus ojos seguían desafiándolo.

—Padre y madre no te educaron para ser tan cruel. Si hubieras sido más amable con Abigail, no hubiera tenido que escapar.

—¡Qué poco sabéis de mi vida ninguna de las dos! Aunque tú y Abigail nunca lo hayáis agradecido, os he protegido y dado un hogar. Cuando nuestros padres no estaban en Egipto o Florencia, estaban en la India, dejándome a mí a vuestro cuidado. Pues bien, murieron igual que vivieron, haciendo recaer sobre mí sus responsabilidades.

—Nunca ves las cosas como son, Henry. Todo se mueve alrededor de ti. Tus conversaciones se inician con tus deseos y acaban con tus necesidades. No hay alegría en tu vida, y eres incapaz de ver nada bueno en los demás. Incluso tus propias hijas te temen.

El labio inferior de Henry tembló de ira y dijo:

—Eres tú quien debe temerme, pequeña. Siempre me has desafiado, y siempre he culpado a tía Mary de tu espíritu rebelde.

—Jamás dejaré de oponerme a ti, Henry. Seguiré desafiándote hasta el día de mi muerte.

—Pero al final perderás, Kassidy. No me detendré hasta que tu espíritu esté destrozado y te haya enseñado a ser humilde.

De pronto, se dirigió a la puerta, sacó la llave y la introdujo por el otro lado.

—Creo que pronto llegará el día en que veas las cosas a mi modo. Antes de que te deje salir de esta habitación, me dirás lo que quiero saber.

Kassidy le miró fríamente y replicó:

—¡No te diré nada, Henry!

Tras abandonar la estancia, ella oyó que cerraba la puerta con llave. Una lágrima descendió lentamente por su mejilla. Sabía que Henry podía ser muy cruel, pero hiciera lo que hiciera, ella jamás le suplicaría la libertad.

—Algún día me marcharé —susurró, dejándose caer sobre el cálido cubrecama y observó la salida del sol entre un cúmulo de nubes.

5

El buque *Middlesex* navegaba entre las olas encrespadas del Canal de la Mancha rumbo a Inglaterra. Raile estaba en cubierta, observando la niebla y sintiéndose extrañamente apaciguado, meditabundo. Por fin, después de tanto tiempo, regresaba a casa, aunque en su corazón no había atisbo alguno de júbilo.

Hacía muchos meses que sus soldados habían vuelto para recibir el aprecio de la nación y ser bien recibidos en el seno de sus familias. Sin embargo, nadie daría la bienvenida a aquel héroe... a nadie le importaba que hubiera logrado sobrevivir a sus heridas.

La fresca brisa que agitaba las velas también azotaba el pelo negro de Raile, que sintió cierto frío en su corazón y se preguntó si volver a Inglaterra era un error.

—Todavía está débil, coronel —dijo Oliver con preocupación—. ¿No cree que es mejor que permanezca en el camarote hasta que lleguemos a puerto? Supongo que querrá estar lo bastante fuerte para atender las múltiples celebraciones que sin duda se harán en su honor.

—No me llames coronel, Oliver. Sabes que he dimitido.

—Siempre lo olvido, señor, pero hemos estado al servicio de su majestad durante tanto tiempo que es duro pensar de otro modo.

Raile miró a su ayuda de cámara. El pequeño y enérgico hombre era tan competente como optimista. Durante los meses en que Raile había estado en cama, sufriendo un dolor tan intenso que deseaba la liberación de la muerte, él había permanecido a su lado alentándolo. Oliver había estado allí en todo momento para asegurarse de que no muriera. Sin duda su perseverancia había dado a Raile el coraje necesario para soportar el dolor.

Durante la larga convalecencia, Raile y Oliver habían trascendido la barrera que separaba a un soldado raso de un oficial, a un señor de un sirviente. Pero cuando comprendió que Raile viviría, Oliver volvió a asumir su rango de ayuda de cámara.

Raile no estaba seguro de en qué momento había vuelto a la vida. Una mañana, despertó oyendo el canto de los pájaros a través de la ventana del hospital y oliendo el dulce aroma de la madreselva.

Hacía dos semanas que había salido del hospital y por fin regresaba a casa.

—Creo que debería bajar, señor —insistió Oliver—. Sabe que, desde que recibió esa herida en la cabeza, ha tenido fuertes jaquecas. El viento no puede hacerle ningún bien.

—No me atosigues, Oliver. He pasado meses en ese maldito hospital de Bruselas. Lo único que quiero es respirar aire puro.

Oliver sabía que no debía incomodarlo, así que pasó a otros asuntos.

—¿Iremos directamente al castillo de Ravenworth, señor?

Raile entornó los ojos y respondió:

—Sí. A no ser que mi tío haya cambiado de costumbre, ésta es la única época del año en que podemos encontrarlo allí.

El leal corazón de Oliver ardió de resentimiento

contra la familia DeWinter, que había maltratado tanto a su señor. Sabía que, aunque la familia del coronel le había dado la espalda, Raile continuaba sufragando sus gastos y no se había olvidado de ellos en el testamento. A sus ojos, Oliver servía a un hombre desinteresado y de honor.

—Si me disculpa, señor, no entiendo por qué va al castillo de Ravenworth. Es un hombre rico que goza de la fama de un héroe. ¿Qué necesita de esa gente?

La niebla pareció despejar, y Raile distinguió la vaga silueta de otros barcos que atracaban. Observó las encrespadas olas rompiendo contra la orilla con el incesante movimiento que moldeaba la tierra. Se quedó en silencio tanto tiempo que Oliver supuso que no respondería, pero de pronto dijo:

—Son mi familia.

Oliver no añadió nada más. Raile DeWinter jamás abandonaría sus propias convicciones y nadie podría detenerlo.

La expresión de Raile se oscureció al preguntarse qué le aguardaba en el castillo de Ravenworth. Su carácter nunca había albergado amargura, pero cinco años era mucho tiempo para vivir en un exilio voluntario. Como si estuviera en trance, observó la costa de Inglaterra materializándose tras la niebla desvanecida. «Un héroe... », había dicho Oliver. Sí... había conocido la muerte y había matado a sus enemigos con indiferencia, pero ahora se enfrentaría a su tío...

De pronto, sintió frío y se ajustó el abrigo. Sin duda prefería enfrentarse a una docena de enemigos que al duque.

El cielo de la mañana estaba cubierto de nubes cuando el carruaje subía por la colina en dirección al pueblo de Ravenworth. Raile miró por la ventanilla. Siempre había sentido cierta veneración por el pueblo que pertenecía al ducado. Le gustaban las calles adoquinadas, los tejados de paja de las casas de piedra. Sintiéndose de nuevo en casa, vio las escaleras en espiral de la iglesia de St. Matthew's. Luego advirtió que algunas de las casas necesitaban ser reparadas. Al parecer, Ravenworth se había deteriorado, al igual que muchos pueblos ingleses desde que sus hombres habían partido para luchar contra los franceses.

Raile alzó la mirada hacia la antigua casa DeWinter. Se erguía sobre el valle como una fortaleza inexpugnable, tal y como había sido durante las numerosas invasiones que habían tenido lugar a través de los años. En el pasado el castillo se había erguido en un baluarte contra los ataques y un refugio para los habitantes del pueblo. Pensó que el tiempo había maltratado al castillo, ya que incluso a lo lejos, la mampostería parecía desmoronarse.

Cuando Raile y John eran jóvenes, habían cerrado la torre del ala oeste porque corría el peligro de derrumbarse. Le enfureció comprobar que las ventanas seguían tapiadas con tablas de madera. Al parecer, durante su ausencia se habían descuidado las labores de mantenimiento, a pesar de que había autorizado el pago de los arreglos.

Cuando su abuelo vivía, el castillo de Ravenworth y los terrenos adyacentes eran bien atendidos, pero su tío William no había conservado el patrimonio. Detestaba el campo, prefería vivir en Londres, y su negligencia resultaba obvia.

El carruaje ascendió hasta el castillo. Raile advirtió contrariado que la bandera de su tío no ondeaba en la almena, lo que significaba que debía de estar en Londres. ¿Cómo podía hablar su tío de orgullo familiar cuando permitía que la antigua casa se arruinara?

Oliver, sentado frente a Raile, asintió con satisfacción.

—Es bueno estar en el campo de nuevo, sir. Siempre he encontrado estimulante el aire de aquí.

—Sí —convino Raile, mientras los caballos llegaban al jardín.

Oliver abrió la portezuela y desplegó las escaleras del carruaje. Cuando Raile bajó, advirtió que el mayordomo aguardaba en la puerta con expresión de desconcierto.

—Buenas tardes, Ambrose —saludó Raile al hombre que había estado en Ravenworth desde tiempos inmemoriales—. Parece que hayas visto a un fantasma. ¿Quizá te has enterado de las heridas que recibí?

Ambrose perdió la calma habitual y masculló:

—Todo el mundo creía... que... Bueno, nos habían informado de que estaba... muerto. Pero... no lo está.

Raile sonrió y dijo:

—Como puedes ver, es evidente que estoy vivo. —Se ajustó la chaqueta y subió por las escaleras hasta situarse a la altura de Ambrose—. Debo suponer que mi tío no está en casa.

Había algo extraño en el modo en que Ambrose se aferró al pomo de la puerta.

—No, sir, pero encontrará a su hermanastro y a su madrastra en el salón.

—Una gran bienvenida —ironizó Raile, entrando en el frío vestíbulo del castillo para dirigirse al salón.

Abrió la puerta y pasó la mirada por la habitación. Su madrastra, expectante ante la visita, estaba sentada cerca de la ventana, mirando hacia la puerta. Vio que empalidecía y se llevaba la mano al cuello como si no pudiera respirar.

—Dios mío, Raile, ¿qué estás haciendo aquí? —Se levantó lentamente, con la cara lívida—. Nos dijeron que habías muerto.

Raile miró a Hugh que, sonriendo displicentemente, dijo:

—Madre, recuerdo que cuando era pequeño mi niñera dijo que los fantasmas de la familia DeWinter vagaban por las habitaciones del castillo de Ravenworth. Quizá Raile se ha unido a ellos.

Si había alguien a quien Raile quería evitar, eran Lavinia y Hugh. Su voz carecía de sentimientos cuando preguntó:

—¿Esto es una bienvenida?

Hugh se encogió de hombros.

—Si dijera que me alegro de verte, ambos sabríamos que es una hipocresía. Tú y yo nunca hemos sentido afecto mutuo, ¿verdad, hermano?

Raile miró la habitación, extrañado.

—¿Dónde está mi tío?

Lavinia y su hijo se miraron.

—Sin duda debes de saber que tu tío murió hace seis meses —replicó por fin Lavinia.

Raile sintió que había recibido un duro golpe. Nunca había pensado que su tío pudiera morir en su ausencia... pues suponía que el duque viviría para siempre.

Había creído que todo el afecto por su tío había muerto hacía cinco años. Pero en ese caso, ¿por qué estaba triste? Entre él y su tío habían quedado muchas cosas por decir, cosas que ahora nunca se dirían.

—Sabías que tío William estaba gravemente enfermo —le recordó Hugh, bostezando—. Aún así, a veces pensaba que el viejo nos sobreviviría a todos.

Raile seguía sin aceptar la noticia de la muerte de su tío.

—Eso convertiría a John en el duque de Ravenworth —dijo reflexivamente—. ¿Dónde está John?

Una expresión tensa oscureció los ojos de Hugh.

—Pobre Raile... Me temo que tenemos más noticias trágicas para ti. Verás, el primo John estaba junto al lecho de muerte de su padre cuando unos bandidos le robaron la bolsa y la vida.

—¡Dios mío, John... no! —exclamó Raile, atónito.

—Fue una pena que muriera tan joven —dijo Lavinia—. Por supuesto, John y yo nunca nos caímos bien, así que no fingiré lamentarlo.

Aquélla no era la vuelta a casa que Raile esperaba. Su amigo de la infancia y el hombre que había sido como un padre habían muerto. Pero no permitiría que Lavinia y Hugh advirtieran su pesar.

—Ahora comprendo por qué os he encontrado en el castillo y no en los festejos de Londres —dijo Raile forzadamente—. Hugh, crees que eres el duque de Ravenworth. —Miró a su madrastra y añadió—: Y tú, Lavinia, te consideras la dama del castillo. Entiendo que lamentéis mi regreso.

Inclinó la cabeza y se echó a reír, hallando un atisbo de humor en medio de la trágica situación.

—Sí... Comprendo que no me deis la bienvenida, querido hermano. Creíste que había muerto... pero puesto que no es así, ¡yo soy el duque de Ravenworth!

Lavinia miró a Raile con los ojos llenos de odio.

—Bien, su excelencia —ironizó ella con insolencia—, supongo que querrás que mi hijo y yo nos marchemos.

Raile se desabrochó la chaqueta roja y repuso:

—No me importa lo que hagáis, Lavinia. Pero no os echaré de aquí. Somos lo que queda de la familia y, como siempre me haré cargo de vosotros.

6

El príncipe de Gales había convocado a Raile a Carlton House. Desde la locura de su padre, gobernaba la nación como regente. La carta del príncipe estaba llena de elogios por lo que él llamaba «valentía en las más duras circunstancias».

Raile conocía a Prinny lo bastante bien para saber que el hijo del rey convertiría la tarde en un espectáculo público, lo cual le desagradaba. En realidad, no deseaba abandonar el castillo de Ravenworth y viajar hasta Londres, pero nadie ignoraba las órdenes de Prinny.

Desde el pórtico iluminado con antorchas, Raile siguió a un sirviente con librea. Recorrieron las pomposas salas, cada una más grandiosa que la anterior, y llegaron a la sala Blue Velvet, la cámara de audiencia del príncipe.

Raile recordó las numerosas noches de diversiones frívolas que había pasado allí. Sorprendido, pensó que se sentía mucho más viejo que el príncipe, que debía de estar próximo a los cincuenta.

De la sala provenía un fuerte murmullo de voces y risas. Los discípulos de Prinny, amantes de la diversión, pensó Raile, asqueado. En el pasado él había sido de los pocos favorecidos que acompañaban al príncipe, pero ya no disfrutaba de aquellos placeres triviales.

Los pies de Raile pisaron la alfombra azul de la estancia mientras lo anunciaba el sirviente que lo había conducido hasta allí.

Prinny avanzó, luciendo el uniforme de mariscal. Llevaba un sable con joyas incrustadas en el ancho cinturón, siempre había deseado cubrirse de honores militares. En el pecho lucía las numerosas medallas que los aliados le habían regalado.

Entusiasmado, saludó a Raile, que, a excepción del encaje blanco en el cuello, vestía de negro.

—Aquí tenemos a un auténtico héroe —anunció el príncipe cuando Raile se inclinó—. Inglaterra está orgullosa de sus héroes, Raile... Todos estamos muy orgullosos de ti.

—Gracias, alteza —dijo Raile y sus viejos amigos se sumaron al príncipe para darle la bienvenida.

El príncipe atendió a un mensajero que había entrado en la sala, de modo que Raile se volvió hacia lord Justin Callaret, que había servido con él en Portugal y había sido su amigo durante años.

—Raile, desde tu regreso no te hemos visto mucho por Londres.

—Temo que ya no disfruto de esta vida —murmuró Raile, para que sólo lord Justin pudiera oírle—. A ti te va mejor que a mí.

Lord Justin miró alrededor para asegurarse de que nadie le oyera.

—No tanto como crees. Después de haber estado en la guerra y sabiendo que podía morir en cualquier momento, creo que mi opinión de lo que importa en la vida ha cambiado.

El príncipe volvió a centrar su atención en Raile, pero en su tono de voz había poco entusiasmo, como si hubiera interpretado aquel papel muchas veces.

—Raile, hemos nombrado duque a Wellington por los servicios prestados a este país, pero como tú ya tienes este título, el Parlamento me ha dicho que te transmita su agradecimiento mediante las mil libras esterlinas que creen que mereces. Asimismo, Prusia reconoce tu valentía y te garantiza la cantidad equivalente a otras mil libras.

Una de las mujeres mostró su sorpresa y las demás aplaudieron la generosidad que las naciones victoriosas mostraban para con su galante héroe.

Como un buen actor, el príncipe prosiguió con su papel de benefactor.

—Mañana, en una ceremonia —anunció alzando la voz para que todos lo oyeran—, se te entregará la Orden de Garter, y el embajador de Prusia desea conferirte el más alto honor de su país.

Raile hizo una reverencia y dijo:

—Sois el más gentil, alteza.

El príncipe hizo un gesto a su ayudante.

—Trae vino, éste es un negocio que abre la sed. —Sonrió a Raile—. Siempre supe que te distinguirías. No me has decepcionado.

—Os aseguro que soy el primer sorprendido, alteza —dijo Raile con frialdad.

El príncipe rió a carcajadas.

—Acompáñame a la galería, Raile. Quiero que me cuentes la ofensiva en la batalla de Waterloo.

Cuando se alejaron, Raile dijo:

—Trato de no recordar ese día, alteza. De hecho, la mayor parte de lo que ocurrió me parece confuso.

—Siempre creí que, de haber nacido soldado raso y no tener que cargar con la irritante responsabilidad de gobernar, habría hecho una gran carrera militar —dijo el príncipe, lamentándose—. ¿No estás de acuerdo?

Esperó con expectación a que Raile respondiera.

Aunque el príncipe era inteligente y dominaba tres idiomas, y a pesar de haber introducido en la corte a poetas y artistas, era algo infantil y necesitaba alabanzas y aceptación.

—Así es, alteza, aunque creo que sería mejor estratega que soldado.

Los ojos del príncipe brillaron.

—Sí, por supuesto. Wellington cometió varios errores que yo nunca hubiera cometido. Tuvo varias oportunidades para detener a Bonaparte.

En el pasado el príncipe le había parecido a Raile un compañero divertido, pero ahora lo encontraba penoso y carente de las cualidades necesarias para ser un gran rey. Siempre necesitaría halagos, y Raile le mostraría el debido respeto, pero ya no sería uno de sus seguidores.

—Su alteza, fue un acierto colocar a Wellington al mando —replicó Raile con franqueza—. La grandeza de un monarca consiste en rodearse de hombres ilustres.

El príncipe se quedó pensativo por un momento.

—He echado de menos tus sabios consejos, Raile. Siempre has sido honesto conmigo y tengo previsto nombrarte miembro de mi gabinete.

—Alteza, no me adaptaría a la vida en la corte. Estoy hecho para el campo.

—No siempre has pensado así.

—He cambiado, señor. No tengo estómago para la política.

El príncipe asintió y dijo:

—Es posible, pero lamento no tenerte cerca, Raile. Pasas tan poco tiempo en Londres...

—Creo que el castillo de Ravenworth necesitará mis cuidados durante algún tiempo.

El príncipe apretó los labios y comentó:

—Supongo que nos honrarás con tus visitas.

—Siempre que pueda, alteza.

Prinny lo miró con cierta perspicacia.

—Me preguntaba cuándo te casarás, Raile. No querríamos ver cómo un viejo y respetable título cae... en manos incapaces. Francamente no me gustaría ver a tu hermanastro ocupar tu lugar. —De pronto, le miró fríamente y añadió—: ¿Está claro, Raile?

Raile sabía que el príncipe acababa de darle una orden. Sin embargo, lo último que deseaba en ese momento era tener una esposa.

—Está claro, alteza —respondió por fin.

—La próxima vez que vengas a visitarnos, esperamos conocer a la duquesa.

Raile hizo una reverencia.

—Será como desea, alteza —dijo, seguro de que pasaría mucho tiempo antes de que volvieran a verle.

El príncipe miró a Raile con afecto y añadió:

—Esperemos que así sea.

Lleno de ira, Raile observó cómo el príncipe se alejaba. En ese momento Justin se acercó y le susurró:

—Dios ayude a Inglaterra.

—Inglaterra ha sobrevivido a cosas peores —dijo Raile—. También sobrevivirá a él.

Justin sonrió a Raile.

—¿Te ha pedido que te casaras?

—¿Cómo lo sabes?

—Nos lo dijo antes de que llegaras.

Raile miró con amargura a su amigo y preguntó:

—¿Por qué a ti no te ha condenado al matrimonio?

—Nunca he sido uno de sus favoritos. Y estoy fuera de su alcance. Además, Raile, no soy un héroe —dijo mofándose. Justin rió cuando Raile lo miró y agregó—: Aunque me alegrará verte felizmente casado.

—Aún no me he casado —puntualizó Raile, malhumorado—. En realidad, no tengo intención de hacerlo. ¿Dónde se encuentra a una esposa?

—¿Por qué no se lo preguntas a tu hada madrina? —ironizó Justin—. Aunque dudo que ella lo sepa. En fin, cuando os hayáis casado y tengáis una guardería, me ocuparé de que Gabrielle Candeur nunca esté sola.

—Si crees que puedes quitármela, Justin, tienes mi permiso para intentarlo, aunque tendrás que enmendar tus pícaros modos.

—Mi personalidad está mejorando, Raile. En cualquier caso, Gabrielle no es para mí... No puedo darle los diamantes que necesita tu actriz para ser feliz.

Raile miró a su amigo y se despidió:

—Diviértete, Justin. Iré en busca de compañía más agradable.

La risa de Justin acompañó a Raile mientras abandonaba la sala.

Kassidy se secó el sudor de la frente con la manga del vestido. El calor en la pequeña cocina era insoportable y, cuando removía el contenido del cazo en el fuego, aún era peor.

Su cuñada estaba esperando su tercer hijo. Insistía en que sólo Kassidy podía hacer el aceite de rosas que necesitaba para untarse el cuerpo.

Kassidy añadió cera de abeja blanca en la loción hirviente. Luego midió varias gotas de agua de rosas, lavanda, eucaliptus, esencia de aceite y menta. Retiró el cazo del fuego y lo puso a enfriar mientras doblaba la ropa.

Volvió a pensar en Abigail, como cada vez que estaba sola. Henry no había conseguido averiguar dónde estaba y, con su consabida maldad, había prohibido que se mencionara el nombre de Abigail en la casa.

Kassidy, a través de tía Mary, sólo había recibido una carta de su hermana, en la que le comunicaba lo feliz que era con su marido. Vivían en una pequeña casa cerca de la orilla del río Támesis y, en cuanto pudiera, vendría en busca de Kassidy.

Kassidy oyó las risas de sus dos sobrinas mientras

doblaba la ropa. Rápidamente abrió la puerta y les llamó la atención.

—Id a jugar al jardín —les ordenó, lamentando interrumpirlas—. Sabéis que vuestra madre ha dicho que no hagáis ruido mientras intenta descansar.

—¿Puedes jugar con nosotras, tía Kassidy? —inquirió la mayor.

—Sí, por favor —insistió la más pequeña.

—Ahora no puedo. Pero si sois buenas y no hacéis ruido, esta tarde tomaré el té con vosotras.

Las niñas accedieron y se marcharon al jardín. Kassidy volvió a sus tareas.

Cuando se disponía a subir por las escaleras con la ropa blanca entre los brazos, su cuñada la llamó desde la sala de estar. Dejó la colada en la mesa del vestíbulo y se dirigió a la sala, donde encontró a Patricia tumbada en el sofá, con un trapo húmedo en la frente.

—¿Estás enferma? —preguntó Kassidy.

—Por supuesto que estoy enferma. ¿Cómo te sentirías si estuvieras embarazada de tu tercer hijo y tuvieras que soportar este horrible calor? Por lo menos podrías hacer que las niñas estuvieran calladas —objetó—. Tendré que decirle a Henry que se han portado mal.

—No lo hagas, Patricia. Las he enviado a jugar al jardín. Ya no te molestarán.

Su cuñada le lanzó una mirada de desaprobación.

—No creas que no me he dado cuenta de que mis hijas prefieren estar contigo que conmigo —dijo con acritud.

—Eso no es cierto, Patricia. Sólo me ocupo un poco más de ellas hasta que nazca el bebé.

Patricia suspiró.

—Es obligación de una mujer dar hijos a un marido desagradecido —se lamentó.

Kassidy no estaba de humor para soportar las quejas

de Patricia. Así pues, cogió el paño, lo humedeció y volvió a ponerlo en su frente.

—Ahora debes descansar. Me ocuparé de que las niñas no te molesten.

—Tráeme una limonada, pero que no esté muy dulce. También quiero un poco de pastel de vainilla, pero quita el azúcar de arriba. Le he dicho a la cocinera en repetidas ocasiones que no soporto el azúcar cuando estoy embarazada. Me pone enferma.

Kassidy salió de la habitación y cerró la puerta. Le resultaba difícil ser simpática con Patricia cuando lo único que ésta hacía era descansar, mientras ella se encargaba de la casa y las niñas.

Alguien llamó insistentemente a la puerta y se preguntó enojada por qué los sirvientes no acudían. Con cierta impaciencia, abrió la puerta y encontró a un hombre que no conocía.

—¿Es usted miss Kassidy Maragon? —preguntó, mirándola con especulación.

—Sí, lo soy.

—Me han ordenado que le entregue esto en mano, señorita. —Le entregó una carta—. Le esperaré en el cruce hasta una hora después de que anochezca. —La saludó con el sombrero y se marchó a toda prisa, alejándose en su calesa.

Qué hombre tan extraño, pensó Kassidy. Observó la carta y reconoció la letra de Abigail. Rápidamente la metió en el bolsillo del delantal y corrió a la intimidad de su habitación para leerla.

> Queridísima Kassidy.
>
> El hombre que te ha entregado la carta se llama Tetch. Él y su mujer trabajan para nosotros, y es de gran confianza. Sólo espero que esta carta te llegue a tiempo. Un día de estos daré a luz a un niño. Te necesito urgentemente. Por favor, ven. Estoy desesperada, querida... por favor, date prisa.

Kassidy corrió hacia la ventana, desde donde se veía el cruce. Tal y como había dicho, el hombre estaba esperando allí. Sin tener en cuenta las consecuencias, abrió la caja de madera que su padre le había dado cuando cumplió los doce años. Allí, escondido entre sus tesoros, guardaba el dinero que había ahorrado a lo largo de los años. No era mucho, pero intuía que lo necesitaría.

Si le pedía a Henry que la dejara ir con Abigail, él se negaría. Por otro lado, tardaría en llegar a casa y la carta de Abigail la instaba a que se apresurara.

Después de escribir una nota para Henry, la dejó sobre la almohada. Antes de que él llegara, saldría de la casa. Nadie podía apartarla de Abigail cuando la necesitaba.

Kassidy se puso el vestido y los zapatos de los domingos. Dobló los demás vestidos buenos y los colocó en una cesta con el dinero y algunas cosas que pensó que necesitaría durante el viaje. Si alguien la veía marcharse, parecería que iba al mercado.

Tras ponerse el sombrero, Kassidy bajó por las escaleras. Oyó que Patricia la llamaba y recordó la limonada y el pastel que su cuñada le había pedido.

Corriendo hacia la cocina, cumplió las órdenes de Patricia. Luego salió al jardín con sus sobrinas y las abrazó.

—No olvidéis lo mucho que os quiero —les dijo. Abrazó a la pequeña Trudy, de diez años de edad y agregó—: Cuidad de vuestra hermana pequeña.

—Lo haré tía Kassidy. Pero ¿por qué?

—Porque no es tan fuerte como vosotras.

Kassidy sabía que no debía levantar sospechas entre sus sobrinas. En su inocencia, sin duda hablarían con su madre, y ella tenía que estar lejos antes de que Henry volviera.

Kassidy atravesó corriendo el jardín, con la mirada

fija en el lejano camino. Tenía miedo. ¿Y si Henry volvía antes de lo previsto?

Cuando se acercó a la calesa, el hombre bajó de la misma y la ayudó a subir.

—Miss Maragon, me alegro de que haya venido. Su hermana la necesita.

—¿Está enferma?

—No sé mucho de las enfermedades de las mujeres, señorita, pero su hermana no se encuentra bien. Mi señor y yo fuimos contratados para cuidarla hasta que volviera su marido, pero él ha estado ausente durante los últimos seis meses. —Dio con las riendas a los caballos y añadió—: Estará mejor con alguien de la familia, señorita.

Al principio, Kassidy siguió mirando hacia atrás, temiendo que Henry pudiera seguirlos. Pero a medida que se alejaban del pueblo, su temor aminoró.

Viajaron durante dos días, deteniéndose a pasar la noche en posadas donde Kassidy daba un nombre falso, pues sabía que Henry ya estaría buscándola. Vio con preocupación cómo se reducían sus ahorros. El tercer día Tetch dirigió los caballos hacia un pequeño establo y dijo a Kassidy, ayudándola a bajar de la calesa:

—Su hermana está en la casa, señorita. Ya puede pasar.

Kassidy corrió hacia la casa, donde la señora Tetch la esperaba en la entrada con una linterna en la mano.

—Me alegro tanto de que esté aquí. Me temo que ha empezado el parto.

—Lléveme hasta ella —dijo Kassidy.

La sirviente asintió y la acompañó a las escaleras.

Kassidy no dejaba de hacerse preguntas que no podía plantear a Tetch ni a su mujer. Aunque la casa estaba limpia, no era la propia de «un hombre de gran importancia», como Abigail había definido al hombre con el que iba a casarse.

El ama de llaves hizo pasar a Kassidy a una habitación e hizo una reverencia.

—Si necesita cualquier cosa, señorita, estaré abajo.

—En la habitación sólo había una vela. Se acercó lentamente a la cama, casi temiendo respirar y susurró—: Abigail, ¿estás despierta?

—¡Kassidy! —exclamó Abigail, alzando los brazos—. Sabía que vendrías.

Kassidy se sentó a su lado y ambas lloraron abrazadas.

—Estoy aquí, querida. Todo irá bien.

—Oh, Kassidy, el niño ya... No quería estar sola.

Kassidy echó un vistazo a la austera habitación.

—¿Dónde está tu marido?

Abigail estrechó la mano de su hermana y respondió:

—Ha tenido que marcharse, pero pronto volverá.

—Deja que le mande llamar.

—No sé dónde está —admitió Abigail tristemente—. Sé que estaría aquí si supiera que su hijo está a punto de nacer. —Cuando Abigail vio la ira en los ojos de Kassidy, agregó—: No lo juzgues con dureza, Kassidy. Él no sabía que iba a tener un hijo.

Kassidy cerró los ojos mientras abrazaba a Abigail. No pronunciaría las palabras de desprecio que le venían a la mente. No obstante, a pesar de lo que Abigail dijera, su marido debería estar junto a ella.

7

El tejado de la casa, cubierto de ramas y paja, quedaba oculto en un valle situado junto al sinuoso cauce del Támesis. El sol brillaba con fuerza, y en el interior de la casa hacía mucho calor.

La señora Tetch rompió la paz reinante al dirigirse al pozo para llenar un cubo de agua y volver con rapidez tras sus pasos.

En el dormitorio de la planta superior Abigail se retorcía de dolor. Su cabello rubio y húmedo cubría la almohada mientras, con el cuerpo empapado de sudor, se esforzaba en dar a luz.

Kassidy humedeció un trapo y lo aplicó en la frente de Abigail.

—No te preocupes, querida, estoy aquí contigo.

Abigail se pasó la lengua por los labios secos y miró a Kassidy con aprensión.

—En esto no puedes ayudarme. Pero quédate junto a mí para darme fuerza, como siempre has hecho.

—Sé valiente, Abigail —dijo Kassidy, deseando que su corazón dejara de palpitar de miedo. No sabía qué hacer para ayudar a su hermana—. Pronto llegará la comadrona para ayudarte.

—Oh, Kassidy, duele tanto... —La voz de Abigail temblaba de dolor—. ¡Ayúdame, Kassidy...! —gritó una y otra vez, mientras el dolor aumentaba—. ¡Ayúdame a soportar el dolor!

Kassidy le apartó un mechón de cabello húmedo de la frente.

—Si pudiera sufrir por ti, lo haría, Abigail.

—El niño no tardará en nacer... —gimió—. He oído que cuando las mujeres por fin acunan al bebé, se olvidan de lo que han sufrido.

Abigail cogió la mano de su hermana al sentir otra contracción.

—Quien haya dicho eso es un idiota —repuso Kassidy y miró los ojos cerrados de Abigail hasta que el dolor cesó.

—Eres tan buena conmigo... —murmuró Abigail—. ¿Qué haría sin ti? Te he echado mucho de menos.

—Nunca más nos separaremos —dijo Kassidy—. Ahora, intenta dormir. Necesitarás todas tus fuerzas.

Lentamente, los ojos de Abigail se cerraron y se sumió en un profundo sueño, mientras Kassidy la observaba con los ojos llenos de lágrimas.

Abigail había estado despierta desde la medianoche del día anterior.

Kassidy temía por la vida de su hermana. Nunca había asistido a un parto, pero sin duda éste estaba durando demasiado tiempo. Por otro lado, había mandado buscar a la comadrona hacía horas. ¿Por qué tardaba tanto?

Sin soltar la mano de Abigail, se sentó en una silla. Había enviado a Tetch a Londres en busca de tía Mary... Sin duda ella sabría qué había que hacer.

Kassidy pensó que quizá era una suerte que el marido de Abigail no estuviera presente, porque en ese caso hubiera descargado sobre él toda su furia, lo cual habría resultado perjudicial para Abigail. ¿Qué clase de hombre dejaba embarazada a una mujer y luego la abandonaba para que diera a luz?

Kassidy intentó no pensar en el niño que aún no había nacido, centrándose en Abigail y el dolor que debía soportar.

Abigail gimió mientras dormía y Kassidy apretó su mano.

Una ligera brisa agitó las cortinas, pero el calor opresivo siguió presente en la habitación. De pronto, la puerta se abrió y, tras ella, apareció una mujer de pelo blanco. Abriendo la puerta de par en par, entró tranquilamente. Era jorobada y frágil, con la cara llena de arrugas, pero sus desvaídos ojos azules mostraban compasión.

—Soy Maude Perkins, la comadrona, y he venido a ayudar. No pude venir antes porque he tenido que asistir a otros dos partos. —Tras una rápida valoración de la situación, dijo—: Está siendo duro. ¿Cuánto tiempo lleva así?

Kassidy le suplicó con la mirada y respondió:

—Diecisiete horas. Ahora parece que descansa. Por favor, ayúdela.

La mujer parpadeó y dijo:

—Conozco bien la situación. ¿Quieres que la naturaleza siga su curso o que la ayude?

Kassidy tragó saliva sintiendo un dolor en la garganta.

—No sé nada de partos. Será mejor que haga lo que crea más conveniente.

Maude asintió.

—Abajo hay una tal lady Mary. Me ha pedido que bajes enseguida. Yo me quedaré con tu hermana.

Kassidy se sintió aliviada de que tía Mary hubiera llegado, pero no quería abandonar a Abigail.

—Le he prometido que me quedaría con ella.

Maude dejó su bolsa en el suelo y asintió con la cabeza. Luego dijo:

—Poco bien podrás hacerle. Ve abajo y recupera las fuerzas. Si tu hermana te necesita, te avisaré.

Kassidy acarició la mejilla de su hermana.

—Es muy delicada. —Su mirada se encontró con la de la anciana—. ¿Ella... cree que...?

—Me he encontrado muchas veces en situaciones similares y nunca he dejado morir a la madre.

Había algo en Maude Perkins que inspiraba confianza.

—Llámeme si pregunta por mí.

—¿No he dicho que lo haría?

Kassidy salió de puntillas de la habitación y bajó las escaleras hacia la sala de estar, donde se abalanzó sobre los reconfortantes brazos de tía Mary.

—Vine tan pronto como pude. ¿Cómo está Abigail, querida?

—Estoy asustada, tía Mary. Jamás pensé que un parto pudiera ser tan doloroso.

—No hay por qué preocuparse. Es normal. Yo también tuve una hija.

—Sí, y Patricia va a tener a su tercer hijo.

Tía Mary hizo una mueca y agregó:

—Te preocupas por una tontería. Estoy segura de que Patricia se compadece cada día de su situación. Pero no pensemos más en ella. Deja que te mire. —Sonrió, moviendo la cabeza en señal de aprobación—. Tal y como esperaba, te has convertido en una auténtica belleza.

—Todos dicen que me parezco a ti.

—Y así es —convino lady Mary, guiñándole un ojo.

Lady Mary observó a su sobrina favorita. Kassidy había heredado la agreste belleza escocesa del clan de los MacIvor. En su interior ardía el orgullo y el fuego de los antiguos jefes escoceses. Su tía reconoció la fuerza de su carácter reflejado en sus brillantes ojos verdes y, llena de orgullo, pensó que Kassidy nunca se sometería a nadie a no ser que se viera obligada a hacerlo.

Kassidy dirigió la mirada hacia las escaleras y dijo:

—No dejo de pensar en Abigail. Desearía yacer en esa cama en su lugar.

Lady Mary le ofreció una humeante taza de té.

—Tú nunca te hubieras encontrado en estas circunstancias. No creas que no me preocupa, pero ya es hora de que comprendas que no siempre puedes protegerla. ¿Dónde está su marido?

—No lo sé. Si supiera quién es, hubiera mandado buscarle.

—Nadie lo conoce. He venido a esta casa varias veces, pero él nunca estaba aquí. Cuando presioné a Abigail para que me dijera su nombre, ella siempre se negó.

—Todo esto parece muy extraño. —Kassidy oyó un alarido procedente de la habitación. Cuando se disponía a levantarse, su tía la detuvo.

—La señora Tetch asegura que no has comido en todo el día. Insisto en que lo hagas ahora —dijo, ofreciendo a Kassidy un plato de comida—. Si nos necesita, la comadrona nos avisará.

—Abigail no es muy fuerte, tía Mary.

—No lo es porque tú siempre la apoyas y le permites que se aproveche de tu fuerza. A veces, creí que te agotaría, Kassidy.

—Pero tras la muerte de padre y madre, sólo me tenía a mí. Necesita a alguien en quien confiar. Esperaba que encontrara esas cualidades en su marido... pero al parecer no ha sido así.

—Las dos perdisteis a vuestros padres y, sin embargo, tú te hiciste más fuerte, mientras que ella dependía cada vez más de ti. Kassidy, tu también me preocupas. Si lo que he oído es cierto, te has enfrentado con Henry y pagarás las consecuencias.

—Eso no importa. Henry no podía impedir que me uniera a Abigail cuando me necesitaba. Pero al que realmente necesita es a su marido. Cuando vuelva, aclararé las cosas con él.

Tía Mary pensó que Kassidy parecía un ángel vengador. Pero también parecía cansada, como si hubiera librado una dura batalla.

Kassidy suspiró y rechazó la comida. Levantándose, se frotó la espalda y se dijo:

—Debo volver con Abigail.

Lady Mary miró el reloj.

—Querida, siento decirte que debo regresar a Londres dentro de una hora. Esta noche celebro una fiesta por el cumpleaños de George, y como asistirá el príncipe, no puedo llegar tarde. Volveré mañana por la tarde, a no ser, por supuesto, que creas que Abigail me necesitará antes.

Kassidy no quería que su tía se marchara, pero la comadrona no había mostrado preocupación alguna por el parto.

—En cuanto nazca el niño, te lo haré saber. Saluda a tío George de mi parte.

Lady Mary se levantó y se ajustó el sombrero de seda.

—No te preocupes, querida.

Kassidy acompañó a su tía al carruaje y se quedó mirándolo hasta que se alejó. Luego subió lentamente por las escaleras, sintiéndose extrañamente sola.

Kassidy miró el hinchado vientre de Abigail y a continuación su precioso rostro desencajado por el dolor. Sintió cada una de las contracciones que agitaban el cuerpo de su hermana en las profundidades de su propia alma. Mientras permanecía junto a Maude, no dejaba de llorar.

—Algo va mal —le informó Maude—. El bebé está mal colocado, debo intentar darle la vuelta. No sé si podré salvarlos.

—¡Ayúdela a ella! —imploró Kassidy—. ¡Por favor, ayude a mi hermana!

Maude parecía preocupada.

—Mantén la calma, porque voy a necesitar tu ayuda.

Kassidy trató de dominarse, sabiendo que debía aparentar tranquilidad ante Abigail.

—Indíqueme qué debo hacer y lo haré.

Al cabo de tres horas, Abigail parecía más débil que nunca.

Kassidy observó las manos ensangrentadas de Maude y sintió un escalofrío. Las sábanas blancas estaban empapadas de sangre, y Abigail estaba muy pálida.

—El niño la está matando, Maude. ¡Lo sé! —exclamó Kassidy.

Poco después, un débil y punzante llanto invadió la habitación cuando el hijo de Abigail respiró por primera vez.

—Es una niña —anunció Maude, secando al bebé antes de envolverlo con una sábana blanca.

Kassidy centró su atención en su hermana, mientras Maude seguía atendiendo a la pequeña. Arrodillándose, cogió la débil mano de Abigail.

Abigail tenía los ojos cerrados y respiraba con dificultad.

—El dolor ya ha pasado, querida —dijo Kassidy, aunque sabía que Abigail no podía oírla. Alzó la mirada hacia Maude y preguntó—: Ahora se pondrá bien, ¿verdad?

Maude negó tristemente con la cabeza.

—Ha perdido mucha sangre. Pero la niña parece sana.

Kassidy hundió la cara en el blando colchón y sollozó.

—No me importa el bebé. Sólo quiero que mi hermana viva.

En ese instante, sintió que una mano le tocaba el pelo y levantó la cabeza.

—Pobre Kassidy... —susurró Abigail—. No puedes apartar la muerte de mí.

Kassidy se humedeció los labios y repuso:
—No digas eso. No te dejaré morir.
Abigail tragó saliva.
—Si fuera posible, incluso te enfrentarías a la muerte por mí. Tú has sido mi fuerza y yo tu debilidad.
—No hables... sólo descansa.
—¿Y mi hijo?
—Es una niña —dijo Kassidy con rigidez.
—Ella... está...
Maude mostró el bebé a Abigail.
—Es pequeña, pero sana.
Abigail besó con tristeza los labios de su hija, luego parpadeó cuando los ojos se le llenaron de lágrimas. Sabía que sería la única vez que tocaría al bebé.
—Cuídala como me has cuidado a mí, Kassidy. Necesitará tu ayuda.
La mente de Kassidy se vio embargada por el dolor y la tristeza. Sabía que Abigail estaba a punto de morir.
—No digas tonterías. Tú cuidarás de ella cuando te repongas.
Maude acunó al bebé entre sus brazos y se dirigió discretamente hacia la puerta.
—Cuando me necesitéis, estaré abajo.
—Me siento tan débil... Kassidy. No quiero abandonaros... Su padre... estará tan orgulloso de su... hija.
De pronto, el temor de Kassidy se convirtió en cólera.
—¿Crees que le importará?
—Tú... no lo conoces, Kassidy. Siento que nunca os hayáis conocido... —Se interrumpió para recuperar el aliento—. Os hubierais caído bien.
Kassidy se dio cuenta del esfuerzo que hacía Abigail por hablar.
—No quiero trastornarte. De momento, descansa y ya hablaremos de ello más tarde.
Abigail trató de incorporarse, pero no pudo.
—Por favor... escúchame...

Kassidy sintió una profunda pena en el corazón.

—Si te escucho, ¿luego descansarás?

Abigail miró fijamente a su hermana.

—Está bien. —Cerró los ojos por un instante y una lágrima descendió por su mejilla—. No lo entiendes... Incluso en el lecho de muerte lo amo.

Kassidy vio la angustia reflejada en los ojos de su hermana y le resultó difícil disimular el odio que sentía por su marido.

—No le odies, Kassidy. No sabía nada del niño. Tenía que ocuparse de unos asuntos familiares muy importantes. No quería que se preocupara por mí.

—No me importan los problemas de su familia. Dime quién es.

—No.. puedo.

—Pero ¿por qué?

Abigail parpadeó y dijo, rogando con la mirada que Kassidy la comprendiera:

—Supongo que ahora ya no importa. Te lo diré. Él es el... duque de Ravenworth. Me ama, y será feliz con el bebé... ya lo verás.

Kassidy nunca había oído hablar del duque, pero le resultaba difícil creer que un hombre de tan alto rango fuera capaz de dejar a su esposa en circunstancias tan penosas.

Sintió ira por el hombre que había mantenido a su esposa alejada. Aunque la familia Maragon no era excesivamente rica, su linaje era más antiguo y honorable. Abigail era hija de un vizconde y biznieta de un terrateniente escocés. Sin duda era merecedora del duque de Ravenworth.

Kassidy se apresuró a mirar a su hermana y fue consciente de que el momento se acercaba.

—Lleva el bebé al castillo de Ravenworth, Kassidy. Quiero que esté con su padre, pero debes ir a verla siempre que puedas. —Las lágrimas volvieron a nublarle la vista—. Ella te necesitará, igual que yo siempre te he necesitado.

Incapaz de responder, Kassidy empezó a llorar desconsoladamente.

—Prométemelo... Kassidy.

Con un nudo en la garganta, Kassidy dijo:

—Te lo prometo.

Abigail pareció calmarse.

—Gracias... —Y a continuación suspiró y su cuerpo quedó inerte.

Un grito angustiado surgió de los labios de Kassidy.

—¡No, Dios, por favor, no! ¡No te lleves a Abigail!

Kassidy permaneció junto a su hermana toda la noche, llorando de pena. Al amanecer, envió a Tetch para que transmitiera la trágica noticia a tía Mary.

Rechazó el ofrecimiento de Maude de preparar a su hermana para el entierro. Kassidy insistió en vestir a Abigail con sus mejores galas y le cepilló el cabello hasta dejarlo brillante. Cruzó sus manos sobre el pecho y le besó los fríos labios. Muerta estaba tan bella como en vida. Kassidy rogó porque su hermana por fin hubiera hallado la paz.

Tras mirar por última vez a Abigail, bajó por las escaleras y fue en busca del bebé. Sin mirar el rostro de la niña, la cogió y se volvió hacia Maude.

—Cuando llegue mi tía, dígale que he llevado a la niña con su padre. Ella se hará cargo de los preparativos para el entierro de mi hermana —dijo conteniendo el llanto.

Maude asintió y comentó:

—Oí lo que tu hermana dijo antes de morir. Si vas a llevar de viaje al niño, necesitarás ayuda.

—Si escuchaste la conversación, quizá puedas decirme quién es el duque de Ravenworth.

—Sólo sé lo que ha llegado a mis oídos: es el cabeza de familia de los poderosos DeWinter. Creí que era un hombre mayor, pero supongo que estaba equivocada.

Por primera vez, Kassidy miró al bebé. Sus rizos dorados le recordaron a Abigail, lo que aumentó su profunda pena. Aunque lo intentara, Kassidy jamás podría culpar a la indefensa niña de la muerte de su hermana, pero no podía quererla si debía entregarla a otro.

Cogió con fuerza a la pequeña, como si temiera que también pudiera perderla.

—Necesitarás una nodriza —dijo Maude—. Conozco a una mujer de confianza que estará dispuesta a acompañarte durante el viaje.

—¿Te encargarás de buscarla?

La anciana asintió y añadió:

—Supongo que irás en un carruaje público.

—No tengo otra opción. Tetch se ha llevado la calesa y no sé cuándo volverá. Debo partir ahora mismo.

—¿No asistirás al entierro de tu hermana?

Kassidy bajó la vista porque era incapaz de mirar a los ojos de la comadrona.

—Ya me he despedido de ella.

—En ese caso, me encargaré de que Heloise Gibbins se encuentre contigo en la posta de los carruajes dentro de una hora.

La comadrona se dirigió hacia la puerta, cargando con la bolsa en el hombro.

—¿El castillo de Ravenworth está muy lejos? —inquirió Kassidy.

Maude apretó los labios y respondió con voz lenta y pausada:

—Para ti, podría convertirse en un viaje sin fin.

—¿Qué quieres decir?

La anciana se encogió de hombros y repuso:

—Nada, pero ten cuidado. No puedes presentarte con la niña ante el duque.

Los ojos de Kassidy resplandecieron de determinación.

—¿No puedo...? Ya veremos. Quizá sea un hombre rico y poderoso, pero haré que se porte bien con su hija.

8

Kassidy había pasado cuatro incómodos días en un transporte público abarrotado. Cuando bajó del carruaje en el pueblo de Ravenworth, estaba enfurecida. Tenía muy poco dinero, y sin duda lo gastaría casi todo para pagar a la nodriza, la comida y el alojamiento. Sólo esperaba que le quedara bastante para el billete de vuelta a casa.

Acompañada de la señora Gibbins, cruzó la calle y se dirigió al Blue Feather Posting Inn, con la intención de alquilar una habitación en la que descansar y lavarse antes de partir hacia el castillo.

Observó la imponente fortaleza que dominaba el pequeño pueblo y, por primera vez, sintió un peligro acechante en el fondo de su mente. No obstante, debía reprimir su temor, pues de lo contrario no podría llevar a cabo la voluntad de Abigail. Más tarde, cuando todo acabara, se entregaría a su dolor. Ahora debía reunir todas sus fuerzas para no echarse a llorar por la memoria de su hermana.

Contemplando la pronunciada cuesta que conducía al castillo, por vez primera se preguntó si encontraría al duque. Quizá su viaje había sido en vano. Dirigió la mirada hacia la almena del castillo y, aliviada, comprobó que ondeaba la bandera del duque. Así pues, estaba en el castillo.

De pronto, una idea horrible la sobrecogió. ¿Y si el duque había deseado mantenerse en el anonimato porque ya estaba casado? ¿Y si había engañado a Abigail haciéndole creer que se había casado con ella cuando en realidad no lo había hecho? En ese caso, ¿estaría dispuesto a reconocer a la niña? ¿Cómo podría dejar a la hija de Abigail en manos de un monstruo así?

Raile recorrió su estudio, pensando en la gran cantidad de reformas que debían realizarse. Además, el ducado comportaba otras responsabilidades que durante años habían sido descuidadas. En ocasiones, deseaba que el título y las tierras hubieran recaído sobre Hugh para librarse de esa carga.

Se sentó en el escritorio de madera de roble, recorriendo con la mirada los polvorientos estantes repletos de libros. El abandono incluso se había extendido a su propia habitación. Habría que volver a encuadernar los valiosos libros antiguos, pues de lo contrario quedarían reducidos a polvo, aunque para algunos ya era demasiado tarde.

Alguien llamó a la puerta y, molesto, alzó la mirada hacia Ambrose, que había recibido instrucciones de que no le molestaran.

—Le ruego que me disculpe, excelencia —dijo Ambrose—, pero hay una mujer joven que exige que la reciba. Le he dicho que no es posible, pero insiste en que no se marchará hasta que no haya hablado con usted.

—¿Cómo se llama?

—No quiso decirlo, excelencia.

—Pero ¿qué quiere? —preguntó, algo irritado.

—No lo sé. Sólo preguntó si usted estaba casado o tenía hijos.

—Supongo que se trata de otra aldeana en busca de un trabajo. —Raile suspiró, exasperado—. Haga que la señora Fitzwilliams atienda a esa mujer.

—No le hubiera molestado con este asunto, excelencia, pero parece una dama. Va acompañada de una sirviente y un bebé.

Raile pensó en todo lo que tenía que hacer. Desde que se había propuesto restaurar el castillo, los problemas se sucedían vertiginosamente. Cuando no se trataba del jardinero quejándose de las heladas que quemaban la hierba o del ama de llaves insistiendo en que no tenía suficiente ayuda, se trataba de Hugh y su madre. Por otro lado, los albañiles insistían en recibir sus instrucciones para comenzar las obras.

Resignado, dijo a Ambrose:

—La recibiré. Pero aclárale que dispongo de muy poco tiempo.

Con creciente inquietud, Kassidy observaba la imponente sala en que se encontraba, cuyas paredes, forradas de madera de roble, estaban decoradas con arreglos de oro y seda.

En el pasado el castillo debía de haber sido magnífico, pero ahora parecía sufrir las secuelas de la más absoluta negligencia. En el ambiente se respiraba un fuerte hedor a humedad, la marquetería estaba astillada y la tapicería de seda, que antaño debió de haber sido valiosa, estaba hecha jirones. Kassidy pensó que era lamentable que un castillo tan hermoso se encontrara en aquel estado, y relacionó las malas condiciones de la estancia con el hombre que ahora odiaba, ya que al parecer no le importaba la gente ni las posesiones.

El mayordomo volvió e indicó a Kassidy que le acompañara.

—Su excelencia está dispuesto a recibirla, pero debe comprender que es un hombre ocupado.

Kassidy cogió al bebé en brazos, ordenando a la nodriza que aguardara allí. Luego, nerviosa, abandonó la sala tras el mayordomo; cruzaron una raída alfombra turca, bajo un pasillo con una bóveda arqueada.

¿Que le diría al duque cuando se enfrentara a él?

Se quedó algo rezagada cuando el mayordomo se detuvo ante una pesada puerta de madera de roble.

—Entre. El duque la está esperando.

Con la pequeña entre los brazos, Kassidy avanzó con el fervor de un guerrero que va a la carga.

Se detuvo en seco, cegada por el intenso resplandor que se filtraba en la habitación a través de los amplios ventanales. Cuando se adaptó a la luz, vio a su enemigo sentado en un enorme escritorio de madera de roble, observando su avance con indiferencia.

Kassidy sintió que su ira aumentaba a cada paso que daba. Como la niña era rubia, no había imaginado que el duque fuera moreno. Sus ojos oscuros la contemplaban amenazadoramente. El cínico movimiento de sus labios le indicaron que se mofaba de la vida. Ella aún se enfureció más porque el duque no tuvo la cortesía de levantarse cuando entró en la habitación, limitándose a indicarle con un gesto la silla que había delante del escritorio.

—Madame, me han dicho que insiste en verme. —Miró el reloj de la mesa para mostrar su impaciencia—. Tengo muy poco tiempo, así que si expone sin más el motivo de su visita, se lo agradecería.

—Yo... no estoy casada... —farfulló con voz temblorosa.

Él se fijó en el bebé y dijo:

—Disculpe, ¿señorita...?

—Señorita Maragon.

El duque se quedó pensativo unos instantes y preguntó:

—Hace unos años, conocí a lord Henry Maragon. ¿Es pariente suyo?

Kassidy lo miró fijamente. ¿Por qué no había mencionado a Abigail? El diablo era mucho más monstruoso de lo que había imaginado.

—Sí —respondió ella, desafiante—. Henry es mi hermano.

—Comprendo —dijo Raile.

—Dudo que lo conozca.

Raile frunció el entrecejo ante el tono mordaz de Kassidy y, perplejo la examinó detenidamente. Era joven, de unos diecisiete o dieciocho años de edad, aunque parecía ocultar su aspecto bajo un sombrero de paja de ala ancha que le cubría parte de la frente. Era delgada, su vestido estaba pasado de moda y tenía las mangas zurcidas.

—¡No puedo creer que no sepa quién soy! —exclamó Kassidy.

Raile miró fijamente los ojos verdes de la muchacha y pareció recordar. En algún rincón de su mente recordaba haber visto aquellos ojos. Advirtió en ellos cierto aire de orgullo y rebeldía y, por encima de todo, una cólera que no lograba comprender.

—Así, que es la hermana de lord Maragon... ¿En qué puedo servirla, señorita Maragon?

Sus brillantes ojos marrones eran cautivadores. Kassidy comprendió por qué Abigail se había enamorado de aquel hombre, pero no permitiría que también la traicionara a ella, porque conocía su verdadera personalidad.

Sin dudarlo, le mostró el bebé.

—Excelencia, usted es responsable de esta niña —dijo, observando la expresión de su rostro, pero sólo advirtió una ligera dilatación de sus ojos oscuros. He aquí un hombre —pensó enojada—, que ha aprendido a enmascarar sus emociones. Sin duda debía de estar acostumbrado a situaciones como aquélla. Pues bien, no iba a dar la espalda a la hija de Abigail.

Raile se levantó y repuso:

—No comprendo cuáles son sus intenciones, señorita Maragon... si ése es su verdadero nombre, pero le aseguro que no podrá deshacerse de sus... «indiscreciones» a través de mi persona. Ambos sabemos que jamás nos hemos conocido y que yo no la he dejado embarazada.

Ella sofocó un grito y dio un paso atrás. ¿Estaba loco o realmente era tan odioso?

—Le aseguro que no me dejaré embaucar por sus artimañas. Esta niña es su hija y voy a dejarla con usted. Ni siquiera ha preguntado por el dolor y el sufrimiento del parto.

El duque se quedó atónito.

—Señorita Maragon, no creo que debamos discutir estos temas. —Rodeó el escritorio hasta situarse junto a ella—. Quizá sería mejor que se marchara y olvidara todo lo sucedido. Vuelva con el padre de esa niña y pídale que se case con usted.

Raile hablaba con suavidad, pero en el tono de su voz había cierta dureza.

—Es muy inteligente. Creo que tendré que obligarlo a aceptar su responsabilidad.

De pronto, ella le puso la niña entre los brazos y se dirigió a toda prisa hacia la puerta.

—Me acompaña una mujer que está dispuesta a ser la nodriza hasta que encuentre a alguien que la sustituya.

Antes de salir, se detuvo en la puerta intentando reprimir las lágrimas.

—Ella... sólo tiene cinco días. No le puse nombre porque pensé que usted desearía elegirlo. Es... muy buena, apenas llora. Por favor, cuídela.

Raile se quedó sin habla. Trató de ir tras ella, pero en ese momento la niña se echó a llorar, obligándolo a detenerse. Nunca había tenido un bebé entre los brazos así que, sintiéndose impotente, temió que pudiera soltarlo.

Cegada por las lágrimas, Kassidy huyó antes de ceder a la tentación de coger a su sobrina de los brazos del duque. Cuando llegó a la sala principal, se detuvo unos segundos ante la nodriza para entregarle unas monedas.

—Por favor, cuida de ella —rogó y se dirigió rápidamente hacia la puerta.

—Vámonos de una vez —ordenó al conductor en cuanto subió al carruaje y cerró la puerta de golpe. El corazón le latía con fuerza. Temía que el duque enviara a alguien tras ella.

A medida que el carruaje avanzaba, Kassidy se volvió para mirar el castillo. Al cabo de un rato, los temores dejaron de acosarla. Al parecer, el duque no tenía intención de perseguirla.

Sollozando, Kassidy se cubrió la cara con las manos. No había pensado que desprenderse del bebé resultara tan doloroso, pero había mantenido su promesa y eso era todo lo que podía hacer.

Al entregar a la niña, sintió como si hubiera roto el último vínculo que la unía a su querida hermana.

Apoyó la cabeza en el asiento y lloró por Abigail, por la niña y por sí misma.

9

Cuando Ambrose entró en la biblioteca, clavó la mirada en el bebé que lloraba entre los brazos del duque y dijo:

—Excelencia, la joven se ha marchado corriendo... ¿Le ha dejado a su hijo?

—Eso parece, Ambrose —respondió Raile y luego agregó—: Creo que está loca.

—El carruaje ya ha partido. ¿Debo enviar a Atkins para obligarla a volver?

—Para cuando ensille el caballo, ella ya estará muy lejos. Dijo que la acompañaba una nodriza —comentó Raile, inquieto por los llantos de la pequeña.

—Hay una mujer esperando en la sala principal, excelencia.

Mientras Raile esperaba a la nodriza, se acercó a la ventana y retiró las pesadas cortinas. Luego recordó el incidente con la señorita Maragon, tratando de encontrar una explicación. ¿Por qué lo acusaba de ser el padre de aquella criatura cuando ambos sabían que no era cierto? Podría demostrar fácilmente que, cuando fue concebido, él se encontraba fuera del país. Se le oscurecieron los ojos. No permitiría que intentara hacer pasar la niña por su hija.

La puerta se abrió y la nodriza entró. Cogió con ternura al bebé y Raile se sintió aliviado al ver que la niña se calmaba. Observó a la mujer y la invitó a sentarse.

—¿Puedo saber su nombre? —inquirió, sentándose en el borde de la mesa para intimidarla. Sin duda aquella mujer le daría todas las respuestas.

La nodriza miró la habitación con inquietud y apenas se atrevió a levantar la cabeza.

—Me llamo Heloise Gibbins, excelencia.

—Dígame lo que sepa sobre la señorita Maragon.

Por fin la mujer lo miró a los ojos. Heloise aún estaba en la edad de apreciar el atractivo de un hombre. Se sintió aturdida cuando el duque la miró.

—Acabo de conocer a la señorita Maragon, excelencia. Sólo me quedaré aquí hasta que usted encuentre a alguien que me sustituya.

—Hábleme de ella —insistió Raile—. Si miente, lo sabré.

—Le aseguro que sé muy poco. La comadrona de nuestro pueblo me pidió que considerara la posibilidad de emprender un largo viaje con una mujer y un recién nacido. Ya que mi hermana estaba dispuesta a quedarse con mis tres hijos hasta que regresara y necesitaba el dinero, acepté. Debo decir que, durante el trayecto, la señorita Maragon apenas habló y que solía tener los ojos llenos de lágrimas. No sabía qué pensar de ella.

—¿La conoció en la finca de los Maragon?

—No, excelencia. La conocí en el pueblo de Tibury, cuando subimos en el carruaje que nos trajo a Ravenworth. No puedo decir mucho más.

Raile emitió un impaciente suspiro.

—¿Está siendo tan poco concreta a propósito?

Ella negó decididamente con la cabeza.

—No, no. Sólo sé lo que se rumoreaba en el pueblo, ya que la mujer era muy reservada. Al parecer, su marido la abandonó..., aunque quizá no fuera su marido.

—¿Quién era ese hombre?

—No lo sé, excelencia. Y en cuanto a la mujer, sólo la vi de lejos en una ocasión, cuando estaba embarazada. No volví a verla hasta hace cuatro días.

—¿Está segura de que ha dicho todo lo que sabe, señorita Gibbins?

—Se lo juro, excelencia, salvo... que durante el viaje la mujer sólo cogió la niña cuando yo estaba demasiado cansada. Era como si no quisiera estar cerca de ella. ¿No le parece extraño?

Raile se levantó y dijo:

—Dejaré que usted y la niña se queden aquí hasta que se sepa la verdad. —Tiró de la cuerda de la campana. Cuando Ambrose apareció, Raile le dio instrucciones de que acompañara a la nodriza y al bebé con la señorita Fitzwilliams.

De pronto, se enfrentaba a un nuevo e intrigante reto, y estaba dispuesto a esclarecer el misterio de la señorita Maragon y su niña.

Aquella noche, cuando Raile se dirigía a la sala de estar, se encontró con Meg Dower, la doncella de Lavinia. La sirvienta tenía un pie deforme y andaba con dificultad. Cuando vio a Raile, se agachó, hizo una incómoda reverencia y se alejó.

Raile siempre había desconfiado de Meg Dower, que era fiel a Lavinia y había estado con ella desde antes de que se casara con el padre de Raile. Meg nunca miraba a nadie a la cara y, a menudo, Raile había visto cierta malicia en sus ojos. Era bien conocido que la criada, siempre acechante, espiaba para su ama.

Raile entró en la sala de estar, donde encontró a Hugh y a Lavinia esperándolo. Detestaba tener que pasar otra noche con su madrastra y su hermanastro, pero eran su única familia.

—Buenas noches, hermano —lo saludó Hugh con

indiferencia—. Empezaba a temer que esta noche tendríamos que cenar sin tu compañía.

El pelo rubio y los ojos azules de Hugh contrastaban con la tez morena de Raile. Por otro lado, mientras que éste vestía sobriamente y de oscuro, Hugh llevaba costosas prendas. Lucía pantalones azules con una chaqueta de corte francés, un fular anudado cuidadosamente y un corte de pelo al estilo griego.

Raile se levantó la cola del abrigo y se sentó.

—Ya que tenemos que vivir juntos, deberíamos intentar ser amables —afirmó con tono conciliador.

Lavinia se dirigió a su hijastro con una sonrisa provocativa.

—Raile —dijo con aparente amabilidad—, no tenemos por qué vivir bajo el mismo techo. Hace meses que no voy a Londres porque la casa que me dejó tu padre es deprimentemente pequeña y está en un barrio poco elegante. ¿Por qué no me dejas vivir en tu casa de Londres para que disfrute de la temporada? Sabes que odio el campo...

—Lavinia, ya sabes que estoy reformando mi casa de Londres. No creo que te resulte agradable vivir con albañiles durante los próximos dos meses.

—¿Olvidas la casa de Percy Street que te dejó tu tío?

—Puesto que nunca desearía vivir allí, ordené a mi abogado que la pusiera a la venta, Lavinia. He jubilado a los sirvientes y la próxima semana se instalarán los nuevos dueños.

La mirada de Lavinia se endureció y repuso:

—No entiendo por qué gastas dinero en este viejo castillo cuando sería mejor invertirlo en carruajes y caballos. Estoy harta de viajar en ese carro que perteneció a tu abuelo. Fíjate en este vestido... no es más que un harapo.

Como siempre, Lavinia exageraba. Raile miró el vestido de satén rosa bordado de joyas. La semana anterior había pagado la factura de varios vestidos, incluido aquél.

—Ten paciencia, Lavinia —le dijo—. Cuando acaben las obras, tendrás tu nuevo carruaje.

—Ahora mismo tienes dinero suficiente para comprar uno —dijo con acritud—. ¿Por qué me haces esperar? Tu madre te dejó una gran fortuna, y tu padre desearía que te ocuparas de nosotros.

Raile sonrió irónicamente.

—¿De verdad crees que mi padre desearía que te regalara un nuevo carruaje y vestuario con el dinero de mi madre?

Lavinia se volvió

—Eres cruel, Raile. Quizá me odies por cada bocado de comida que me llevo a la boca. Quieres sepultarme en el campo para disfrutar de mi malestar.

Resignado, Raile suspiró y guardó silencio.

—Tú vas a Londres cuando te apetece —prosiguió Lavinia—. ¿Crees que no sé lo de tu novia y la maravilla que le has comprado? Es mucho mejor que la que dejó tu padre. También me he enterado de que le compras vestidos y joyas preciosas que ridiculizarían las mías.

—Lavinia, no estoy dispuesto a discutir mi vida privada contigo. Si te aburres, eres libre de marcharte.

—Madre —intervino Hugh—, sabes que la primera obligación de Raile es restaurar este viejo castillo. Tus necesidades tendrán que esperar. —Puso el brazo sobre los hombros de su madre burlándose de Raile, y añadió—: Él es el benefactor de la familia.

Raile se apartó, deseando evitar el enfrentamiento al menos una noche. Quizá debería enviar a Lavinia y Hugh a Londres para librarse de sus objeciones.

—Querida madre, aunque tengamos muchas necesidades, primero son las de Raile —prosiguió Hugh, frunciendo el entrecejo—. Nosotros somos parientes pobres que vivimos de su caridad, y nos vemos obligados a vivir recluidos hasta que él quiera librarnos de esta cárcel.

Raile apretó los labios cínicamente y dijo:

—Como os he dicho, si os resulta tan insoportable vivir aquí, sois libres de marcharos cuando queráis. Nunca os he obligado a permanecer aquí en contra de vuestra voluntad, ni siquiera os he invitado a ello.

Madre e hijo se miraron. Ambos sabían que todavía no podían contradecir a Raile, ya que no tenían los medios ni la intención de marcharse. Además, Lavinia había descubierto que Raile no era tan fácilmente manipulable como su padre y su tío. Su fuerza incluso la asustaba. Así pues, hasta que descubriera su punto débil, tendría que reprimir su impaciencia.

—Por cierto, me produjo gran curiosidad lo que ha dicho Meg acerca de una niña que han traído al castillo. Ya sabes lo reservada que puede ser la señora Fitzwilliams. Cuando le pedí que me informara sobre el asunto, no dijo nada. Me pregunto por qué sigues manteniendo a esa vieja amargada.

—Fritzy forma parte del castillo tanto como cualquiera de vosotros... y quizá mucho más. —Arqueó una ceja—. Siempre he agradecido su lealtad.

Hugh se dejó caer en el sofá verde y se inclinó, sonriendo.

—He oído que las mujeres francesas son muy guapas. ¿Es posible, hermano, que hayas estado seduciendo algunas por el continente? ¿Tienes el bebé de una mujer francesa en casa?

—Estoy tan perplejo como vosotros —dijo Raile con acritud—. Pero decidme, ¿alguno de vosotros conoce a la señorita Maragon?

Raile quería comprobar la reacción de Hugh, y advirtió que su hermano empalidecía.

—¿La conoces, Hugh? —inquirió de nuevo.

—Es posible, pero conozco a tantas mujeres... —respondió Hugh con inquietud y miró a su madre, preocupado por la reacción de ésta al saber la verdad.

Lavinia observó el rostro de Raile con creciente preocupación.

—No estarás insinuando que una mocosa acusa a Hugh de tener un hijo bastardo. ¡No estoy dispuesta a seguir escuchando! —exclamó con los ojos desorbitados, mientras observaba a Raile—. ¡No osarás traer un bebé a esta casa para perjudicar a mi hijo!

Ignorando la ira de Lavinia, Raile se dirigió a su hermano.

—No es una mocosa, sino una muchacha perteneciente a una buena familia. Háblanos de la señorita Maragon, Hugh.

Hugh sonrió con nerviosismo y dijo:

—Creo recordar que me gustaba bastante.

Raile miró con acritud a su hermano.

—Hugh, sé lo inconsciente que eres con las mujeres. ¿Acaso no he recibido la culpa de muchas de tus indiscreciones? Incluso tuve que abandonar Inglaterra debido a tus conflictos amorosos.

—Aunque no lo creas, Raile, siempre he lamentado el malentendido con tío William. Espero que no me hagas responsable de los errores de mi juventud.

Raile miró a Lavinia, que parecía inquieta e incómoda. Había albergado la esperanza de que aquella conversación no se produjera, pero debería haber sabido que Raile jamás olvidaría que había mentido a su tío.

—No fue un malentendido, Hugh —repuso Raile con frialdad—. Si tienes alguna duda, tu madre puede confirmarlo.

—Yo no respondo de lo que hace mi madre. Y no tengo la culpa de que la mayoría de las mujeres me encuentren irresistible. —Sonrió y añadió—: Además, yo también las encuentro irresistibles.

Lavinia percibió la ira en los ojos de Raile y trató de

ayudar a su irresponsable hijo antes de que fuera demasiado lejos.

—Raile, he sufrido mucho por haber causado la separación entre tu tío y tú. Pero eres más fuerte que Hugh, y si tu tío hubiera repudiado a mi hijo, él no lo hubiera superado. En cambio tú... volviste a casa como un héroe...

—Tienes una mente retorcida, Lavinia. Procura no excederte.

La amenaza quedó en el aire hasta que Lavinia comentó:

—Esta conversación empieza a aburrirme. ¿No podemos hablar de asuntos más agradables?

Raile se volvió hacia su hermano, ignorándola.

—Responde, Hugh, ¿ese bebé puede ser tuyo?

Lavinia trató de intervenir de nuevo.

—¡Raile DeWinter...!

—Sólo lo preguntaré una vez más —insistió Raile—. ¿Dejaste embarazada a la señorita Maragon?

Hugh jugueteaba con el botón dorado de la manga de su chaqueta.

—Sé que soy un hombre fértil, así que no negaré la posibilidad de que ese niño sea mío. Creo recordar que la muchacha era virgen cuando... intimamos.

Raile miró fijamente a Lavinia y dijo:

—Madame, esta vez tu hijo ha ido demasiado lejos... Dejó embarazada a una mujer de buena familia. Ahora tendrá que enfrentarse a las consecuencias.

Lavinia se sintió horrorizada. Siempre había ignorado la obsesión de Hugh por las mujeres porque nunca se había sentido amenazada por ellas... Pero esta vez se trataba de algo distinto.

—¿Qué insinúas? —preguntó ella.

Raile volvió su severa y penetrante mirada hacia Lavinia.

—Madame, si la señorita Maragon acepta a tu hijo, él será su marido.

Salvo el ruido del reloj de mesa, la habitación quedó en silencio.

De pronto, la sonrisa cínica desapareció del rostro de Hugh, y en su lugar apareció cierta indignación.

—Sólo he dicho que el bebé podría ser mío.

La voz de Raile se tornó aún más profunda.

—Te casarás con ella y reconocerás a la niña como tu propia hija.

—No lo creo, Raile.

—Tu opinión no importa. Te casarás con la chica y le darás a la niña tu nombre.

Tratando de proteger a su hijo, Lavinia cruzó la habitación y se situó junto a Raile.

—No puedes hacerle esto. Te veré muerto antes de que obligues a Hugh a casarse con una zorra.

—Es cierto, no puedo obligarte a que te cases con ella, Hugh —convino Raile—, pero si no lo haces, tú y tu madre abandonaréis el castillo de Ravenworth ahora mismo. No permitiré que vivas bajo mi techo ni me haré cargo de vuestros gastos. Os quedaréis solos.

Lavinia tragó saliva y retrocedió.

Raile estaba imponiendo su autoridad, y ellos no tenían otra opción que aceptar. El odio agitaba el corazón de Lavinia. Raile tenía el poder, el dinero y los medios para obligarlos a aceptar su voluntad, y los tres lo sabían.

—Por otra parte, Hugh —prosiguió Raile—, si te casas con la señorita Maragon, os dejaré vivir en la casa de Londres y os asignaré una pensión generosa. Así pues, ¿aceptarás casarte?

—¿Tengo otra alternativa?

—Sólo la que acabo de exponer.

—¿Y yo...? —preguntó Lavinia.

—Tú, madame, te quedarás en el castillo de Ravenworth por un tiempo. Creo que los recién casados deben vivir solos durante el primer año de matrimonio.

Hugh rió sin alegría e ironizó:

—Bueno, madre, al parecer, por fin seré marido. Es una mujer hermosa, así que no tengo por qué ser desagradecido.

—¡No! —exclamó Lavinia, abalanzándose sobre Raile y arañándole la cara—. ¡No nos harás esto! ¡Intentas separarme de mi hijo!

Raile agarró sus manos con fuerza.

—¡Basta, Lavinia! —Ella se liberó, apenas capaz de controlar su ira—. Hugh tomará una decisión antes del próximo lunes. Lavinia, si para entonces, has dado tu visto bueno a la unión, también seré generoso contigo. Pero si te niegas a acoger a la señorita Maragon en la familia, habrán acabado mis responsabilidades hacia vosotros.

Sin más palabras, Raile salió de la habitación, subiendo por las escaleras con grandes pasos. No deseaba pasar ni un minuto más en su compañía.

Recordó el encuentro con la señorita Maragon. En aquel momento, pensó que ella lo acusaba de ser el padre, aunque en realidad lo consideraba responsable de los actos de su hermano y, por supuesto, tenía razón. Hugh merecía un escarmiento. Por otro lado quizá aún podía librarse de la influencia destructiva de su madre.

La joven muchacha que se había enfrentado a él ya no era la tímida e inocente chica que Hugh había descrito. Su determinación era mucho mayor, sabía qué quería y cómo obtenerlo.

Raile sonrió ante su osadía. Para enfrentarse a él acusándolo de ese modo, hacía falta mucho valor. Sus ojos verdes desafiantes le resultaban muy atractivos. Así pues, quizá la señorita Maragon salvara a Hugh de su madre.

De algún modo, Raile envidiaba a Hugh por el reto de conquistar a aquella decidida muchacha.

10

Lavinia se volvió furiosamente hacia Hugh.

—Dios mío, ¿qué has hecho? Te advertí que tu obsesión por las mujeres sería tu perdición, pero no me escuchaste. ¿Eres tan esclavo de lo que tienes entre las piernas para sacrificar tu futuro y el mío?

Hugh se encogió de hombros, un hábito irritante que comenzaba a exasperar a su madre.

—Ya es hora de que abras los ojos, Hugh. ¿Cuánto tiempo deseas seguir viviendo a la sombra de Raile? ¿Cuándo serás un hombre y harás algo por nosotros? No somos más que el polvo que pisan sus pies.

—Poco puedo hacer, madre. Ya oíste a Raile... voy a convertirme en marido y padre. No sé como puedo evitar lo inevitable.

—No permitiré que te cases por debajo de tu clase. Con mi ayuda, algún día serás duque de Ravenworth, y entonces te casarás. Cuando llegue ese momento, escogeré a una mujer que te merezca.

Hugh miró a su madre y esbozó una sonrisa.

—¿Has olvidado que mi hermano detenta el título? Dudo que esté dispuesto a cederlo. Además, me duele tener que admitirlo, pero ya estoy casado con Abigail Maragon.

—¡Qué! —exclamó Lavinia—. ¡Idiota! ¡Nos arruinarás a los dos!

—Fue un momento de debilidad. Me casé con ella creyendo que era lo que quería. Después me arrepentí. Encontré la felicidad matrimonial de lo más intolerable... —Guardó silencio por un momento y añadió—: Debo admitir que ella casi me dominó.

Lavinia miró fijamente a Hugh. Luego entrecerró los ojos y dijo:

—Me pregunto por qué no confesó a Raile. Sin duda hubiera sido ventajoso para ella decirle lo del matrimonio.

—No lo sé, madre. Quizá se cansó de esperar que volviera. O quizá no deseara seguir conmigo. Ante sus ojos, la abandoné.

—¡Idiota!

Hugh pareció ignorar el insulto de su madre.

—No sabía que estaba embarazada. De pronto, tengo una hija. —Sus ojos brillaron maliciosamente—. No te imagino como abuela.

—¡Cállate, Hugh! No toleraré tu insolencia. Tenemos un problema, y sólo se te ocurre bromear. Tuviste en las manos el título y la fortuna de Raile, pero ¿cómo podíamos saber que seguía vivo y que se interpondría entre nuestros deseos?

—¿Qué quieres decir, madre?

Ella abrazó a su hijo con fuerza y dijo:

—He entregado mi alma al diablo para que lo heredaras todo. Ahora no estoy dispuesta a detenerme.

—Nunca imaginé que ocuparía el lugar de Raile... ni siquiera cuando creíamos que había muerto. No estoy seguro de si quiero... o puedo.

Lavinia pretendía avivar el fuego de la ambición en su hijo, pero antes tendría que ocuparse de la admiración que sentía por Raile. Así pues, cuando llegara el momento se ocuparía de Raile.

—Cuando me casé con tu padre, nunca había aspirado a nada tan grande como el ducado... había demasiadas personas antes que tú. Pero cuando tu tío estaba en el lecho de muerte y creímos que Raile había muerto en Bélgica, sólo John se interponía en nuestro camino. —El odio iluminó repentinamente sus ojos y agregó—: Ahora no sólo Raile puede negarte el ducado, sino también esta maldita Maragon intentando forzarte a aceptar a su hija.

Hugh se quedó atónito ante la alevosía de su madre.

—No sé qué otra cosa puedo hacer salvo demostrar a Raile que no soy el bribón que me considera reconociendo al bebé como mi hija legítima.

—Estás loco si crees que lo permitiré. Ahora escúchame. Para empezar, tenemos que negociar con esa mujer. ¿Crees que aceptará dinero?

—No lo creo. Abigail, a diferencia de nosotros, es una persona de honor, madre.

Ella le acarició la mano.

—Ya me encargaré... Raile no puede arrojar sobre ti a esa mujer y su mocosa si no la localiza. Aunque me cueste todo lo que tu padre me dejó, me desharé de ella.

Por un momento, Hugh pareció preocupado.

—No me gustaría que le ocurriera nada. Pasé seis meses con ella, mucho más que con cualquier otra mujer. Desde que la dejé, a menudo me he sentido culpable... ¿No te parece extraño, madre? Verás, en realidad, creo que la amo.

Lavinia sonrió con indulgencia y comentó:

—Has amado a muchas mujeres, Hugh. Es algo pasajero.

Hugh había abandonado a Abigail al tener noticias de que Raile y John habían muerto. De no haber sido así, quizá seguiría con ella. Por eso la idea de volver a su lado le seducía, ya que había echado de menos su dulzura y suave belleza.

—No me importaría que Raile supiera lo del matrimonio. Creo que podría ser feliz con Abigail, madre.

La cara de Lavinia empalideció reprimiendo su ira.

—He engendrado un idiota en lugar de un hijo. ¿Por qué me haces esto?

—Es una criatura encantadora. Estoy seguro de que te gustaría.

Lavinia meneó la cabeza y su larga cabellera le cubrió los hombros.

—¿Es de familia rica, Hugh?

—Su hermano es muy rico, pero por lo que sé no le dará nada a Abigail. Vivimos humildemente en una casucha con el dinero que yo tenía.

—Querido Hugh, debes casarte con alguien con quien puedas unir dos casas y dos fortunas.

De pronto, volvió a ser el hijo devoto, porque ella siempre parecía saber lo que era mejor para él.

—Haría cualquier cosa para hacerte feliz, madre, pero es peligroso desafiar a Raile. Sabes lo decidido que puede llegar a ser, y su amenaza no era una tontería. Si lo desea, puede convertir nuestras vidas en un infierno.

Lavinia comentó con tono pensativo:

—Mi pobre hijo... no sobreestimes a Raile ni me subestimes a mí.

Lavinia entró en la oscura habitación de la niña. La luz de la luna iluminaba la cama que había albergado a generaciones de DeWinters.

Cruzó la habitación y se quedó observando a la pequeña dormida. Su imagen no despertó en ella ningún sentimiento de ternura.

Se negaba a ser abuela, y mucho menos de aquella niña. Un nieto quizá habría sido distinto, alguien a quien dominar como a su hijo que, por otro lado, últimamente sentía que se apartaba de ella. No obstante, sabía lo que tenía que hacer.

La niña es muy frágil, y sería fácil poner fin a su vida. Sólo tenía que cubrirle la cara y esperar a que dejara de respirar. No habría gritos, ni señales en el cuerpo, ni indicios de estrangulamiento. Nadie sabría jamás que no había sido una muerte natural.

Por supuesto, también tendría que deshacerse de la madre, ya que Hugh había cometido la insensatez de casarse con ella.

Se acercó a la cuna y, cuando una mano apretó con fuerza su muñeca, gritó de dolor.

—Estaba esperándote, Lavinia.

—¿Qué insinúas? —inquirió ella, intentando liberarse de la presión.

—Sabía que vendrías y quería estar aquí cuando lo hicieras. No he tenido que esperar demasiado...

Él le soltó la mano y Lavinia se volvió para mirarle a la cara con falsa indignación.

—Espero que no estés insinuando que haría daño a la pequeña.

—Sólo estoy aquí para asegurarme de que no lo hagas.

La suave luz de la luna ensombrecía su rostro, pero Lavinia sintió un fuerte magnetismo. Había algo peligroso en él que la excitaba. Siempre lo había sentido, pero nunca lo había admitido hasta ese momento. Se preguntó qué sentiría al estar entre los brazos de Raile cuando éste estuviera poseído por el deseo.

Vio el asco reflejado en sus ojos cuando la miraba y supo que sólo obtendría su desprecio. Eran enemigos irreconciliables y lo seguirían siendo hasta que uno de los dos muriera.

—Esta niña no me interesa, Raile. Sólo sentía cierta... curiosidad, eso es todo.

—Ahí reside la mentira, madame. No olvides que es de tu misma sangre.

—No sigas, Raile. Éste es un juego peligroso.

—He estado considerando tu petición, Lavinia. Irás a Londres y te quedarás allí hasta nuevo aviso.

La ira que Lavinia sentía en su interior era tan intensa que no podía reprimirla.

—Raile, ahora tienes el control de mi vida, pero algún día las cartas estarán a mi favor.

—Hasta entonces, Lavinia, recoge tus pertenencias y prepárate para ir a Londres mañana por la mañana.

Ella quiso gritar, enfrentarse y clavarle las uñas en la cara, pero la mirada de sus ojos la atemorizaron. Se volvió, dándole la espalda, con la respiración entrecortada, y salió de la habitación.

Raile miró a la niña dormida y le acarició la suave piel. Se sintió muy unido a ella. Sabía que significaba no importar a nadie, y se dijo que aquella niña no sufriría como él había sufrido de niño.

Después de arroparla, salió de la habitación.

Raile llamó a la puerta de la habitación contigua y la señorita Gibbins respondió.

—Quédese esta noche junto a la niña y no la deje sola bajo ningún pretexto.

Quizá la nodriza pensó que era una orden extraña, pero guardó silencio. Vio alejarse a Raile y, a continuación, se dirigió a la habitación de la pequeña y la cogió entre sus brazos.

11

Kassidy observó la austera habitación de la casa en que había vivido Abigail. Evitó mirar la casa donde su hermana se había retorcido de dolor hasta morir finalmente en la agonía.

Qué triste era que el hombre al que había amado —el hombre que la había mentido— se hubiera negado a conocerla.

Aquella mañana llegaría tía Mary, y las dos cerrarían la casa y empaquetarían las pertenencias de Abigail. Después, Kassidy volvería a la casa de su hermano para enfrentarse a su ira.

El futuro parecía triste y sombrío sin su hermana, la dulce y cariñosa Abigail, que ahora estaba muerta por culpa del odioso hombre que la había seducido para finalmente abandonarla.

El corazón de Kassidy sufría por la niña que había dejado en el castillo del duque. ¿La cuidaría adecuadamente? ¿Cómo sería la vida de la pequeña junto a un hombre tan frío y carente de sentimientos? Tal vez había sido un error dejarla con él. Si Abigail hubiera visto la reacción de aquel hombre al sostener a la niña entre los brazos, sin duda hubiera deseado que la recuperara.

Pensó que no había otra opción. Además, si tenía a

la niña con ella, seguiría teniendo una pequeña parte de Abigail.

Con pasos decididos, salió de la habitación y bajó por las escaleras. ¡Volvería al castillo de Ravenworth y se llevaría a su sobrina!

La mente de Kassidy no dejaba de pensar en qué diría cuando estuviera de nuevo frente al arrogante duque. Aquel hombre despreciable ni siquiera había preguntado una sola vez por Abigail. Ahora sabría que ella había muerto por su culpa.

Observó el cielo despejado mientras bajaba por las escaleras. El sol brillaba y los pájaros cantaban en los robles. Las crecidas aguas del Támesis llegaban hasta la orilla. El aroma a hierba recién cortada impregnaba el ambiente. El día sería glorioso de poder compartirlo con Abigail.

Se dirigió hacia la parte trasera de la casa y bajó por un sendero que conducía al bosque. Quizá tía Mary la acompañaría al castillo de Ravenworth para que no tuviera que enfrentarse sola al duque.

Los hermanos Jack y Gorden Beale habían nacido y crecido en Whitechapel Road, en un ambiente de crimen y pobreza.

Jack, el mayor, era competente en su trabajo. De joven se había convertido en carterista... y ahora empleaba cualquier medio para subsistir.

Gorden Beale era cobarde y no tenía tantas aptitudes como su hermano, pero la fuerte voluntad de Jack le dominaba.

Ambos habían estado observando la casa situada junto al Támesis durante dos días, esperando la oportunidad de sorprender a la señorita Maragon a solas.

—¿Qué sabemos de la mujer que nos contrató, Jack...? Verás, me pareció sospechosa cuando dijo que debíamos encontrarnos con ella en el Red Dragon Inn. Aunque trató de ocultar su rostro tras ese fino velo, supe que vestía muy elegantemente para ser la «señora Harper de la calle Billingsgate», como ella dijo.

—Todo lo que interesa saber de ella es que tiene los medios para contratarnos —le recordó Jack, con los ojos muy abiertos—. Nunca te lo he dicho, pero la seguí para saber quién era. Esperé a que saliera del interior y seguí su carruaje hasta Mayfair, donde entró en una de esas encantadoras tiendas de sombreros. —Jack esbozó una sonrisa con sus delgados labios—. El tendero la saludó como señora DeWinter. Al parecer, nuestra misteriosa dama está relacionada con el duque de Ravenworth. El tendero cree que es la madrastra del duque. Así pues, se trata de alguien importante.

—¿Descubriste algo más sobre ella? ¿Por qué odia tanto a esa pequeña?

—¿Y qué nos importa?

—Esto no me gusta, Jack. No estamos tratando con un don nadie. El duque es un hombre muy poderoso. ¿Qué ocurrirá si desconoce lo que se propone su madrastra? Fue fácil hundir mi navaja entre las costillas de aquella otra mujer después de que nos pagara, y aún más hacer creer que lo había hecho un asaltante de caminos. Pero ahora se trata de una dama de clase alta... —comentó Gorden—. Me alegro de que hayas decidido no matarla.

Jack observó a su hermano con ojos penetrantes y despiadados.

—Otra vez tu cobardía, ¿verdad? Nunca pensé que pondrías obstáculos a ganar dinero, fuera limpio o sucio. Además, en realidad el futuro de la chica puede que sea peor que la muerte. Deja que me ocupe de las preocupaciones, hermanito. DeWinter nos pagará y lo hará Tom Brunson cuando le entreguemos la muchacha Maragon.

—¿Y qué quiere de ella?

—Sospecho que la venderá a un burdel, pero ¿a nosotros qué nos importa? A nadie le importa lo que le suceda. Me pareció inteligente por mi parte cobrar dos veces por ella —dijo Jack, orgulloso.

—Espero que DeWinter no descubra que no hicimos lo que nos mandó.

—¿Quieres dejar de quejarte? Le diremos a DeWinter que está muerta y nos creerá.

—Le dijiste a Brunson que no debe quedar rastro de la muchacha, ¿verdad? Nadie debe conocer su paradero...

—No soy idiota, Gorden. Ahora cállate y mantén los ojos abiertos.

—De todas formas, esto no me gusta. La familia de la muchacha armará un gran revuelo en cuanto descubran que ha desaparecido. Si la encuentran, las cosas se podrán difíciles para nosotros.

—Te preocupas como una vieja. Empiezo a lamentar haberte metido en esto.

De repente, Jack vio que algo se movía en el bosque y empujó a Gorden tras un árbol.

—¡Viene directa hacia nosotros!

Kassidy ignoraba que unos ojos hostiles seguían sus movimientos. No vio a los dos hombres que estaban agazapados tras los setos que bordeaban el camino.

—No puede ser tan sencillo —murmuró Jack, con la mirada clavada en la muchacha—. Como una oveja que va al matadero, cae en nuestros brazos.

Kassidy no se dio cuenta de que se había adentrado tanto en el bosque. Se volvió con la intención de regresar a la casa, pero de pronto apareció un hombre en el camino.

Al principio se sobresaltó, pero se dijo que debía de ser alguien del pueblo. No había amenaza alguna en los ojos de aquel hombre que sonreía.

—Buenos días, señorita. Hace buen tiempo para pasear —dijo respetuosamente, quitándose el sombrero.

Ella sonrió y siguió andando, pero él se lo impidió.

—¿Es usted la señorita Maragon? —le preguntó, cambiando súbitamente de tono.

—¿Cómo sabe mi nombre? —Vio que el presunto aldeano miraba detrás de ella. De pronto, sintió miedo, se volvió y vio a otro individuo en el camino. Ambos la rodearon.

—¿Qué quieren? —preguntó Kassidy.

El hombre que estaba detrás de ella la cogió por un brazo y lo aferró con fuerza.

—Puede venir con nosotros tranquilamente, por las buenas o por las malas.

El corazón de Kassidy latía con fuerza.

—¿Qué... quieren de mí?

La risa de los desconocidos era tan amenazadora que se estremeció.

—No es lo que nosotros queremos, señorita. Verá, al parecer, hay alguien que no quiere verla más por aquí. Sólo estamos cumpliendo sus órdenes.

Kassidy abrió los ojos desorbitadamente y trató de liberar su brazo.

—No se resista, señorita. Soy más fuerte que usted y sólo conseguirá que le haga daño.

Kassidy estuvo a punto de gritar, pero una ruda mano que le tapó la boca se lo impidió.

—Se lo advertí, pero no me escuchó —le susurró el hombre al oído—. Sólo conseguirá empeorar las cosas.

De pronto, sintió un dolor terrible en la cabeza cuando el hombre le pegó con un instrumento pesado. Quedó sumida en la oscuridad y se desplomó en el suelo.

—La has matado, Jack —le acusó Gorden, mientras se arrodillaba para examinar a la muchacha acariciando su larga cabellera rubia—. Es muy bonita. ¿Por qué alguien desearía hacerle daño?

Jack sintió el pulso de la muchacha y la levantó en brazos.

—No debemos preocuparnos de eso. Apresurémonos antes de que la echen de menos —añadió, dirigiéndose hacia el río y, colocando a Kassidy en un bote, remaron hacia Londres.

Cuando Kassidy recuperó la conciencia, le dolía la cabeza y, al tratar de moverse, se dio cuenta de que tenía los tobillos y las muñecas atadas. El temor volvió a invadirla cuando recordó a los dos desconocidos que la habían atacado en el bosque. Al parecer, habían cumplido su amenaza y se la habían llevado. Pero ¿quién los habría contratado para que la raptaran? ¿Y por qué? Cerró los ojos, tratando de mantenerse serena. Cuando advirtió que se encontraba en un pequeño bote, se estremeció. ¿Adónde la llevaban?

Mientras luchaba por dominar el pánico, escuchó que los hombres hablaban en voz baja.

—Jack —dijo Gorden, remando en las turbias aguas del río—, ¿por qué crees que esa DeWinter quiere deshacerse de la muchacha?

—¿Cuántas veces tendré que decirte que eso a nosotros no nos concierne? —inquirió Jack, enojado—. Nosotros sólo hacemos nuestro trabajo sin preguntar.

Kassidy reprimió las lágrimas. El duque de Ravenworth había actuado con rapidez. Ni siquiera se había planteado la posibilidad de que pudiera tomar represalias contra ella. ¿Qué clase de monstruo era aquel hombre?

—La muchacha está despierta, Jack. He visto que se ha movido. ¿Qué vamos a hacer?

Uno de los hombres soltó los remos y se arrodilló junto a ella. Sólo vio una vaga silueta recortada contra la pálida luna. Kassidy se asustó cuando le cogió la cabeza y la apoyó en el borde del bote, de modo que casi tocaba el agua.

—¿Has oído algo de lo que hemos dicho? —preguntó amenazadoramente—. Habla... ¿lo has oído?

Comprendió que si admitía haber escuchado la conversación moriría.

—¿Dónde estoy? —inquirió, tratando de confundir a sus raptores—. ¿Por qué me habéis hecho esto?

El hombre le soltó la cabeza y Kassidy cayó hacia atrás, golpeándose contra el fondo del bote. Tenía el cuerpo magullado y la cabeza todavía le dolía. El miedo era tan intenso que no le permitía pensar en otra cosa que en sobrevivir.

—¿Por qué hacéis esto? —insistió.

—Pronto lo sabrás —respondió Jack con una sonrisa—. Hay alguien que quiere deshacerse de ti... —Su risa era malvada—. He pensado en la forma de que no vuelvas a ser un problema para nadie. Mi hermano se pregunta qué habrás hecho para que alguien te odie tanto. —Volvió a reír—. Pero eso no importa. El caso es que provocaste la ira en la persona equivocada, miss Maragon.

Kassidy se acurrucó en el extremo del bote, preguntándose frenéticamente qué iban a hacerle. Si lo que querían era matarla, seguramente la hubieran ahogado mientras estaba inconsciente. Así pues, ¿dónde la llevaban?

Tuvo la impresión de que navegaban una eternidad por las aguas del Támesis. Por fin, Kassidy vio a lo lejos el brillo de unas luces y supo que estaban cerca de Londres.

Mientras se acercaban al puerto, una espesa niebla cubría la ciudad. Cuando el bote llegó al embarcadero, uno de los hombres la cogió por el brazo. Kassidy forcejeó y él gruñó:

—Recuerda lo que te ha ocurrido antes. No querrás que vuelva a hacerte daño, ¿verdad?

Ella negó con la cabeza, demasiado aterrada para hablar. De pronto, él le acercó una petaca y la obligó a beber. Kassidy lo rechazó, pero él le retorció el brazo y exclamó:

—¡Bebe...!

Kassidy bebió del amargo líquido y se lo tragó de un doloroso sorbo. Antes de que pudiera quejarse, el hombre la cogió en brazos y la sacó del bote.

Mientras caminaba, notó que se mareaba y supo que la habían drogado o envenenado. Si era veneno, deseó que actuara con rapidez. En ese momento, deseó morir al imaginar que la esperaba un horror impronunciable.

Pensó en el indefenso bebé que había dejado en casa del duque. Deseó que el destino fuera más amable con la niña de lo que lo había sido con su hermana o con ella.

Su último pensamiento consciente fue el odio contra el duque. Algún día recibiría su merecido y esperó poder ser ella quien desenmascarara su maldad. Seguía viendo su rostro, y era como si se burlara de ella... hasta que finalmente se perdió en el olvido.

Kassidy tenía los ojos vendados y la espesa oscuridad era aterradora. No sabía cuánto tiempo había permanecido inconsciente, y la cabeza seguía dándole vueltas. Uno de aquellos hombres la llevaba sobre el hombro. Trató de gritar pero, debido a la droga que le habían suministrado, tenía la garganta seca y la lengua espesa.

Oyó el chirrido de una verja de hierro al abrirse e intentó luchar contra la fatiga que sentía, pero apenas pudo abrir los ojos, hundiéndose en un mundo que iba más allá del temor.

No supo del dinero que pasó de manos entre sus secuestradores y otro hombre, que tomó posesión de su inerte cuerpo.

Cuando recuperó la consciencia, ya no tenía los ojos vendados y alguien la conducía por un largo y oscuro pasillo.

El hombre la ayudó a incorporarse y sintió unas ásperas manos sobre su cuerpo, mientras alguien le iluminaba la cara con una linterna.

—Eres muy hermosa —dijo una voz brusca—. Madame Ratcliff pagará un buen precio por ti.

Horrorizada, Kassidy miró a su nuevo secuestrador. Le pareció que aquel detestable hombre llevaba uniforme, pero no podía estar segura porque su ropa estaba mugrienta y apestaba. Era alto y musculoso. Tenía la nariz torcida y plana. Una cicatriz cruzaba su rostro desde una ceja hasta el labio, confiriéndole un aspecto amenazador.

Kassidy quiso gritar cuando él le tocó el brazo con su asquerosa mano.

El hombre sonrió como si sintiera placer al verla sufrir y, cuando ella se tambaleó tratando de mantener el equilibrio, él la miró con un brillo malvado en los ojos. Finalmente, Kassidy tropezó y se apoyó en la fría piedra de la pared.

A lo lejos, oyó gemidos desesperados y gritos de dolor de otros que también debían de estar atrapados en aquel oscuro laberinto de agonía.

—¿Dónde estoy? —preguntó Kassidy, aturdida.

—Algunos lo llaman Newgate, señorita —respondió el hombre—, pero tú lo llamarás infierno.

12

Kassidy tembló horrorizada mientras observaba al enorme hombre. Tenía los ojos pequeños y negros, y había cierta maldad y lascivia en su mirada.

—Por favor, ayúdeme —suplicó Kassidy.

Él no pareció escuchar sus palabras. Le pasó una mano por el brazo y dio una vuelta alrededor de ella, mirándola detenidamente con un brillo de satisfacción en los ojos.

—Eres una belleza. Gracias a ti recibiré el dinero y algo más...

—¿Qué vas a hacerme?

—Oh, puedes preguntar lo que quieras. Verás, te llevaré con una mujer que se ocupará de que aprendas el modo de dar placer a un hombre. Newgate no será como la prisión que encontrarás en la casa de madame Ratcliff. —Le acarició la cara y agregó—: Pero antes de ir con ella, no hay nada malo en que primero te pruebe...

Kassidy se apartó de él, sintiendo un grito reprimido en su interior.

—¡Moriré antes de permitir que me toques!

—No, no morirás. —Se acercó aún más a ella y susurró—: Incluso puede que te guste...

Kassidy sintió asco en su interior y dijo:

—Si me tocas, gritaré.

Él endureció la mirada y alzó la mano para propinarle una bofetada. Kassidy cayó al suelo y se desmayó.

Tom Brunson levantó a Kassidy del suelo y avanzó por un largo pasillo, subió unas escaleras y llegó a una celda que quedaba apartada de las demás. La dejó sobre el colchón de paja que había en el suelo y le ató las muñecas a la pared.

Se quedó de pie delante de Kassidy, observando su frágil belleza. Lamentando tener que salir a hacer la ronda, se volvió hacia la puerta y la cerró tras él.

Sentía una excitación frenética. Después de hacer la ronda, tenía que llevar a madame Ratcliff a otras dos muchachas. Luego volvería con Kassidy y sólo cuando se cansara de ella, la llevaría a Leman Street.

Tom Brunson había aprovechado su posición en Newgate gracias al establecimiento de madame Ratcliff. Como único encargado de cuidar las celdas, a las que eran confinadas las mujeres problemáticas, se había enriquecido llevando muchachas de buen aspecto al burdel de madame Ratcliff. Ideó un modo inteligente de sacarlas a hurtadillas de Newgate, donde las pobres chicas se prostituían para él. Algunas preferían vender sus cuerpos para combatir la soledad, pero cuando se negaban, Tom las atemorizaba con sus amenazas, de modo que no volvían a causar problemas y nunca informaban al encargado. Antes de que la condena de una reclusa terminara, él la devolvía sin que nadie se enterara.

Después de hacer la última ronda, se dirigió a una de las celdas y abrió la puerta.

—Bien, queridas, aquí está el viejo Tom para sacaros de esta prisión.

Las dos mujeres se apiñaron contra la pared. Una de ellas exclamó:

—¡Sabemos adónde van las mujeres cuando salen de aquí!

Tom resopló y dijo:
—Mejor, así no tendré que daros explicaciones.
Las dos mujeres se miraron, pero no intentaron resistirse cuando Tom las ató con cadenas y las obligó a salir al oscuro pasillo.
—No hagáis ruido —les advirtió.
Al cabo de unos segundos se detuvieron frente a una puerta. Tom la abrió y empujó las mujeres al interior, donde las obligó a subir al carro de basuras y esconderse bajo unas enormes cestas.
Cuando el carruaje cruzó la verja y dejó atrás Newgate, Tom se echó a reír.
—Si sois inteligentes, hallaréis el modo de superar a las demás —dijo complacido con su propia inventiva.
Cuando estuvieron a salvo, condujo el carruaje por una calle desértica y se detuvo. Bajo la pálida luna, liberó a las mujeres y les advirtió:
—Si sabéis lo que os conviene, no me crearéis...
No pudo terminar la frase. Mientras una de ellas lo distrajo, la otra le clavó un cuchillo en el corazón. Tom cayó hacia atrás, temblando y retorciéndose, con una mirada de desconcierto en el rostro.
—Si eres inteligente —le imitó la mujer—, hallarás el modo de superar a los demás.
Las mujeres saltaron del carruaje y se internaron en la penumbra, mientras Tom daba su último suspiro entre un montón de malolientes desechos.

De vuelta a Newgate, los guardas cambiaron de turno, pero ninguno se acercó a la celda en que Kassidy yacía inconsciente. En realidad, nadie sabía que estaba allí.
El sonido del agua goteando en la pared despertó a Kassidy. Moviéndose frenéticamente en la oscuridad, palpó la humedad del muro. Le dolía la cabeza y no podía pensar con claridad... ¿Por qué estaba tan confusa?

Lentamente recordó lo sucedido... el secuestro, el hombre repugnante y sus lascivas amenazas.

—No... —sollozó, temblando de asco. En su mente agonizante estaba segura de que el guarda la había violado cuando estaba inconsciente. Deseó limpiar su cuerpo y sentirse pura.

Se acurrucó y observó el primer amago de luz procedente de una ventana elevada. Mientras los oscuros rincones se llenaban de luz y se le aclaraba la mente, observó la pequeña celda. La pesada puerta de hierro tenía una pequeña apertura en la parte inferior, lo bastante grande para introducir un plato de comida y agua. Sobre su cabeza había una pequeña ventana con barrotes. Estaba tumbada en un abultado colchón colocado sobre el húmedo suelo. Cuando trató de levantarse, descubrió horrorizada que estaba atada a la pared.

Incorporándose finalmente sobre sus temblorosas piernas, se dio cuenta de que el más mínimo movimiento hacía vibrar las cadenas de sus muñecas. Pegada a la pared, advirtió la humedad procedente de una filtración de agua. El suelo hedía y estaba pegajoso de la mugre.

—Dios mío, ¿qué me ha pasado? —gimió Kassidy.

Cerró los ojos con fuerza, esperando que al abrirlos descubriría que todo había sido una pesadilla. Pero no fue así. Tenía frío y empezó a temblar a medida que sollozaba. No era una pesadilla... ¡era real!

Trató de entrar en calor frotándose el cuerpo con las manos. Se preguntó si estaba enloqueciendo. A lo lejos, oyó voces extrañas. Algunas gritaban desesperadamente mientras otras daban órdenes severas. Cada nuevo ruido le hacía temer que volvería su torturador. Se acurrucó contra la pared, sintiéndose enferma.

Pasó todo el día tumbada en el colchón de paja, demasiado aterrada para moverse. Cuando la luz comenzó a menguar y se hizo la oscuridad, seguía temblando de frío y miedo. Nadie le trajo agua o comida, y estaba sedienta y hambrienta.

Era como si nadie supiera que estaba allí, como si el mundo la hubiera olvidado.

Finalmente, al oír unas fuertes pisadas al otro lado de la puerta, pensó que el guarda entraría. Pero las pisadas pasaron de largo y ella respiró aliviada. Sentía el peso de la soledad y añoró la presencia de otro ser humano.

Cuando el sol se puso, Kassidy observó los rincones de la celda perderse en la oscuridad y, al cabo de un rato, la invadió una total desesperación.

¿Cuánto tiempo llevaba allí? No había modo de saberlo. Volvió la cara hacia la pared, demasiado asustada para importarle qué le sucedería.

Se llevó las manos a la cara mientras echaba a llorar. Lloró durante horas. Luego se durmió, apoyando la cabeza en el asqueroso colchón de paja.

Jack Beale vio a su hermano subir por las escaleras y entrar en la cocina.

Golpeándose el muslo con el gorro, Gorden meneó la cabeza.

—Hemos hecho el idiota con esa mujer, Jack.

—¿No te dio el dinero que nos correspondía?

—Asegura que no lo tiene, pero que dentro de tres semanas nos pagará el doble. Dice que espera heredar una gran fortuna.

Jack frunció el entrecejo y dijo:

—Y como eres tonto, la has creído, ¿verdad?

Estaba lloviendo, y Gorden se quitó la chaqueta y la colgó en un gancho de la cocina para que se secara.

—No importa si la he creído o no... El caso es que no me ha pagado. ¿Qué tenía que hacer, sacárselo por la fuerza?

Jack se acercó a su hermano y le dio un golpe en la pechera.

—¿Por qué has vuelto sin nuestras cien libras? Deberías haberte quedado con ella hasta que te diera el dinero. —Jack lo empujó con tal furia que Gorden se estrelló contra la pared.

Frotándose el brazo dolido, Gorden intentó explicarle por qué había vuelto sin el dinero.

—No podía obligarla a que me diera lo que no tenía. Tendremos que esperar, Jack. Tarde o temprano pagará.

Jack negó con la cabeza y repuso:

—Nadie se sale con la suya cuando quiere timarme. —Se frotó la barbilla sin afeitar y esbozó una sonrisa—. No sabe que hemos descubierto quién es. Además, tengo más información de la joven Maragon. Puedo hacer que DeWinter se arrepienta del día que conoció a Jack Beale.

Gorden parecía dudar.

—¿Qué te propones, Jack?

—DeWinter quería que la chica desapareciera. ¿Crees que imagina que la muchacha podría escapar?

Gorden empalideció y se mesó los cabellos con nerviosismo.

—Pero ella nos conoce. Si habla, nosotros acabaremos en Newgate.

—No sabe nada de nosotros —dijo Jack con seguridad—. Estaba tan aterrada que no dirá nada de lo que ocurrió esa noche. Ni siquiera sabe nuestros nombres.

—¿Qué vas a hacer?

Jack entrecerró los ojos y respondió:

—Sólo es cuestión de enviar una carta a la persona adecuada. —Arqueó las cejas y agregó—: Y sé quién la enviará.

Lady Mary subió rápidamente por las escaleras del castillo de Ravenworth. Jadeando, se detuvo frente al atónito Ambrose.

—Preséntteme de una vez ante el duque —le ordenó—. Dígale que lady Mary Rindhold desea verle por un asunto de gran importancia.

Ambrose estaba perplejo, pero asintió respetuosamente.

—Espere en la sala de estar, milady, y comunicaré a su excelencia su visita.

Ella le siguió hasta la sala. Quizá aquella carta era un engaño, pero tenía que asegurarse de ello, porque hasta entonces no había recibido noticia alguna de Kassidy y temía por su vida.

Así pues, si no se trataba de una cruel trampa, quizá el duque podría ayudarla a deshacer el misterio que envolvía la inexplicable desaparición de Kassidy.

El hombre que entró en la sala era más joven de lo que Mary esperaba. Se acercó a ella mirándola fijamente, pero sus ademanes eran educados.

—Lady Mary, no tengo el placer de conocerla, pero conozco a su marido George bastante bien.

—George me ha dicho que usted sirvió a las órdenes de lord Wellington. Me ha contado los detalles de sus proezas en Waterloo. Dice que el Parlamento quedó impresionado. Creí que sería más mayor.

—Me halaga, lady Mary —dijo Raile, ofreciéndole una silla y él se sentó frente a ella—. Ambrose me ha dicho que quería verme por un asunto muy importante.

—Así es —convino, dudando—, pero no estoy segura de que pueda ayudarme. —Le entregó una carta y añadió—: Quizá esto le aclare el motivo de mi visita, aunque confieso que no entiendo nada.

Raile se apresuró a leer la carta:

Querida Madame,

Si desea saber algo de la desaparición de su sobrina, tendrá que comenzar su búsqueda en el castillo de Ravenworth.

Raile le devolvió la carta y comentó:

—No comprendo cómo puedo ayudarla. Nunca he conocido a su sobrina. Le aseguro que no está aquí.

El rostro de lady Mary mostró su aflicción.

—Estoy tan desconcertada como usted. Debe comprender que estoy tan preocupada por Kassidy que no puedo descartar ninguna pista que pueda llevarme a su paradero. —Tratando de reprimir las lágrimas agregó—: Discúlpeme, pero Kassidy es tan importante para mí y ha sufrido tanto desde la muerte de sus padres y de su hermana... Desde su desaparición, mi marido y yo la hemos buscado por todas partes. Es como si se hubiera desvanecido en la nada. Su hermano, Henry, la ha dado por muerta. —Se interrumpió un momento para secarse los ojos con un pañuelo—. No puede imaginar el dolor que he sufrido... Primero la pérdida de mi sobrina mayor y... ahora Kassidy. Eran las hijas de mi difunta hermana, a la que prometí que cuidaría de ellas si algo les sucedía. Como puede ver, no he cumplido mi promesa...

Apesadumbrado e incómodo, Raile llenó un vaso de jerez y se lo ofreció.

—Beba, lady Mary, y luego dígame cómo cree que puedo ayudarla.

Ella bebió un sorbo y dejó el vaso en la mesa.

—Por favor, discúlpeme, excelencia. No suelo actuar de este modo con desconocidos, pero... estoy desesperada. Kassidy estaba llena de vida, era tan dulce y amable... No puedo creer que se haya ido.

—Quizá debería comenzar desde el principio. ¿Cuándo vio a su sobrina por última vez? ¿Y cuál es su nombre completo?

—Su nombre es Kassidy Maragon, y desapareció hace aproximadamente un mes.

Raile, acostumbrado a controlar sus emociones, no se inmutó ante la mención del nombre «Maragon».

—¿En qué circunstancias desapareció? —preguntó.

Lady Mary dudó unos segundos antes de responder:

—Verá, Abigail murió en un parto. Kassidy estuvo con ella. No puedo decir lo culpable que me siento por no haberla acompañado hasta que naciera el bebé. Pero pensé que sería un parto normal.

—Así pues, ¿Abigail era la hermana de Kassidy?

Mary asintió dubitativamente.

—Sí, ella... Abigail murió... y Kassidy ha desaparecido.

—¿Su sobrina planeaba marcharse?

—Le aseguro que no, aunque quizá piense que mi familia está loca.

—Se equivoca —repuso Raile—. Creo que conocí a su sobrina Kassidy, lady Mary, aunque creí que era Abigail Maragon. —Raile observó detenidamente el rostro de lady Mary—. Vino a verme. ¿Usted lo sabía?

Lady Mary parecía confusa.

—No. ¿Por qué haría Kassidy una cosa así? Usted no la conocía, ¿verdad?

—Nunca vi a su sobrina hasta que llegó con el bebé. —Seguía observando la reacción de la mujer—. Dejó a la niña a mi cuidado y se marchó de inmediato.

—Gracias a Dios —musitó lady Mary, aliviada—. Estaba tan preocupada por la pequeña... Me tranquiliza saber que al menos ella está a salvo. —Lo miró detenidamente y dijo—: Está bien, ¿verdad?

—Se lo aseguro.

Lady Mary clavó en él la mirada e inquirió:

—Pero ¿por qué Kassidy...? —Hundió la cabeza entre las manos—. ¿Qué está ocurriendo? ¿Por qué traería...? A no ser que... pero no usted no puede ser... Es absurdo...

—Le aseguro que no soy el padre de esa niña, lady Mary.

Ella miró al atractivo duque durante un rato. Docenas de mujeres se enamorarían de él, pero no podía ser el esquivo marido de Abigail, ya que debía de estar fuera del país cuando Abigail se fugó.

—No sé qué pensar. ¿Le dijo mi sobrina por qué le entregaba el bebé?

—Creyó que yo era el padre de la niña... o así me lo pareció en ese momento. No quiero alarmarla, lady Mary, pero no estaba en sus cabales.

—No —convino lady Mary—. Supongo que no lo estaría. Quería a Abigail y tuvo que verla morir. —Se levantó y dijo—: No le molestaré más. Si hace el favor de traerme a la pequeña, me la llevaré. No hay necesidad de implicarlo más en esto.

—Lady Mary, quiera o no quiera, estoy implicado. ¿Tiene alguna idea de quién es el padre de la hija de Abigail Maragon?

—No... ¿y usted?

—Creo que sí.

—Pues dígamelo. Quizá pueda ayudarme a encontrar a Kassidy.

—Él no puede ayudarla. Y de momento no le diré quién es, pero le aseguro que voy a ayudarla.

Por alguna razón, lady Mary confió en él.

—Por favor, si me trae a la niña, me marcharé de una vez.

—Le aseguro que de momento es mejor que siga aquí. Pero haré que mi ama de llaves le enseñe su habitación para que se asegure de que la pequeña se encuentra bien.

Lady Mary se levantó.

—¿Necesita algo?

Raile sonrió.

—Disfruta de la atención de todos los sirvientes. A mi ama de llaves, la señorita Fitzwilliams, se le acusa de descuidar las responsabilidades del mantenimiento de la casa por pasar la mayor parte del día con la niña.

Llamó a la señorita Fitzwilliams y le dio instrucciones de que acompañara a lady Mary a la habitación de la niña. Raile observó a lady Mary seguir al ama de llaves, que la informó de los detalles de la evolución del bebé.

Raile se volvió, dispuesto a descubrir qué le había sucedido a la muchacha de espíritu combativo llamada Kassidy.

13

Como un animal enjaulado, Kassidy recorrió la celda de un lado a otro. Ya no se encogía de miedo cuando oía pisadas en el exterior, ya que el guarda que la había encerrado no había vuelto.

Al fin, exhausta, se apoyó contra la pared. Se sentía cada vez más débil, necesitaba comer o, de lo contrario, moriría.

Dos veces al día alguien introducía por debajo de la puerta un plato de gachas malolientes y agua. Aunque estaba hambrienta, Kassidy se limitaba a beber el agua con avidez.

Se dejó caer sobre el colchón de paja, sin importarle que estuviera infestado de parásitos. Le dolía todo el cuerpo y, de pronto, se sintió mareada. Tenía fiebre...

Por la noche la fiebre fue en aumento. Cuando oscureció, comenzó a alucinar. Veía con nitidez los burlones ojos del duque y le oía mofarse como si estuviera frente a ella en la celda. Cuando creyó ver el pálido rostro de su difunda hermana rogándole que cuidara de su hija, gritó horrorizada.

Kassidy contuvo la respiración, el duque volvía a mirarla, aunque esta vez no se burlaba. Sus ojos la seducían, prometiéndole placer. Le tocó el brazo con la mano y la deslizó hasta la nuca, mientras ella se estremecía.

—¡No me engañarás como hiciste con mi hermana! —exclamó—. ¡No lo permitiré!

Trató de alejar la visión con todas sus fuerzas. Luego se quedó con la amarga realidad de su fría y vacía celda. El duque tenía la culpa. Él la había sumido en las profundidades de la desesperación. Seguramente moriría allí, y su verdugo al enterarse de su muerte, reiría satisfecho.

Con terca decisión, Kassidy decidió vencer a su delirio. Si quería sobrevivir, tenía que ayudarse a sí misma, pues no había nadie más.

Se arrastró con dificultad por el mugriento suelo hacia la jarra de agua. Cuando la llevó a sus labios, creyó que la muerte estaba próxima porque no le sació la ardiente sed.

Raile observó al bebé en los brazos del ama de llaves.

—Está sana, ¿verdad, Fitzy?

La mirada del ama de llaves se suavizó y respondió:

—Así es, su excelencia. Es una niña muy buena y se ha ganado el corazón de todos. Pobre niñita huérfana... No tiene nombre, así que la llamamos Dulzura.

Raile tocó la pequeña mano y la niña se agarró a un dedo.

—No sé mucho sobre bebés, Fitzy —dijo sonriendo—, pero parece excepcionalmente hermosa.

—Lo es —convino la señorita Fitzwilliams.

Ambrose entró en la habitación y se aclaró la garganta para que Raile le prestara atención.

—Le ruego que me disculpe, excelencia, pero hay una persona que desea verle. Se niega a darme su nombre, pero insiste en que usted querrá verle.

Raile se volvió hacia el mayordomo y preguntó:

—Ambrose, ¿no te parece que últimamente recibo muchas visitas que se niegan a dar su nombre?

La expresión del mayordomo permaneció impasible al responder:

—Eso parece, excelencia.

—Supongo que tampoco ha comunicado el motivo de su visita. —Raile esbozó una sonrisa y agregó—: En fin, espero que esta vez no traiga un bebé consigo.

—No, excelencia —repuso Ambrose—. Sólo ha dicho que quería hablar con usted sobre cierta joven.

—¿Dijo el nombre de la mujer?

—No. Creí que no desearía recibirlo, así que me tomé la libertad de hacerle esperar en el salón principal.

Raile sorprendió a Ambrose al pasar ante él y dirigirse rápidamente hacia el salón.

Jack Beale observaba embelesado los tapices de seda de las paredes. Nunca había visto nada tan magnífico. No se percató de que las tapicerías estaban hechas jirones por el paso del tiempo. Sólo vio pruebas de riqueza y, con avaricia, imaginó que algo sería para él.

Cuando Jack oyó que alguien se acercaba, se volvió y vio a un hombre que se dirigía hacia él. El mayordomo había insinuado que no le recibirían, pero el caballero que se acercaba, alto y aristocrático, no podía ser otro que el duque de Ravenworth.

—Acompáñeme —dijo Raile, indicándole que le siguiera a la biblioteca.

Cerrando la puerta tras ellos, Raile miró fijamente al hombre, con ojos expectantes.

—Se ha negado a dar su nombre al mayordomo.

—Digamos que soy un conocido de su madre...

—Mi madre está muerta.

—Me refiero a su madrastra, la viuda del duque.

—El duque no tiene viuda.

Jack parecía sorprendido.

—No sé a qué juegan usted y su madrastra, pero ella

me contrató y espero que alguien me pague. Hay otros DeWinter, además de ustedes, que estarían interesados en su pequeña prisionera de Newgate... y sé quiénes son.

Raile comprendió de inmediato lo que aquel hombre pretendía. Lavinia lo había contratado para que llevara a la señorita Maragon a Newgate. Sabía que su madrastra era una mujer ambiciosa, pero hasta aquel momento no se dio cuenta en lo malvada que podía ser.

Así pues, debía aparentar que conocía las artimañas de Lavinia para obtener información de aquel hombre.

—¿Llevó a la señorita Maragon a Newgate?

—Sé que no eran las órdenes de su madrastra, excelencia. Verá, no me deshice de la muchacha como se me ordenó, pero de todos modos, nadie volverá a saber de ella. Quiero que se me pague lo que se me debe y me marcharé.

Raile intentó controlar la ira que sentía en su interior. Aquel hombre despreciable debía ser juzgado, pero en ese caso, nunca encontraría a la señorita Maragon.

Reprimiendo su cólera, Raile inquirió:

—¿Conoce bien a mi madrastra?

Jack asintió con la cabeza.

—Tenemos un trato. Cuando quiere deshacerse de alguien, yo me encargo de ello.

—¿Ha hecho esto antes?

De pronto, la expresión de Jack mostró cierta reserva.

—Preferiría no contestar.

—Así que mi madrastra quería que la señorita Maragon muriera. ¿Usted iba a encargarse de eso?

—Por el dinero que su madre... bueno, su madrastra me ofreció no. Si quieren que la chica muera, costará más. —Jack se frotó la barbilla y añadió—: Por supuesto, a mi modo de ver, sería mejor matar a la muchacha que dejar que viviera en ese infierno.

Raile apretó los puños para no golpearle.

—Así que, en lugar de... matar a la señorita Maragon, la ha llevado a Newgate. Debe de tener algún contacto que le ayude...

—Si contrata a Jack Beale, él hace el trabajo. Pero no puedo estar seguro de que todavía esté allí. Verá, el guarda que se ocupó de ella habló de venderla a un burdel, aunque no estoy seguro de si lo hizo, porque a la mañana siguiente lo encontraron muerto. Lo apuñalaron en el corazón.

Raile se sentía inquieto... Deseaba empujar al hombre contra la pared, pero tenía que mantener la calma para descubrir más detalles.

—Si quisiera buscarla, ¿debería comenzar por Newgate?

—Si quiere asegurarse de que no volverá a verla, yo puedo hacerlo. Esa muchacha era muy delicada y no duraría mucho en ese lugar. En realidad, yo diría que sus problemas con la señorita Maragon han terminado para siempre.

—¿Envió una carta a la tía de la señorita Maragon, lady Mary Rindhold?

Jack entrecerró los ojos y contestó:

—Debe comprender que estaba enojado porque su... madrastra no cumplió su parte del trato. Admito que fue un error, pero intentaré solucionarlo. Esa mujer no sabe dónde encontrar a la chica, así que no debe preocuparse por eso. —Miró de soslayo al duque y añadió—: Sobre todo si... recibo mi dinero.

—¿Cuánto le ofreció mi... madrastra?

—Cien libras. Pero cuando mi hermano fue a cobrar, ella dijo que aún no tenía el dinero. Supongo que comprende por qué me enfadé.

Asqueado, Raile miró a aquel tipo.

—¿Qué le ha hecho pensar que esa mujer era mi madrastra? Sin duda ella no le dijo cómo se llamaba.

—El viejo Jack no es el bufón que la gente cree.

Aunque no mencionó su nombre, la seguí y descubrí quién era. Me alegro de haberlo hecho, porque así he podido venir aquí a reclamar mi dinero.

—Yo también me alegro de que haya venido. —Raile se acercó al escritorio, abrió el cajón y sacó una pequeña bolsa de monedas. Tras entregársela, comentó—: He añadido cincuenta libras, así que, en el futuro, si mi madrastra le busca, espero que antes de hacer su encargo me lo comunique de inmediato.

Jack sonrió.

—Así lo haré, excelencia. Le aseguro que es un auténtico placer hacer negocios con un caballero como usted.

Raile abrió la puerta y llamó a Ambrose.

—Acompañe a este caballero a la puerta trasera y luego vuelva aquí. Necesitaré mi carruaje.

Así pues, Lavinia se proponía evitar un matrimonio que no deseaba, aunque irónicamente Kassidy Maragon era la chica equivocada.

14

Cuando le entregaron la ración diaria de gachas, Kassidy apenas tuvo fuerzas para llevárselas a la boca y le cayeron al suelo. Dispuesta a ingerir todo el alimento que pudiera, Kassidy las recogió del mugriento suelo y se lamió los dedos.

Obsesionada por sobrevivir, olvidó toda conducta civilizada, comportándose como un animal.

De repente, alguien introdujo una llave en el cerrojo y la puerta se abrió. Kassidy se acurrucó contra la pared cuando la luz de una linterna la cegó. Sus ojos tardaron unos segundos en adaptarse a la luz, luego vio a dos guardas frente a ella. Se sintió aliviada al comprobar que ninguno de ellos era el que le había encerrado.

—Me pregunto qué crimen la habrá llevado hasta aquí —dijo uno de los hombres—. Resulta patética, ¿verdad?

Kassidy se mesó el cabello. Siempre la habían considerado hermosa... pero aquel hombre había dicho que resultaba patética. Cuando la secuestraron, llevaba su vestido verde favorito, pero ahora resultaba difícil distinguir de qué color era.

—Al parecer, nos estás causando algún problema, muchacha. No sabemos quién eres o qué has hecho.

No hemos hallado ningún documento que constate tu existencia.

Demasiado confusa para hablar, Kassidy negó con la cabeza.

—Si Tom Brunson sabía quién eras, se llevó el secreto a la tumba. Este asunto es muy extraño.

Kassidy pestañeó. ¿Insinuaba que Brunson estaba muerto? ¿Quizá por eso no había vuelto a atormentarla?

—Bien, la chica está muy mal y puede morir si la dejamos aquí —comentó el otro carcelero—. Voy a trasladarla a la celda de las mujeres hasta que descubramos algo de ella.

Kassidy intentó concentrarse en lo que estaban diciendo. ¿Por qué creían que podía morir? ¿Estaba realmente tan enferma? Trató de incorporarse, pero sus piernas no pudieron soportar el peso de su cuerpo.

Uno de los hombres se inclinó y le desató las cadenas, que cayeron al suelo. Kassidy se frotó las muñecas irritadas, sintiéndose esperanzada. ¡Quizá la liberarían!

—¿Cómo te llamas, muchacha? —le preguntó uno de los guardas—. No quiero que mientas.

—Kassidy Maragon —se esforzó en responder, observando cómo lo anotaba en una libreta—. He sido encarcelada por error. No he hecho nada malo. Por favor, sáquenme de aquí.

Los dos hombres rieron.

—Todos los que están aquí aseguran que no han hecho nada malo. Creen que los criminales están en la calle, mientras que los inocentes disfrutan de la hospitalidad de Newgate.

Kassidy supo que no recibiría ayuda alguna de aquellos hombres. Tenían la mirada fría y ausente.

El otro guarda cogió las muñecas de Kassidy y la obligó a ponerse de pie. Ella se tambaleó hasta que se apoyó contra la pared para recobrar el equilibrio.

—Será mejor que camines si quieres salir de aquí —le advirtió—. No vamos a cargar contigo.

Sujetándose a los barrotes de hierro para no caer, salió de la celda, temiendo que cambiaran de idea y la dejaran allí. No se tranquilizó hasta que cerraron la puerta tras ella.

Caminó lentamente tras ellos, apoyándose en las paredes para mantener el equilibrio. Avanzaron por un laberinto de pasillos húmedo y hediondo hasta llegar a unas escaleras. Kassidy se agarró al pasamanos de madera... cada escalón era una agonía.

Demasiado débil para seguir, Kassidy tropezó y cayó, pero el guarda la obligó a levantarse y la empujó contra la pared. Contrariado, el hombre la miró con acritud y le azotó las costillas con un garrote. Kassidy gritó de dolor y él le propinó un golpe en la cabeza.

Cuando le ordenó que se levantara, ella obedeció rápidamente. Por fin llegaron a una amplia sala donde había hombres y mujeres deambulando de un lado a otro.

—Espera aquí hasta que sepamos qué hacer contigo. —El guarda señaló el rincón con el garrote—. Y apártate de los demás.

Como no deseaba que volvieran a azotarla, Kassidy se acurrucó en el rincón, apoyándose contra la pared y deslizándose hasta quedar sentada. Le temblaban los hombros, y apretó los labios para que no le chirriaran los dientes.

Cuando los prisioneros volvieron a sus celdas, nadie le prestó atención. Observó que la puerta seguía abierta, pero sabía que estaba demasiado débil para intentar escapar. —Sin duda, los guardas también lo sabían—. Bajó la cabeza, demasiado agotada para que eso le importara.

Una sombra le cubrió la cara y alzó la mirada. Un guarda, de pie frente a ella, dijo:

—Ven, muchacha. Sigues siendo un misterio para nosotros. Pero descubriremos algo sobre ti.

Kassidy se incorporó sobre sus temblorosas piernas y siguió al carcelero a través de un largo pasillo hasta llegar a una celda ocupada por varias mujeres. Empujándola hacia el interior, dio un golpe y cerró la puerta tras él.

Débilmente, se dirigió al rincón y se dejó caer sobre uno de los colchones de paja. Quería estar sola, quería dormir y no volver a despertar.

—Me llamo Elsphet O'Neill —dijo una de las chicas, ofreciendo a Kassidy un vaso de agua que ésta aceptó.

La chica irlandesa tenía el pelo castaño y la cara llena de pecas. Era el primer ser humano que había tratado con ternura a Kassidy desde que llegó a aquel horrible lugar.

—Yo soy Kassidy Maragon —susurró Kassidy, echándose a llorar.

—No tienes muy buen aspecto —dijo Elsphet, tocándole la frente con la mano—. Bebe un poco más de agua. No hay mucha, pero te sentará bien —añadió, llevando el vaso a los labios de Kassidy.

—Gracias —dijo Kassidy, bebiendo con ansiedad.

—Por tu modo de hablar, diría que eres una mujer de clase alta y educada. ¿Qué has hecho para acabar en este infierno?

Kassidy recordó el absurdo intento de convencer a los guardas de su inocencia. Decidió que nadie la creería, aunque intentaría explicárselo a Elsphet O'Neill.

—Estoy aquí —dijo con un hilo de voz— porque ofendí a la persona equivocada...

—No importa por qué estás aquí —comentó Elsphet—. Te cuelgan tanto por el robo de un mendrugo de pan como por robar las joyas de la corona.

Kassidy sintió frío en su interior, recordando de pronto las sucias caricias de Tom Brunson. Enterraría esa idea en el fondo de su mente, era demasiado dolorosa para pensar en ella.

—Es necesario que salga de aquí, Elsphet. Tengo que hacer algo...

—Si tuvieras alas, podrías volar, pero como no es así, deberás cumplir tu sentencia.

Kassidy la miró a la cara y repuso:

—Yo no fui a juicio... ningún juez ha dictado sentencia. —Miró fijamente a los ojos azules de Elsphet—. No espero que me creas, pero es la verdad.

Al cabo de unos segundos, Elsphet dijo:

—Te creo. ¿Cuánto tiempo llevas aquí? —preguntó en voz baja.

—Yo... no lo sé. ¿Qué día es hoy?

Elsphet se mordió el labio y respondió:

—Creo que estamos a seis de julio, o quizá a siete.

—¡Dios mío! —sollozando, Kassidy hundió la cara entre las manos y agregó—: Fui secuestrada el veinte de mayo. ¿Cuánto tiempo llevas aquí, Elsphet?

—Casi cinco años, aunque me parece que llevo toda la vida aquí. Mi madre enviudó muy pronto con siete hijos. Tuve que ayudarla vendiendo galletas por las calles. En cuanto fui lo bastante mayor, comencé a trabajar en una joyería. Yo no sabía que el hombre vendía joyas robadas, aunque al final eso no importara nada. El magistrado dijo que yo era igualmente culpable. Sólo me quedan tres meses, y la verdad es que me encantará salir de aquí.

—Yo no tengo ninguna esperanza, Elsphet. Lo más seguro es que muera aquí.

—No digas eso. Si pierdes las esperanzas, morirás. —Elsphet frunció el entrecejo cuando vio la herida en la cabeza de Kassidy—. ¿Quién te ha hecho eso?

—Un guarda.

Elsphet humedeció un pedazo de tela y se lo pasó por la herida.

—Cuando esté libre, acudiré a tu familia y les diré que estás aquí. Ellos te sacarán.

Kassidy sintió ciertas esperanzas de vida en su interior.

—Oh, Elsphet, ¿harías eso por mí?

—Haría eso y mucho más. Eres como mi hermana menor, que está aquí por error. Sé cómo te sientes.

Kassidy intentó incorporarse pero cayó.

—Tienes lo que se llama «fiebre de la cárcel». Yo la tuve cuando llegué. Tardas meses en recuperarte. Cuando creía que estaba bien, volvía a aparecer. —Elsphet llevó una cuchara de gachas a los labios de Kassidy—. Con esta comida —se lamentó— es difícil recuperarse.

Cada cuatro días los presos salían al patio para caminar. Una vez allí, Kassidy respiró aire fresco y sintió el sol en su pálido rostro. Oyó a los vendedores ambulantes en las calles, ofreciendo comida a aquellos que la pudieran pagar. Vio a los miserables presos pasando los brazos por los barrotes y mendigando comida a los transeúntes.

Qué bajo había caído. Ni siquiera tenía dinero para un mendrugo de pan, pero su orgullo le impedía mendigar comida... prefería morir de hambre. Le habían arrebatado la dignidad, pero el orgullo seguía vivo en su interior.

El hambre le tensó los músculos del estómago. Con cada humillación sufrida, Kassidy estaba más dispuesta a aguantar hasta el día en que abandonara aquel infierno y se enfrentara al duque que la había confinado a él.

15

Acompañado de tres escoltas vestidos con suntuosas libreas, un carruaje con escudo, seguido de otros seis, avanzaba a través de las estrechas y bulliciosas calles de Londres.

Cuando el vehículo se detuvo delante de Newgate, los dos vigilantes de la entrada lo observaron con gran interés. Un sirviente dispuso las escaleras y abrió una puerta. Por su forma de vestir, el hombre que bajó del carruaje sin duda era alguien importante. No miró ni a derecha ni a izquierda cuando se adentró en las lúgubres salas de la prisión de Newgate.

Con pasos decididos, Raile, seguido de Oliver, se dirigió a la oficina del alcaide.

Cuando entraron en la pequeña habitación, algo sombría, Raile se acercó al hombre que estaba sentado a su escritorio.

—Hablaré ahora mismo con el alcaide —dijo, quitándose los guantes de piel y golpeándolos impacientemente contra su muslo.

—¿Esperaba su visita, señor? —preguntó el hombre, mirando el montón de documentos que había sobre la mesa.

—Avise al alcaide —intervino Oliver con acritud—. Dígale que el duque de Ravenworth desea hablar con él en privado. Rápido. A su excelencia no le gusta que le hagan esperar.

El menudo hombre se levantó, apartando la silla mientras se apresuraba a entrar en la oficina anexa.

—Sí, excelencia —dijo, obediente—. Estoy seguro de que el señor Clarence lo recibirá enseguida.

Hacía dos días que Kassidy no se levantaba del colchón. Ya no soportaba las repulsivas gachas. Se negaba a comer. Cuando Elsphet intentaba meter la comida en su boca, apretaba los dientes con fuerza.

Los demás presos estaban en el patio, pero Elsphet se había negado a abandonar a Kassidy. Compungida, la muchacha irlandesa negaba con la cabeza, consciente de que su amiga probablemente no pasaría de aquella semana.

Cuando oyó el crujido de una llave en el cerrojo y alzó la mirada, vio entrar al alcaide acompañado de otros dos hombres. Elsphet los miró, perpleja. El alcaide no solía visitar las celdas, y se preguntó por qué habría venido. En cuanto a los otros dos hombres, uno era sin duda un sirviente, pero el otro hizo que se pusiera de pie. Era apuesto y tenía un aire aristocrático. Observó a Elsphet y luego a Kassidy, que seguía tendida en el colchón. Elsphet se dio cuenta de que su fría expresión se llenaba de pesar.

Raile se arrodilló junto a Kassidy, consternado por su demacrado aspecto. Tenía la rubia melena enmarañada y mugrienta. Tomó su débil mano y notó que tenía fiebre.

—Está enferma —dijo, mirando acusadoramente al alcaide—. Voy a sacarla de aquí ahora mismo.

—Sí, su excelencia. No sé cómo puede haber ocurrido. Espero que no me considere culpable. Si me lo hubieran comunicado, le aseguro que...

Raile silenció al hombre con una severa mirada y dijo:

—Le sugiero que se asegure de que no vuelva a suceder una atrocidad como ésta, señor Clarence. Haré que investiguen ciertas actividades criminales que se llevan a cabo en este lugar. Y en cuanto a la señorita Maragon, yo de usted estaría preocupado. Si le dijera el nombre de su tío, temblaría de miedo porque es un miembro del Parlamento con gran influencia. Si lo desea, puede crearle muchos problemas.

La mirada del alcaide mostró cierto temor y dijo, tratando de excusarse:

—Sólo deseo colaborar con usted, excelencia. Le ayudaré en todo lo que pueda para asegurarme de que esto no vuelva a suceder.

Para Kassidy, todo era confuso. Por un momento, le pareció ver la cara del hombre que más odiaba en el mundo.

—No... —gimió—. Otra vez no. No me toques... Vete... vete.

Elsphet miró amenazadoramente al duque y preguntó, señalando a Kassidy:

—¿Es usted el responsable de esto...? Ella es muy buena y merece algo mejor.

Raile cogió a Kassidy en brazos y dijo:

—A mi lado nadie volverá a maltratarla.

—Será mejor que sea así o, cuando salga de aquí, le buscaré... y no tardaré mucho en salir.

El guarda empujó a Elsphet contra los barrotes.

—No molestes a su excelencia. Sal con los demás a pasear.

Elsphet se dirigió a la puerta.

—Iré, pero será mejor que no olvide mi advertencia. Sé quién es usted y, si le hace daño, lo buscaré. —Con una última mirada a Kassidy, salió por la puerta hacia el pasillo.

Kassidy no estaba segura de si era una pesadilla. En cualquier caso, quería despertar. Temerosa, alcanzó a tocar la cara de Raile. No era un sueño... era real. ¿Qué nueva tortura tenía pensada para ella? se preguntó, desesperada.

Estaba demasiado débil para luchar. Que hiciera lo que quisiera, ya nada tenía sentido.

Raile vio el terror reflejado en los ojos de Kassidy y deseó que hubiera algún modo de asegurarle que había venido para ayudarla.

—Todo va bien —susurró tranquilizadoramente—. Voy a sacarte de aquí.

Kassidy intentó escapar de sus brazos, pero él se lo impidió. Cuando la cubrió con su capa, ella se preguntó si se proponía asfixiarla.

—No, por favor, no me hagas más daño... —sollozó, y luego añadió—: Sólo... déjame morir.

Raile se estremeció.

—Ahora está a salvo, señorita Maragon. Por favor, confíe en mí.

Cerrando los ojos, Kassidy desfalleció entre sus brazos.

Durante todo el día Kassidy se debatió entre dolorosas y mortificantes pesadillas. Sabía que había salido de Newgate, pero ¿dónde estaba? En cualquier caso, tenía la impresión de que seguían torturándola.

Unas voces la obligaron a volverse y le quitaron el vestido por la cabeza. Después alguien la bañó con agua tibia, mientras ella temblaba de frío. Luego le pusieron un vestido limpio y la obligaron a que hiciera uso de una energía que no poseía. Sólo quería que la dejaran morir en paz.

De vez en cuando, un hombre se obstinaba en obligarla a tragar un líquido amargo. Estaba segura de que la estaban envenenando o de que volvían a drogarla.

En ocasiones deseó volver a Newgate, donde nadie le exigía que despertara de sus sueños.

De haber sabido que se encontraba en la casa del duque de Ravenworth, Kassidy se hubiera sentido mucho más aterrada.

Lady Mary seguía fuera de Londres en busca de su sobrina, y Raile intentaba comunicarse con ella. Mientras tanto, se había hecho responsable de Kassidy, instalándola en su propia casa de la ciudad. Mandó llamar al doctor Worthington.

Sintiéndose incapaz de hacer nada más, Raile permaneció fuera de la habitación. Luego, se dirigió a las escaleras dispuesto a enfrentarse a Lavinia y a Hugh.

Irrumpió en el comedor y dijo:

—Os he convocado por una razón muy importante. Venid a mi despacho ahora mismo.

Lavinia bebió un sorbo de vino y preguntó:

—¿Qué puede ser tan importante para interrumpirnos la comida? ¿Está relacionado con la llegada del doctor Worthington?

Advirtiendo la ira en la mirada de Raile, Hugh comentó:

—Madre, quizá será mejor que obedezcamos.

—A no ser que queráis que los sirvientes conozcan los problemas de la familia, sugiero que vengáis conmigo —insistió Raile, y giró sobre sus talones y abandonó la habitación.

Lavinia dejó la servilleta sobre la mesa y apartó la silla. Tenía una expresión expectante.

—Vamos, Hugh, veamos qué nos ofrece Raile esta noche —ironizó—. Estoy segura de que no será un encuentro muy placentero.

Tras entrar en el despacho y sentarse en un sillón de cuero, dijo:

—Raile, tus modales dejan mucho que desear...

—No os he llamado para recibir una lección de modales, madame.

—Así pues, ¿qué quieres? —inquirió Hugh, cogiendo una vieja caja de rapé y examinándola perezosamente.

Raile permaneció de pie delante de su hermano.

—¿Qué dirías si supieras que he hablado con Jack Beale?

Hugh se encogió de hombros.

—Bueno, te preguntaría quién demonios es Jack Beale.

Raile se sintió aliviado. Creyó a su hermano. Hugh nunca había sido capaz de ocultar sus emociones. Era obvio que ignoraba la relación de su madre con Jack Beale.

Raile miró fijamente a su madrastra, que, con el rostro lívido, agarraba con nerviosismo el brazo del sillón.

—Y tú, Lavinia. ¿Dirías lo mismo? ¿Conoces a Jack Beale? —preguntó, acercándose a ella.

Lavinia negó con la cabeza.

—No sé de qué estás hablando, Raile. ¿Acaso me acusas de algo?

—Sé que eres culpable, Lavinia. Tengo pruebas que demuestran que secuestraste a la señorita Maragon y la llevaste a Newgate.

Por un momento, Lavinia quedó atónita, pero sólo porque ignoraba que la muchacha seguía viva. Finalmente repuso con voz calmada.

—Ignoraba que la señorita Maragon estuviera en Newgate.

—¿Qué está pasando? —preguntó Hugh perplejo—. ¿Abigail está en Newgate?

Lavinia se levantó y se acercó al escritorio, por cuya lisa superficie pasó los dedos.

—No he enviado a nadie a Newgate, Raile —repitió—. Pero no olvides esto, mi hijo no se atará a ninguna mujer.

—Madame, sé que intentaste deshacerte de la señorita Maragon —dijo Raile, tratando de reprimir su enfado—. Podrías haberte evitado muchos problemas, ¿sabes? Diste con la mujer equivocada.

Atónita, Lavinia clavó en él su mirada y preguntó:

—¿Qué estás diciendo?

—Es cierto, Lavinia. —Su mirada era dura como la piedra—. Todos creímos que la muchacha que vino al castillo de Ravenworth era Abigail Maragon, pero lo cierto es que Abigail murió en el parto. La que conocí era su hermana, Kassidy Maragon.

Hugh empalideció.

—¿Abigail está... muerta?

—Sí, Hugh, está muerta —respondió Raile, sintiendo repulsión hacia él y su madre—. Dejaste sola a Abigail Maragon cuando dio a luz y murió. Espero que comprendas que lo que hiciste es algo censurable.

Lavinia apoyó el brazo en el de Hugh.

—Él no hizo nada, Raile, y no permitiré que lo culpes. La misma frivolidad de la muchacha la condujo a la muerte.

Hugh apartó el brazo de su madre y se encaminó hacia la ventana, donde permaneció unos segundos con la mirada perdida.

—Murió sin que yo lo supiera... Amaba a Abigail —murmuró con sinceridad, y sintió un enorme vacío en el corazón, deseó estar solo, pensar en los felices días que había pasado con su mujer en la cabaña situada junto al río.

—Ya es tarde para lamentarse, Hugh —dijo Raile con severidad—. Deberías haber estado junto a ella.

Por primera vez en su vida, Hugh se sintió avergonzado.

—Nunca quise abandonarla.

—Y en cuanto a vos, madame —dijo Raile, volviéndose hacia Lavinia—, será mejor que reces para que Kassidy Maragon no muera por tu culpa, porque si finalmente muere, te entregaré a la justicia. Y si sobrevive y desea castigarte, me encargaré de que recibas tu merecido. En este caso, el nombre DeWinter no te salvará.

Lavinia observó el desprecio en los ojos de Raile y se estremeció de terror. Nunca amenazaba en vano. Si decía que la denunciaría, sin duda lo haría.

—No puedes demostrar nada —replicó ella con arrogancia.

—Oh, te equivocas, Lavinia. Tú y yo no somos los únicos que sabemos que has participado en esto.

—Vas demasiado lejos, Raile —intervino Hugh—. Sé que odias a mi madre, pero sugerir que ha hecho daño a alguien...

—Pregúntale sobre su visita a media noche a la habitación en que duerme tu hija —le interrumpió Raile—. Luego dime que no haría daño a un desconocido.

Hugh pareció desconcertado.

—No te creo.

Raile sonrió y comentó:

—Yo creería cualquier cosa de ella, Hugh. Sólo que tú no te has interpuesto en su camino cuando quiere algo y... espero que nunca lo hagas.

La mirada de Lavinia se endureció.

—Digas lo que digas, me enfrentaría a ti y al mundo entero para salvar a mi hijo.

—Pero ¿quién, madame, salvará a tu hijo de ti? —Raile guardó silencio por unos segundos y luego añadió—: Bien, no escucharé ni una sola mentira más. Tú y Hugh abandonaréis mi casa mañana. No permitiré que sigáis viviendo bajo mi techo.

—¿Insinúas que nos mandas al campo? —preguntó Hugh, que no deseaba abandonar Londres.

—No me importa adónde vayáis ni lo que hagáis, pero no viviréis en ninguna de mis casas.

Hugh pareció confuso.

—Entonces ¿dónde...?

Lavinia levantó la mano e interrumpió a su hijo.

—No vas a echarnos sin ningún medio de vida.

—Es cierto. Hugh tiene su asignación, y también he pensado en ti. —Raile abrió un cajón del escritorio y contó varios montones de monedas. Luego se las tendió a Lavinia y, cuando ella no las cogió, se las puso en la mano.

—Cien libras, madame. La cantidad que prometiste a Jack Beale. —La miró a los ojos y agregó—: Yo no intentaría contratar de nuevo a Jack Beale, Lavinia. Verás, he comprado su lealtad y sólo me apoyará a mí.

Lavinia, cuando se sentía acorralada, era valiente.

—No esperarás que viva con esa menudencia. —Arrojó las monedas sobre la mesa y algunas cayeron al suelo—. ¡No necesito tu caridad, Raile!

Raile se dirigió a la puerta antes de volverse hacia ella.

—No deberías ser tan descuidada con el dinero, madame. No recibirás nada más de mí. Permitiré que te lleves uno de mis carruajes con tus objetos personales, pero nada más. Recuérdalo, mañana os quiero fuera de aquí.

Cuando Raile se marchó, Hugh se arrodilló para recoger las monedas.

—Nunca había visto a Raile tan indignado.

—¡Cállate! ¿Eres tan imbécil como para no darte cuenta de las consecuencias? Tendré que trasladarme a esa mísera casa que me dejó tu padre. Mi existencia se sumirá en una gran monotonía. Mis amigos se compadecerán de mí. Ya no me invitarán a ninguna fiesta. ¡Estoy arruinada... arruinada!

Hugh entregó las monedas a su madre con diligencia.

—Quizá deberíamos ordenar a los sirvientes que empaquetaran nuestras pertenencias. Creo que Raile hablaba en serio.

Los ojos de Lavinia resplandecieron de odio y exclamó:

—¡Ha ganado esta batalla, pero yo ganaré la guerra!

Hugh miró a su madre fijamente e inquirió:

—¿Hiciste lo que él ha dicho?

Lavinia apretó los dientes.

—Vamos, querido, tú mismo lo has dicho. Raile me odia, y diría cualquier cosa para desacreditarme delante de ti.

16

Kassidy despertó sumida en la oscuridad. Nubes amenazadoras cubrían el sol, y el sonido de los truenos resonaba en el cielo tras los fugaces rayos, mientras la tormenta se desataba con fuerza. Por un momento, Kassidy observó la ventana abierta. Luego oyó que alguien entraba, y una sirvienta de mediana edad se apresuró a cerrarla.

—¿Quién eres? —preguntó Kassidy, perpleja—. ¿Dónde estoy?

—Bendita señorita —dijo la mujer, que sostenía una vela en la mano—. Te habrás asustado al despertar en una habitación desconocida. Soy la señora Fitzwilliams, ama de llaves del duque de Ravenworth. Y ésta es su casa de la ciudad.

Al escuchar aquel nombre aterrador, Kassidy hundió la cara en la almohada mientras se estremecía.

—Así que sigo siendo una prisionera. —Dirigió su mirada hacia la puerta, como si temiera que el duque entrara en cualquier momento—. ¿Por qué estoy aquí?

La señora Fitzwilliams negó con la cabeza mientras le alisaba las sábanas.

—Señorita, ya no es ninguna prisionera. De hecho, su misma excelencia la trajo aquí y llamó al doctor Worthington para que la atendiera. Ha estado muy enferma. Su excelencia me ha hecho venir del castillo hasta aquí para que la cuidara. Quiere ayudarla a que se recupere.

Kassidy gimió, todavía débil.

—No comprendo por qué está haciendo esto.

—Vamos, vamos —susurró el ama de llaves—. Ya no tiene que preocuparse de nada. El doctor ha dicho que se recuperará. Quiere que descanse, que coma bien y que recupere las fuerzas.

Kassidy observó a la mujer con suspicacia. Parecía una abuela, con el cabello blanco, las mejillas sonrosadas y unos ojos marrones llenos de ternura. Pero ¿cómo podía confiar en alguien que trabajaba para ese odioso hombre?

—¿Por qué querría el duque ayudarme? —inquirió.

—Estoy segura de que su excelencia se lo explicará todo. Ahora descanse.

—¿Eres del castillo de Ravenworth?

—Sí. He trabajado para los DeWinter durante más de cuarenta años —respondió la señora Fitzwilliams con orgullo.

Kassidy apenas podía mantener los ojos abiertos... La cama era suave y había mantas bajo la colcha aterciopelada. Por primera vez después de muchas semanas, no tenía frío. Mientras escuchaba el sonido de la lluvia en el exterior, bostezó, ofreciendo una educada sonrisa al ama de llaves.

—Si vives en el castillo de Ravenworth, quizá sepas algo del bebé de mi hermana.

—Por supuesto, señorita. La pequeña goza de buena salud y es una niña hermosa. Todos la adoramos, y me temo que la hemos mimado demasiado. Es una dulzura y, en realidad, es así como la llamamos.

Kassidy cerró los ojos. Gracias a Dios, la niña estaba bien.

—Dulzura... —murmuró adormecida—. Si pudiera verla...

—Pronto, señorita, muy pronto. Pero ahora debe descansar.

Kassidy se quedó dormida antes de que la señora Fitzwilliams apagara la vela. El ama de llaves permaneció de pie junto a ella durante un momento, pensando que tenía mejor aspecto, aunque estaba muy débil.

—Pobre muchacha —susurró, apenada—. La vida te ha tratado cruelmente.

Condujeron a lady Mary al salón, donde Raile la esperaba. Hacía sólo tres días que había recibido noticias de la localización de su sobrina.

Lady Mary miró con ansiedad a Raile y preguntó:

—¿Está bien mi sobrina? Quiero verla.

—Ha estado muy enferma, pero se recuperará. —Raile parecía incómodo—. Comprenderá su enfermedad cuando le diga dónde la encontré.

—¿Dónde? —inquirió lady Mary alarmada.

Raile había estado esperando que llegara aquel momento. Respiró hondo y se dispuso a relatar lo sucedido a la señorita Maragon. No disculpó a Lavinia ni a Hugh, y ni siquiera a sí mismo.

Observó el horror en el rostro de lady Mary, dejando paso al enfado y la indignación. Cuando terminó, ella se levantó, furiosa.

—Haré responsables a esa mujer y a su hermano de esta atrocidad. Aún no han pagado su crimen.

—Le prometo que me encargaré de ellos. Pensé que desearía que yo mismo me ocupara de este asunto con delicadeza para que su sobrina no fuera públicamente humillada.

—Ha sido mucho más que una humillación, excelencia. No estoy dispuesta a permitir que esa mujer no reciba castigo alguno, pero no comprendo por qué hizo una cosa así a Kassidy.

Raile bajó la mirada, sintiendo sobre su cabeza el deshonor de la familia.

—Todos creímos erróneamente que Kassidy era su hermana, y cuando insistí en que Hugh se casara con la muchacha a la que había deshonrado, Lavinia planificó todo esto para deshacerse de ella.

Los ojos de lady Mary brillaron de cólera.

—¡Pero eso es ridículo! Su hermano ya estaba casado con Abigail. Quiero que su madrastra sufra la misma degradación que ha hecho sufrir a Kassidy. Y puede estar seguro de que mi marido se asegurará de que así sea.

—Si eso es lo que quiere hacer, así se hará. Deseo ayudarla en todo lo posible. Sin duda Lavinia merece ser castigada por lo que hizo, pero eso no compensará a la señorita Maragon por sus sufrimientos, de hecho, puede que incluso le haga sufrir más.

Lady Mary hundió la cara entre las manos y dijo:

—Tiene razón. Debo pensar en Kassidy. No quiero exponerla a un juicio público. —Miró a Raile, viendo el dolor reflejado en sus ojos. Estaba profundamente afectado por lo quc le había sucedido a Kassidy—. Pero ¿cómo los castigaremos si no es con un juicio?

—Los he echado de mi casa. En cuanto a mi madrastra, no pienso hacerme cargo de sus gastos. He pensado en enviar a Hugh fuera de la ciudad para alejarlo de la influencia de su madre.

Lady Mary negó con la cabeza y repuso:

—No es suficiente.

—Estoy de acuerdo. ¿Qué propone?

—De momento, nada. Quiero conocer la opinión de mi marido. —Cogió la mano de Raile y añadió—: No le culpo de todo esto, excelencia. Sin su ayuda, nunca hubiéramos encontrado a Kassidy.

—No trato de excusarme, lady Mary. Una joven muchacha ha sufrido mucho por culpa de mi familia.

—Quiero trasladar a mi sobrina a mi casa en cuanto sea posible. Debo asegurarme de que nunca vuelva a sucederle algo así.

—Antes de que suba a verla, me pregunto si me permitiría hablarle de otro asunto. —Raile miró el suelo de madera y susurró con la voz entrecortada—: Yo... quisiera hablar del futuro de la señorita Maragon con usted.

—Yo me ocuparé de su futuro —dijo lady Mary con decisión—. Vendrá a vivir conmigo.

Raile nunca había pedido a ninguna mujer en matrimonio y trató de hallar las palabras adecuadas.

—Consideraría un... honor que me permitiera pedir la mano de su sobrina.

Lady Mary miró fijamente a Raile como si hubiera perdido el juicio.

—No puede haber dicho lo que creo que ha dicho. Ni siquiera conoce a Kassidy.

—Muchos matrimonios se acuerdan antes de que los cónyuges se conozcan perfectamente. Seré un buen marido.

—¿Un matrimonio de conveniencia? —Lady Mary estaba atónita—. No creo que sea un buen arreglo. Además, siempre he querido que Kassidy se casara por amor. Usted no se casaría con ella por este motivo.

—Eso es cierto, lady Mary, pero puedo darle mucho... y nunca le faltará nada.

—A Kassidy nunca le ha impresionado la riqueza. —Lady Mary volvió a mirar a Raile. Se dijo que su hermosura y gallardía le haría popular entre las mujeres, aunque no fuera rico y careciera de título—. ¿Qué obtendría usted si se casara con mi sobrina?

Él la miró a los ojos y respondió:

—El príncipe me ha pedido que tome una esposa. Pensé que su sobrina estaría dispuesta a desempeñar ese papel.

—Veo que ha pensado en todo. Pero ¿por qué Kassidy?

—Mi familia ha causado un gran daño a su sobrina. Quisiera repararlo de alguna manera... —Bajó la mirada—. Siento que al menos le debo eso.

—Sin duda es usted un hombre noble —dijo ella mordazmente—. ¿Quiere casarse con mi sobrina para no sentirse culpable?

—Preferiría decir que es por honor. Además, como noble, la señorita Maragon pertenece a una gran y respetable familia y sería una duquesa adecuada. No me ama, así que no me exigiría nada. Y yo tendría una esposa que me daría un heredero. Me gusta la vida organizada.

De pronto, lady Mary se echó a reír.

—Usted no conoce a mi sobrina si cree que la vida con ella sería tranquila y... organizada. Se lo advierto, debería conocerla.

—Admito que tiene mucho carácter para ser tan... modesta en apariencia.

—¿Qué? —exclamó lady Mary, incorporándose en el asiento—. ¿Cree que Kassidy no es atractiva? ¿Estamos hablando de la misma muchacha?

Raile esperó no haberla ofendido.

—Le ruego que me disculpe, lady Mary. Durante mi largo servicio en el ejército, me he acostumbrado a un modo de hablar muy directo. Verá, en realidad el aspecto de la señorita Maragon no me importa. ¿Estoy en lo cierto si creo que no tiene planes de casarse?

—¿Por qué cree eso?

Raile pareció incómodo. Se dijo que lady Mary sin duda sabía que su sobrina no era hermosa, y era obvio que sería una solterona. No parecía tener mucho que ofrecer a un hombre.

—En fin, quizá me equivoque. —Tratando de ser galante, preguntó—: ¿Hay algún otro hombre con el que preferiría casarse antes que conmigo?

—Kassidy ha vivido una vida recluida. No conoce a ningún caballero —respondió lady Mary—. Pero me resulta difícil creer que no le resulta una mujer encantadora. Estoy segura de que usted sabe que se le considera un buen partido, excelencia.

Raile esbozó una sonrisa.

—A todos los hombres les gusta pensar que eso es cierto.

—No es difícil escuchar los comentarios sobre su persona. Una sólo tiene que acercarse a un grupo de solteronas en un baile para oírles especular sobre lo afortunada que sería la que consiguiera casarse con usted, mientras los hombres hablan de sus heroicas hazañas.

Raile tuvo la sensación de que lady Mary se estaba burlando de él.

—Tengo poco tiempo para asistir a esos bailes y me disgustan las muchachas que persiguen un título.

—Excelencia, sin duda menosprecia sus... otros atributos.

Raile volvió a sonreír e inquirió:

—Lady Mary, ¿se está burlando de mí?

Ella contuvo la respiración ante la intensa mirada de sus ojos marrones. Sólo pensaba en lo arrebatador que podía ser para una joven tan inexperta como Kassidy.

—No, excelencia. Sólo era una afirmación. Soy una mujer que se siente feliz con su marido. Los dos somos muy felices.

—No cree que pueda hacer feliz a su sobrina, ¿verdad?

—En algún momento llegará alguien extraordinario en todos los sentidos. Kassidy es así. Nunca ha podido ser feliz. Necesita ser valorada.

—Estoy seguro de que es así —convino Raile, pensando que todas las tías tenían una sobrina preferida y que Kassidy sin duda era la de lady Mary. No obstante, debía reconocer que no había visto nada extraordinario en ella.

—Kassidy es inteligente —prosiguió lady Mary—, y probablemente ya ha deducido que su familia ha estado involucrada en su secuestro. Considerará su oferta de matrimonio como una afrenta. —Lady Mary estaba segura de que su sobrina nunca aceptaría a aquel hombre arrogante, que consideraba su deber convertirla en duquesa para pagar las culpas de su familia—. Le liberaré de todo sentimiento de culpa ante mi sobrina. Ni siquiera le hablaré de su proposición.

—No puedo esperar que mi culpa desaparezca tan fácilmente. Consideraría un honor tenerla como esposa.

—Quizá deba considerarlo de nuevo, excelencia. —Lady Mary no pudo reprimir una sonrisa—. Si Kassidy fuera su esposa, le volvería loco. —Se puso de pie emitiendo un sedoso suspiro—. Quiero ver a mi sobrina. Estoy ansiosa por ver cómo se recupera.

Raile asintió con la cabeza.

—Haré que mi ama de llaves la acompañe. —De pronto, entrecerró los ojos y preguntó, casi como si suplicara—: ¿No cree que su sobrina me mirará con agrado?

—Si quiere un consejo, abandone sus planes de casarse con ella. Le aseguro que no es la persona que usted cree.

—Pero ¿usted no se opone?

Lady Mary sonrió y contestó:

—En absoluto, excelencia, pero Kassidy sí lo hará.

17

Cuando estaba a punto de dormirse, Kassidy olió el dulce aroma a rosas que le recordó a tía Mary. Sintió el contacto de una mejilla en la cara y abrió los ojos, temiendo que se tratara de un sueño.

—Has venido... —murmuró Kassidy con voz temblorosa—. Tía Mary, me has encontrado...

—Sí, querida. He venido a llevarte a casa.

Kassidy no pudo reprimir por más tiempo las lágrimas.

—He pasado tanto miedo y me he sentido tan sola... No puedo contarte las cosas horribles de las que he sido testigo.

Lady Mary abrazó a su sobrina y dijo:

—Nunca más volverás a pasar miedo.

—Por favor, sácame de aquí —le rogó—. No me dejes con ese hombre.

Lady Mary soltó a Kassidy y la observó, luego preguntó:

—¿De qué estás hablando?

—Del duque. ¡Es un monstruo!

Su tía indicó con un gesto a los sirvientes que se acercaran a la cama.

—Cójanla con cuidado —ordenó, colocando una manta sobre los hombros de Kassidy—. Cuidado con las escaleras.

Kassidy cerró los ojos, segura de que por fin podría dormir sin temor.

La pesadilla de Kassidy había terminado. En casa de su tía, y alejada del duque, se sentía a salvo. Estaba recostada sobre las suaves almohadas, junto a tía Mary, que observó la palidez de su rostro. Su hermosa melena estaba lacia y sus ojos verdes habían perdido la alegría de antaño.

—Me duele el corazón, querida, por todo lo que has sufrido. —Le acercó una cuchara a los labios—. Pero debes olvidarlo. Prueba un poco de este caldo.

Kassidy se negó, lady Mary asintió con la cabeza y finalmente Kassidy probó un poco. Luego tragó saliva y dijo:

—No quiero comer nada, tía Mary.

—Pero no has comido en todo el día.

Kassidy volvió a llevarse la cuchara a la boca para complacer a su tía.

—¿Lo pasaste muy mal en Newgate? —preguntó tía Mary, tratando de ayudarla.

Kassidy se estremeció y repuso:

—No quiero pensar en eso. No quiero recordar jamás lo que sucedió allí.

—Si es lo que deseas, nunca más lo mencionaremos, pero intuyo que hay algo que te preocupa... ¿me equivoco?

Kassidy ladeó la cabeza cuando su tía le llevó de nuevo la cuchara a la boca. Cómo podía decirle a su tía lo que le había hecho aquel horrible guarda... No, jamás confesaría a nadie su terrible secreto.

—Por favor, toma un poco más de caldo —insistió Mary—. ¿Cómo recuperarás las fuerzas si no comes?

—No quiero recuperarme —repuso Kassidy, afligida—. Madre y padre están muertos, al igual que Abigail. No hay razón para seguir viviendo.

Lady Mary nunca había visto a Kassidy tan abatida. Jamás se comportaba así, ya que era una mujer luchadora, una superviviente. Sin embargo, parecía haber perdido su espíritu de lucha, quedando tan sólo el caparazón de la hermosa muchacha que había sido.

—Kassidy, sabes que a Abigail no le gustaría que lloraras por su muerte. Ella desearía que te recuperaras... que fueras feliz. —Tomó la delgada mano de Kassidy entre las suyas—. Tienes que luchar, pequeña.

Las lágrimas descendieron por las mejillas de Kassidy. No tenía respuesta para su tía, así que bajó la mirada.

Tía Mary la besó en la frente y comentó:

—Claro que tienes motivos para vivir. ¿Te has olvidado de la hija de Abigail? Ella te necesitará... y yo también.

Kassidy comenzó a sollozar y su tía la estrechó entre sus brazos para consolarla.

—Oh, tía Mary, cometí un grave error al dejar a la inocente hija de Abigail en las garras de ese monstruo. He sufrido mucho, preguntándome por la suerte de la niña. —Kassidy se secó los ojos y agregó—: Tengo que recuperarla. No descansaré hasta que la tenga de nuevo en mis brazos.

Tía Mary apartó un mechón de pelo de la cara de Kassidy.

—Si tuviéramos a la niña con nosotros, ¿eso te haría feliz?

Kassidy asintió.

—Él... ese monstruo, ¿crees que le habrá hecho daño?

—Kassidy, el duque no es un monstruo. Jamás haría daño al bebé. Él te encontró en Newgate y te llevó a su casa.

—Por supuesto que me encontró, tía Mary —dijo Kassidy, desesperada—. Sin duda sabía dónde encontrarme porque él me llevó a Newgate.

Lady Mary negó con la cabeza.

—De momento no hablaremos de ello, Kassidy. Sólo quiero que sepas que el duque no ha sido la causa de tus problemas. Es un hombre honrado, lleno de bondad. Sirvió a Wellington y fue condecorado por su valentía en Waterloo. Incluso recibió la Orden de Garter.

El rostro de Kassidy mostró extrañeza.

—¿Sirvió en Waterloo? —inquirió, tratando de aclarar sus ideas—. ¿Aguantó hasta el final?

—Sí, claro que sí, Kassidy. Fue malherido y estuvo en un hospital de Bélgica durante muchos meses. Sus heridas eran tan graves que le dieron por muerto. De hecho, creo recordar que el *Times* publicó que había muerto.

—No lo entiendo. Si el duque combatió con Wellington, ¿cómo pudo estar con Abigail? Quizá cuando la conoció estaba de permiso...

Mary apretó la mano de su sobrina y dijo con tono afectuoso:

—Trata de comprenderlo, Kassidy. Su excelencia nunca conoció a Abigail y nunca se casó con ella.

Kassidy se sentía mareada y cerró los ojos, ya que la luz de la habitación le provocaba dolor de cabeza.

—Si pudiera pensar... Todo es tan complicado...

—Vamos, vamos, querida —la tranquilizó tía Mary—. Sólo debes pensar en recuperarte. Cuando estés mejor, volveremos a hablar del asunto. Ahora, tranquilízate y recuerda que no debes temer por la hija de Abigail. La he visto y está muy bien.

—¿La has visto?

—Sí. Te aseguro que es el centro de atenciones de los sirvientes del castillo de Ravenworth.

Kassidy apenas podía mantener los ojos abiertos.

—Estoy cansada, tía Mary. ¿Puedo dormir?

—Claro que sí. Pero espero que cuando despiertes comas algo.

Lady Mary alisó las dos almohadas en que Kassidy apoyaba la cabeza y subió las sábanas hasta la barbilla.

—Lo intentaré, tía Mary —murmuró Kassidy.

—Hay algo que debes saber, querida. Verás, el duque ha pedido verte. Creo que está dispuesto a corregir cualquier idea errónea que te hayas hecho de él.

Kassidy abrió los ojos desorbitadamente y exclamó:

—¡No! ¡Nunca! ¡No dejes que se acerque a mí! No quiero volver a verle jamás.

La voz de tía Mary era tranquilizadora.

—De acuerdo, querida. Ahora duerme.

—Ya no quiero dormir —Kassidy negó con la cabeza y el cabello lacio le cubrió la cara—. A veces tengo... horribles pesadillas.

—¿Estás segura de que no quieres hablar de tu estancia en Newgate? Mi padre solía decir que es bueno hablar de los problemas con alguien que puede ayudar a olvidarlos. Siempre he pensado que es cierto. Quisiera ser esa persona, Kassidy.

Kassidy emitió un profundo sollozo.

—No puedo pensar en ese horrible lugar... y en lo que sucedió allí... No puedo...

—Está bien, querida. ¿Te sentirías mejor si hiciera que trajeran a la pequeña?

—Si... pudiera estrecharla en mis brazos y asegurarme de que está bien... —De pronto, la esperanza se disipó de sus ojos y añadió—: Él nunca lo permitirá. La mantendrá alejada de mí como otra forma de tortura.

Tía Mary tocó la frente de Kassidy y advirtió que volvía a tener fiebre.

—Ahora duerme. Te aseguro que trataré de arreglarlo.

Al cabo de una semana, y gracias a la diaria insistencia de su tía, Kassidy comenzó a comer.

Una mañana, Kassidy despertó sintiéndose más fuerte y capaz de levantarse de la cama. La doncella le recogió la melena en una larga trenza. Luego la ayudó a bañarse y a vestirse con un camisón de color azul con ribetes rosas en las muñecas y el cuello.

Kassidy observó a su tía decorando la habitación con flores frescas y apartando las cortinas para que entrara la luz del sol.

—Querida tía Mary, ¿cómo podré agradecerte lo que has hecho por mí? Sé que soy una paciente difícil, una mala invitada.

Lady Mary besó a su sobrina en la mejilla.

—Tonterías. No eres una invitada. Ésta es tu casa.

—Henry nunca me dejó vivir contigo, tía Mary, aunque me hubiera gustado —dijo Kassidy con cierta nostalgia—. Estoy segura de que no tardará en venir, e insistirá en que vuelva al pueblo con él.

—Ha escrito una carta, Kassidy, pero estoy dispuesta a rogarle que, si quiere hacer algo por ti, permita que vivas conmigo... aunque ya conoces a Henry.

Inquieta, Kassidy preguntó:

—¿Sabe que estuve en Newgate?

—Sí, y siendo como es Henry, cree que fue por tu culpa. No comprendo por qué siempre es tan arisco contigo. Concedió a Abigail más libertad de la que te ha dado a ti.

—Estoy segura de que sigue enfadado porque me marché para estar con Abigail.

El rostro de tía Mary se iluminó de alegría y dijo:

—Tendremos que comunicarle que no estás en condiciones de viajar. Quiero aprovechar el tiempo que te tengo aquí. Hace mucho que no vive una muchacha en la casa. —Tragó saliva—. Apenas he visto a mi hija desde que se casó y fue a vivir a Escocia.

Kassidy tuvo que esforzarse para reprimir las lágrimas.

—Tía Mary, gracias por dejarme estar contigo. Trataré de no ser una molestia.

—No digas eso. Ahora hay alguien que quiere verte.

Kassidy se llevó las manos a la cara, y su tía pensó que aún estaba enferma.

—Por favor, tía Mary, no quiero ver a nadie.

—Creo que sí querrás ver a esa persona.

Emocionada, Kassidy se llevó la mano al cuello cuando vio entrar a la señora Fitzwilliams con el bebé entre los brazos. De inmediato, tendió los brazos para cogerlo y la ama de llaves se lo entregó.

Kassidy respiraba con dificultad mientras observaba a la niña. Tenía el cabello y los ojos de Abigail, sus mismos delicados rasgos. La pequeña mano del bebé se agarró al dedo de Kassidy y ella sonrió a través de sus lágrimas.

—Es hermosa —dijo besando sus delicados labios—. Oh, es tan cariñosa... La quiero tanto... ¿Cómo pude apartarme de ella?

La señora Fitwilliams se secó los ojos con un pañuelo.

—Sí, es muy cariñosa. En Ravenworth la echaremos de menos. Pero su excelencia cree que estará mejor con usted, señorita.

Los ojos de Kassidy miraron con desafío a la señora Fitwilliams.

—No devolveré la niña a ese hombre. ¡Nunca volverá a tenerla! —exclamó.

Lady Mary intercambió una mirada con la ama de llaves y le indicó con un gesto que saliera de la habitación.

Kassidy miró a su sobrina. Tía Mary tenía razón. La pequeña la necesitaba y, cuando fuera mayor, sólo Kassidy podría decirle lo mucho que su madre la había querido.

De pronto, la niña sonrió y el corazón de Kassidy se estremeció. La abrazó con suma ternura y dijo:

—Es hermosa, ¿verdad, tía Mary?

—Claro que lo es —convino lady Mary, sentándose en la cama y tocando los pies del bebé—. Pero aún no tiene nombre.

—Es cierto. —Kassidy guardó silencio por unos instantes y preguntó—: ¿Cómo crees que deberíamos llamarla?

—Creo que a Abigail le hubiera gustado que eligieras el nombre... ¿no te parece?

Kassidy acarició el suave pelo rubio de la niña.

—Creo que le hubiera gustado que la llamáramos como nuestra madre.

Alzó al bebé sobre su cabeza.

—Te llamarás Arrian, pequeña.

Tía Mary hizo un gesto de asentimiento.

—Es un nombre muy bonito. A mi hermana le hubiera gustado saber que lleva su nombre.

De pronto, la expresión de Kassidy se entristeció.

—Su nombre es Arrian DeWinter.

Lady Mary se levantó y se dirigió hacia la puerta.

—Dale todo tu amor... es lo único que necesita.

—Pobre pequeña, está sola en el mundo, tía Mary.

—Te tiene a ti, Kassidy. Os dejaré a solas para que os conozcáis mejor.

Kassidy se sentía tan feliz con la pequeña entre sus brazos que apenas se dio cuenta de que su tía salía de la habitación. Estaba dispuesta a darle todo el amor y el cariño que había sentido hacia su hermana.

Observó detenidamente a su sobrina y le pareció que estaba sana.

—Bueno, pequeña Arrian —dijo—, parece que después de todo te han cuidado bien.

Kassidy se acurrucó con la niña entre sus brazos.

—Voy a quererte tanto que nunca echarás de menos a un padre y a una madre. Te lo prometo.

Más tarde, cuando tía Mary volvió a la habitación con el ama de cría, encontraron a Kassidy dormida y abrazada a la niña.

Una lágrima descendió por la mejilla de lady Mary mientras observó la sonrisa del rostro de Kassidy. La niña ayudaría a que Kassidy se repusiera.

Durante la cena, lady Mary comentó a su marido:

—Ahora que la niña está con Kassidy, se recuperará más deprisa.

—Querida —dijo su marido—, ¿crees que Henry dejará que Kassidy se quede con ella?

—Oh, George, no se atreverá a negar a Kassidy el derecho de cuidar a la hija de Abigail.

—Lo intentará.

—Lucharé contra mi presuntuoso sobrino. Kassidy necesita estar junto al bebé. George, imagina cómo será la vida de Kassidy cuando vuelva al pueblo con su hermano. Es mejor no pensarlo. ¿Te has dado cuenta de que Henry parece tener una extraña obsesión con respecto a Kassidy? No puedo explicarlo, sólo sé que eso me incomoda y me preocupa.

—Lo he notado, pero no sé qué podemos hacer, Mary.

—Tenemos que convencer a Henry de que la deje vivir con nosotros. Lo conozco... es un sádico. Encontrará algún modo de utilizar a la pequeña para herir a Kassidy.

—Mary, no olvides que Henry es el tutor legal de Kassidy —le recordó a su mujer.

18

Los días que Kassidy se sentía lo bastante bien, dejaba que Arrian se quedara en su habitación, junto el ama de cría por si la necesitaba. Cuando lady Mary venía a visitarla y oía la risa de Kassidy, sonreía satisfecha al comprobar que su sobrina estaba recuperándose.

Kassidy decidió bajar al *solarium*, desde donde se divisaba el jardín.

Estaba tan distraída con la niña que no se dio cuenta de la llegada de la doncella.

—Discúlpeme, señorita Maragon, pero lady Mary no está en casa y el duque de Ravenworth pregunta si puede usted recibirlo. ¿Le hago pasar, o le digo que vuelva cuando la señora esté en casa?

Kassidy miró la cuna, aterrada, preguntándose si el duque había venido por el bebé. La idea de verlo le causó pavor. Estuvo a punto de ordenar a la sirvienta que le dijera que se marchara. Sin embargo, pensó que, tarde o temprano, algún día tendría que verlo, y que la casa de su tía era el mejor lugar.

—Puedes hacerle pasar —dijo por fin, cubriéndose con la manta e invocando todo su coraje para el encuentro.

Raile se detuvo en el umbral de la puerta. Los rayos de sol intensificaban el color rojizo del cabello de la muchacha que, sentada en un enorme sillón, parecía pequeña e insignificante. Tenía la tez pálida y los ojos verdes llenos de inseguridad. Él se acercó, dirigiendo la mirada hacia la cuna en que dormía la hija de su hermana.

—¿La niña está tan bien como imagino?

Tenía una presencia tan imponente que la voz de Kassidy parecía quedar atrapada en su garganta. Lo único que pudo hacer fue asentir. Deseó que no le temblaran las manos y las apretó en su regazo, esperando que él no se diera cuenta. Si la enfermedad no la hubiera debilitado tanto, quizá se sentiría capaz de enfrentarse a él. Pensó que había sido un error verlo a solas.

—Señorita Maragon —dijo Raile—, me alegro de saber que se siente mucho mejor.

Ella se preguntó cómo se atrevía a actuar como si realmente le preocupara su salud. El terror dejó paso a la ira y preguntó:

—¿Cree que soy tan estúpida para ignorar su verdadera naturaleza?

Raile se acercó a una silla, comprendiendo su ira.

—¿Le importa si me siento?

—Haga lo que quiera —respondió con acritud, deseando que se marchara.

Después de sentarse, Raile la observó por unos instantes.

—Sé que tiene razones suficiente para odiarme, señorita Maragon, pero permita que le diga que he venido a reparar los daños causados.

—¿Cómo puede reparar las semanas que pasé en Newgate, o las pesadillas que aún siguen plagando mis sueños? No quiero nada de usted, salvo que se marche.

Raile pareció enojado.

—Ya veo a lo que me enfrento.

—Quiero que se marche. Me he equivocado al recibirle.

Raile advirtió el miedo en su mirada. De alguna forma esperaba encontrarse con la decidida muchacha a la que se había enfrentado en el castillo de Ravenworth. Sólo podía imaginar el infierno que debía de haber vivido en aquella prisión.

—Sólo le pido que me escuche, señorita Maragon. Después, si lo desea, me marcharé. Pero hay varios asuntos que me gustaría discutir con usted.

—¿Quiere que llame al mayordomo? Le he dicho que se vaya.

Raile respiró hondo.

—Después de que escuche lo que tengo que decirle...

Kassidy lo miró fijamente y comentó:

—Mi tía me ha explicado que el responsable de la muerte de Abigail fue su hermano. Para mí eso no importa. —De pronto, meneó la cabeza y agregó—: No puedo imaginar por qué me secuestraron y me llevaron a ese horrible lugar.

—No espero que lo crea, señorita Maragon, pero le aseguro que no tuve nada que ver con su secuestro. No puedo decirle cuánto lamento lo que ha sucedido.

A no ser que fuera un buen actor, Kassidy creyó advertir compasión en sus ojos, y pensó que aquel sentimiento era lo último que deseaba de él.

Sin embargo, en algún recóndito y oscuro lugar de su mente, Kassidy tenía un vago recuerdo del duque levantándola cuidadosamente en brazos y sacándola de la prisión. Él la había llevado a su casa, donde su ama de llaves cuidó de ella. En el mundo sombrío de los recuerdos febriles a veces confundía la realidad con la ficción.

—Entonces, ¿cómo explica el hecho de que mis secuestradores pronunciaran el nombre de su familia?

Raile bajó la mirada y adoptó una expresión que ella no pudo comprender.

—Puedo explicárselo, si me escucha...

Ella se llevó las manos a los ojos y dijo:
—Yo... a veces confundo los hechos. Mis sueños son tan reales que se mezclan con la realidad.
—Ambos cometimos un error el día que me entregó al bebé, señorita Maragon... El mío fue creer que usted era la madre de la niña... el suyo fue creer que yo era el padre.
Kassidy cerró los ojos y convino:
—Sí, lo sé.
—Señorita Maragon, me crea o no, sólo quiero ayudarla. He pensado mucho en su bienestar.
Era atractivo, pensó ella, y sus ojos marrones resultaban hipnóticos y fascinantes. Sin duda estaba acostumbrado a disponer de las mujeres a su antojo. ¿Qué quería de ella?, se preguntó.
—Un villano puede tener un rostro atractivo —dijo Kassidy—, pero sigue siendo un villano.
Los oscuros ojos de Raile expresaron cierto humor.
—Así pues, ¿me considera atractivo?
—Ser atractivo no significa poseer un carácter generoso —repuso Kassidy.
—¿Qué diría si le retara para que me cambiara, señorita Maragon?
—Le diría, excelencia, que sería mejor retar a aquellos a los que pueda interesar su reforma... Yo no estoy interesada en usted.
A Raile le pareció ingeniosa su rapidez de respuesta.
—Así pues, debo entender que sería un esfuerzo inútil pedirle que se casara conmigo.
Perpleja, Kassidy le miró y preguntó:
—¿Qué ha dicho?
Raile se levantó. Ella había olvidado lo alto que era y lo imponente de su presencia. Tuvo que alzar la mirada para encontrar sus ojos.
—No debería haberlo dicho de este modo, pero como sabe, tengo asuntos que requieren mi atención en el

ducado y dispongo de poco tiempo para perderlo en un noviazgo. —Sabía que estaba siendo imprudente, pero ya era demasiado tarde para detenerse—. Señorita Maragon, le estoy pidiendo si me haría el honor de convertirse en mi esposa.

—¿Cree que estoy loca? —inquirió Kassidy, indignada—. ¿Cómo se atreve a insultarme de ese modo?

La expresión de Raile era confusa.

—No pretendía insultarla, sino todo lo contrario.

—Quizá piense que casándose conmigo conseguirá que no haga públicos los crímenes de su hermano.

Él se sentó en una silla próxima a la suya.

—Seré el primero en admitir públicamente que Hugh es un sinvergüenza.

—Diría que es algo peor que un sinvergüenza. —Volvió la cabeza hacia la pared, tratando de reprimir un profundo sollozo—. Ha dicho que se marcharía si se lo pedía. Pues bien, márchese. No quiero volver a verle jamás.

Raile sintió compasión por ella. Era una muchacha débil e inofensiva, pero se agarraba a la vida, y él sentía la necesidad de cuidarla y protegerla. Se sintió profundamente culpable por lo que le había sucedido... al fin y al cabo su familia era la responsable de ello.

Raile le tendió una mano y a continuación dejó caer el brazo.

—Le pido sólo un minuto más de su tiempo para explicarle ciertos asuntos.

Ella volvió a mirarlo y repuso, segura de sí misma:

—No tiene nada que decirme que esté dispuesta a escuchar, además, su propuesta es absurda. ¿Cómo puede creer que me casaría con el hermano del bribón que sedujo a Abigail y, cuando más lo necesitaba, la abandonó?

Raile guardó silencio durante unos segundos, mientras pensaba en lo que iba a decir. ¿Era posible que Hugh se hubiera casado con Abigail Maragon sin decírselo a él ni a Lavinia? Lady Mary así lo creía y, al parecer, también la señorita Maragon.

—¿Qué le dijo exactamente su hermana?

—Antes de morir, me pidió que llevara a su hija con el duque de Ravenworth, ya que era su marido. Y como usted es el duque, sin duda comprenderá por qué me equivoqué al considerarlo su marido.

Raile sintió ira en su interior. Hugh había intentado atraer a una mujer con la pretensión de un título.

—Por favor, le aseguro que el honor de mi familia es muy importante para mí. Sólo deseo redimir la integridad de los DeWinter ante sus ojos.

Había algo en él que a Kassidy le parecía sincero.

—¿Es cierto que luchó en Waterloo?

—Sí, señorita Maragon. Hace poco tiempo que he regresado después de pasar cinco años en el extranjero.

—Usted no puede reparar las noches que pasé en un mugriento colchón de paja. No puede hacerme olvidar la soledad y la destrucción que llegué a sentir... y las inefables cosas que me sucedieron. No, su excelencia, no puede compensarme ofreciéndome que me case con usted. De ningún modo quiero estar relacionada con su familia.

Raile sintió un punzante sentimiento de culpa a medida que comprendía el sufrimiento de la pobre muchacha.

—No puedo reparar su dolor ni hacer que desaparezcan sus recuerdos —dijo cariñosamente—. Pero señorita Maragon, estamos unidos por un fuerte vínculo.

—Se equivoca... Nada me vincula a usted.

—No es cierto. La hija de su hermana y de mi hermano es ese vínculo. ¿Ha pensado en el futuro de la niña?

Kassidy trató de incorporarse, pero cayó débilmente hacia atrás.

—¿No estará amenazándome?

—Por supuesto que no —replicó él con indignación—. Sólo estoy sugiriendo que, si estuviéramos casados, podríamos darle una familia.

—No quiero casarme con usted. ¿Por qué debería hacerlo? Ni siquiera estoy segura de que no tuviera nada que ver con mi encarcelamiento.

—Está bien, señorita Maragon, seré sincero con usted. La llevaron allí dos hombres contratados por mi madrastra. Ella creyó que usted era Abigail Maragon, y quería proteger a su hijo Hugh de un matrimonio que no deseaba.

—¿Cómo pudo hacer una cosa así? No puede imaginar lo horrible...

—Estoy seguro de que nunca llegaré a comprender la retorcida mente de Lavinia —dijo Raile con preocupación—. Pero le aseguro que jamás volverá a hacerle daño a usted o a la niña. Ya no está interesada...

—Nunca me casaré con usted para aliviar su conciencia.

—Esperaba que lo viera de otro modo.

—Tengo mejores esperanzas para mi vida, excelencia. No deseo involucrarme en un matrimonio sin amor. —Parpadeó—. Además, yo también tengo orgullo. Los Maragon no serán tan ricos ni poderosos como los DeWinter, pero tenemos un nombre honorable.

—Lo sé. ¿Cree que le pediría que se casara conmigo si no fuera así? Ni siquiera la obligación me induciría a casarme con alguien que no mereciera ser duquesa de Ravenworth.

Kassidy sonrió amargamente.

—Pues declino ese honor.

—Piense en lo que su sobrina podría conseguir. Si realmente lo desea, tendría una buena educación y nadie se atrevería a despreciarla.

—Ella no necesita su dinero. Yo la cuidaré.

—Así pues, ¿su respuesta definitiva es no?

De pronto Kassidy se estremeció, recordando lo que el brutal guarda le había hecho mientras estaba inconsciente. Jamás volvería a sentirse bien consigo misma, ya nunca pensaría en casarse y, por supuesto, aún menos con el arrogante duque.

—Desearía que se marchara, excelencia. No hay nada más que decir.

Raile se levantó, mirándola fijamente a los ojos.

—Lo lamento. Creo que nos hubiéramos entendido, señorita Maragon.

Kassidy estaba demasiado confusa para responder.

—Me marcho. Pero no cierro la puerta a mi propuesta.

Kassidy sintió una profunda soledad y pensó que el duque sólo trataba de confundirla.

—Si me necesitara, estaré en mi casa de Londres durante las dos próximas semanas, señorita Maragon, luego volveré a Ravenworth.

Kassidy lo observó mientras se marchaba, preguntándose por qué albergaba un profundo sentimiento de pérdida.

19

Lady Mary entró corriendo en el dormitorio de Kassidy, con gesto de preocupación.

—Querida, me he enterado de que ha venido el duque de Ravenworth y de que lo has recibido. Siento no haber estado contigo. Deberías haberle dicho que se marchara.

—He sido desagradable con él, tía Mary.

Lady Mary ahuecó la almohada de Kassidy.

—Bueno, estoy segura de que no es el fin del mundo. No te preocupes por nada.

—No —susurró Kassidy—. No es eso.

—Vamos, olvídate del duque.

—Tía Mary, no sabes qué he hecho.

La mujer vio el temor en los ojos de Kassidy y comentó:

—Te pidió que te casarás con él, ¿verdad?

—¿Sabías que ese hombre tenía en la cabeza una proposición tan absurda y no me lo dijiste?

—Intenté decírtelo varias veces, Kassidy, pero me prohibiste que mencionara su nombre.

—No tenía idea de que ésa fuera la razón de su visita.

—Me pidió permiso para hablarte de matrimonio. Aunque no le di ninguna esperanza, estaba segura de que declinarías su oferta.

—Tenía que hacerlo, tía Mary. Pero ahora me pregunto si he cometido un grave error.

—Vamos, querida, no te inquietes. No quiero verte enferma otra vez.

Un escalofrío recorrió el cuerpo de Kassidy, que entregó una carta a su tía.

—Supongo que esto es lo que realmente me preocupa. Es de Henry... Mañana estará aquí para llevarme a casa. —Alzó las manos en un gesto desesperado—. Quizá debería casarme con el duque.

Lady Mary sonrió, intentando calmar a su sobrina.

—No dejaré que te cases con alguien sólo para librarte de Henry. Cuando llegue tu hermano, trataré de convencerlo de que tú y Arrian estaréis mejor conmigo.

Kassidy respiró entrecortadamente y dijo:

—Henry no lo permitirá.

—Yo me encargaré. Creo que con la ayuda de tío George conseguiremos que entre en razón.

Aunque Kassidy tenía pocas esperanzas, esbozó una sonrisa.

—Sería tan feliz si pudiera quedarme contigo y con tío George...

Lady Mary se sentó en la cama y cogió la mano de Kassidy.

—No hablemos de Henry. Cuéntame más cosas del atractivo duque y cómo lo rechazaste cuando todas las mujeres de Inglaterra estarían encantadas de estar en tu lugar.

—Bueno, no lo imaginaba así. Me habló de su hermano y su madrastra. La verdad es que parece un hombre de fuertes convicciones y honor, capaz incluso de sentir compasión.

—Sin embargo, lo rechazaste.

—También me dio miedo.

Lady Mary miró a Kassidy e inquirió:

—¿Quizá también te resultó... intrigante?

—Sí, y eso es lo peor. Aunque no sé por qué, creo que atrae. Sentí la misma atracción el primer día que lo vi... incluso sentí su presencia cuando estaba en Newgate. Tía Mary, si ahora cerrara los ojos, también sentiría su presencia.

—Oh, querida —dijo lady Mary, acariciando la mejilla de Kassidy—, te estás convirtiendo en una mujer... con un corazón de mujer y con los anhelos de una mujer. No debes preocuparte. Además, te aseguro que muchas mujeres mayores que tú han perdido el corazón por ese atractivo Raile DeWinter.

—Así que se llama Raile... —Kassidy recorrió con el dedo la cenefa del encaje de su manga—. No sé lo que siento por él, pero no puedo haber dejado de odiarle de la noche a la mañana, aunque es... fascinante. ¿Te has sentido alguna vez confusa por tus sentimientos hacia tío George?

—Supongo que sí. Pero George es distinto a Raile DeWinter. Verás, George es como un arroyo fluyendo tranquilamente. Raile DeWinter es como un mar agitado, atraído por la excitación y los torbellinos. Está preocupado y necesita alguien que aporte serenidad a su vida.

—Sí, creo que tienes razón. Es como si estuviera solo, como si nadie lo cuidara.

—Kassidy, tal vez podrías darle la paz que busca.

—No, tía Mary —repuso Kassidy—, te equivocas.

—Bien, olvidemos a Raile DeWinter y concentrémonos en forjar un plan para frustrar las intenciones de tu hermano.

Henry estaba furioso al enfrentarse a su tía.

—He venido por mi hermana y no me marcharé sin ella. Partiré con Kassidy y... la niña de inmediato.

—Sé razonable, Henry —alegó lady Mary—, Kassidy aún está demasiado enferma para viajar. Deja que se quede aquí hasta que se encuentre mejor.

—Llevártela ahora es una locura, Henry —intervino George—. Kassidy ha sufrido mucho.

—Sí, y de haber seguido en su propia casa, nada de esto le hubiera sucedido.

Lady Mary fulminó con la mirada a su sobrino.

—Si pudiera retener legalmente a Kassidy, lo haría.

Henry parpadeó. Sabía que su tía no lo tenía en gran estima, pero su opinión apenas le importaba.

—Ella vendrá a casa conmigo.

—¿Qué clase de vida llevará? —preguntó lady Mary, enojada—. ¿Se convertirá en la esclava que limpie la casa y cuide de tus hijos? ¿Y que será de la hija de Abigail...? ¿Dejarás que se quede junto a Kassidy? ¡Exijo que me respondas!

Henry se levantó y replicó:

—¡No necesito responder a nadie en lo referente a mi hermana! Si no hacéis que baje de una vez, yo mismo iré a buscarla.

Kassidy estaba de pie en la entrada, apoyándose contra la puerta.

—No hay necesidad de preocuparte, tía Mary. Estoy lista para marcharme con mi hermano.

Henry se acercó a Kassidy, observándola detenidamente.

—¿No te alegras de verme, querida hermana?

—Hola Henry —dijo con frialdad.

Él se volvió hacia sus tíos mientras cogía a Kassidy por el hombro.

—Ya veis cómo es —ironizó—. Mi hermana no puede esperar a volver con su familia.

Lady Mary se acercó y apartó a Kassidy de Henry.

—Lo siento, querida. Te hemos fallado. Pero ten por seguro que vendré a visitarte en cuanto sea posible. — Se volvió hacia Henry y agregó—: Espero que cuides de su salud y del bebé.

Henry miró con desprecio a su tía. Pensó que era demasiado franca como mujer y que no se parecía a su dulce y gentil madre.

—Conozco mis responsabilidades y seré tan consecuente como pueda.

Apenada, lady Mary abrazó a Kassidy y susurró:

—Ten coraje. No estás sola.

Kassidy reprimió las lágrimas.

—Lo sé, tengo a la hija de Abigail.

Kassidy se sentó junto a Henry en el carruaje que salió de Londres y se dirigió hacia el campo. Henry se mostró huraño, apenas hablaba, y Kassidy pensó que era aún peor que si gritara. Acomodándose en el asiento, se cubrió el regazo con una manta.

La ama de cría que Henry había contratado estaba sentada frente a ellos.

Por fin, Kassidy cogió a Arrian en brazos para que Henry la observara.

—Henry, me parece que aún no conoces a tu sobrina. Se llama Arrian, como nuestra madre. ¿No crees que estaría encantada?

Él observó a la pequeña con indiferencia.

—Devuélvesela a la niñera —dijo con acritud—. No conviene que te encariñes demasiado.

Kassidy lo miró con temor, tratando de adivinar qué se proponía. Prefirió no hablar del asunto delante de la niñera, por la noche le exigiría una explicación.

Al cabo de una hora, el carruaje se detuvo frente a una posada. Kassidy se aseguró de que Arrian y la niñera pasaran la noche cómodamente antes de entrar en la habitación de Henry. Su corazón palpitaba con fuerza cuando llamó a la puerta. Henry no era un hombre comprensivo, y sabía que seguía enfadado con ella. Estaba segura de que esa noche daría rienda suelta a su enfado.

Henry abrió la puerta y le indicó que se sentara en una silla. Luego comenzó a andar por la habitación pensativamente. Por fin, se detuvo delante de ella y dijo:

—Bueno, Kassidy, te has metido en un buen lío. Si Abigail y tú me hubierais escuchado, ella aún viviría y no hubiéramos tenido que soportar sus locuras.

Kassidy se sentía demasiado débil para discutir.

—Estoy segura de que tienes razón, Henry —convino esperando que eso lo tranquilizara.

Él la miró, perplejo. No estaba acostumbrado a que Kassidy estuviera de acuerdo con él.

—También debes admitir que has estado demasiado tiempo sin el beneficio de una compañía. Ningún caballero querrá casarse contigo.

Kassidy no estaba dispuesta a contarle lo de la proposición del duque.

—Te ruego que me perdones, Henry. De haber sabido que acabaría en Newgate, me hubiera esforzado en encontrar un compañero.

—Siempre has sido muy insolente, Kassidy. Aún no sé por qué, después de todo, me preocupo por ti. Eres una carga desagradecida.

—Creo que tienes razón sobre que ningún hombre de buena familia querría casarse conmigo si conociera mi desagradable experiencia en Newgate.

Él la observo durante un buen rato, apretando los puños y tratando de controlar su ira.

—¿Qué sucedió en ese lugar?

Kassidy bajó la cabeza, sintiéndose avergonzada.

—No hablaré de ello.

—Nunca quieres hablar conmigo. Debería dejar que te las arreglaras sola y no tardarías en acabar como Abigail.

—No discutiré de Abigail contigo, Henry.

—No, pero has traído a su mocosa a mi casa y esperas que la mantenga.

—Yo cuidaré de Arrian. No te causará problema alguno.

Henry se metió las manos en los bolsillos y se encaminó hacia la ventana, inmerso en sus pensamientos. Al cabo de un rato, se volvió hacia Kassidy.

—Creo que Hugh DeWinter nunca se casó con Abigail. No importa lo que diga tía Mary.

Aquellas palabras ofendieron a Kassidy. Aunque había llegado a la misma conclusión, no estaba dispuesta a admitirlo delante de él.

—Abigail creía que estaban casados.

—Si hubiera venido a pedirme consejo, no hubiera...

—¿Cómo te atreves a hablar así, Henry? Eres tan hipócrita... ¿Acaso no sabes que tienes gran parte de la culpa de lo que le sucedió a Abigail? Ella jamás te hubiera pedido consejo porque tú no la hubieras escuchado. Nunca le permitiste recibir pretendientes ni relacionarse con gente de su edad. Perdió el corazón por el primer hombre que se mostró afectuoso con ella.

—Podías haber evitado que se fugara con él —le reprochó Henry.

—Es posible, y no creas que no me culpo por ello. Al menos, Abigail tuvo unos momentos de felicidad, Henry, y eso es mucho más de lo que tuvo viviendo en tu casa.

Henry la miró fijamente y exclamó:

—¡Insolente! ¿Cómo te atreves a hablarme así?

—No tengo intención de hablar de nada, Henry. —Se levantó y añadió—: Me voy a la cama.

—Sí, ve a dormir, pero ten en cuenta que he dispuesto que Arrian vaya a un orfanato en Brighton.

Kassidy alzó la cabeza mientras el corazón le latía con fuerza.

—¡No, Henry! ¡Nunca permitiré que la alejes de mí! ¿Cómo puedes pensar en hacer algo tan monstruoso a alguien de tu propia sangre?

—Patricia y yo lo discutimos antes de que fuera a Londres. Hemos decidido que no queremos que nuestras hijas convivan con una niña ilegítima, y aún menos en mi casa.

—Aún no estamos seguros de que no estuvieran casados. Además, no puedo creer que una niña inocente sea capaz de corromper a alguien.

—Me ha costado mucho convencer a Patricia de que te dejara volver. Está segura de que eres una mala influencia para nuestras hijas.

—No soy idiota, Henry. Patricia estará encantada de que me ocupe de nuevo del mantenimiento de la casa. ¿Cómo os la habéis arreglado durante mi ausencia? —preguntó Kassidy, fuera de sí.

—Confiaba en que te mostrarías respetuosa con la mujer que te ofreció una casa después de la muerte de nuestros padres.

—Si hubieras permitido que me quedara con tía Mary, ella hubiera sido muy feliz de acogernos a mí y a Arrian.

—Está decidido, Kassidy. Vendrás conmigo y la niña irá a Brighton.

A Kassidy le temblaron las piernas. No obstante, debía aguantar y ser fuerte para proteger a su sobrina.

—No dejaré que apartes de mí a Arrian. Lucharé, Henry.

Él la miró con indiferencia y repuso:

—No tienes nada que decir sobre este asunto.

Kassidy vio la sonrisa de satisfacción de su rostro. Henry disfrutaba torturándola.

—¿Me odias tanto, Henry, como para alejar de mí a la persona que más quiero en este mundo?

—Me satisface dominarte, Kassidy —admitió él—. Eres dura, obstinada y terca. Siempre dije que te dominaría, y así lo haré.

Sus ojos verdes brillaron de ira y dijo:

—Nunca lo conseguirás, Henry. Sólo un hombre más fuerte que tú podría hacerlo.

De pronto, la expresión de Henry se suavizó y se acercó a ella. Con una gentileza que la sorprendió, le tocó la mejilla y susurró:

—No deberíamos comportarnos así, Kassidy.

Ella lo miró, atónita. Nunca le había hablado de aquella forma. Se preguntó si estaba borracho, aunque Henry nunca bebía. Pero ¿por qué actuaba de un modo tan extraño?

Acarició el cabello de Kassidy y agregó:

—Siempre que me desafías, te admiro al mismo tiempo que deseo castigarte. Durante tu ausencia, te busqué desesperadamente. Cuando supe que Abigail había muerto y que tú habías desaparecido, no pude llorar por ella debido a mi angustia por ti.

Kassidy le apartó la mano y dio un paso hacia atrás, demasiado aturdida para hablar.

Él se llevó sus temblorosas manos a la cara, mientras los ojos se le llenaban de lágrimas.

—Estoy obsesionado contigo y... por eso te odio. Eres... perversamente seductora.

Kassidy se dirigió hacia la puerta.

—¡Dios mío, estás loco, Henry! Soy tu hermana.

—Sí y tú me has conducido a este estado.

Kassidy se sintió mareada.

—Yo no he hecho nada. Ni siquiera me gustas.

Nuevamente enojado, Henry exclamó:

—Vete, Kassidy... ve a tu habitación. Por cierto, esa mocosa ya está en camino de Brighton con la niñera.

Kassidy abrió la puerta y corrió hacia el vestíbulo gritando el nombre de Arrian. Al llegar a su habitación, comprobó que la cuna de Arrian estaba vacía.

Desesperada, corrió hacia un ventanal situado en mitad de las escaleras. Cuando vio a la niñera subir a un carruaje acompañada del bebé, gritó sin que nadie la oyera. Se sentía cada vez peor y tuvo que aferrarse al pasamanos para bajar las escaleras.

Cuando llegó al camino, el carruaje ya se había puesto en marcha y Kassidy sólo pudo observar con impotencia cómo se alejaba.

Sintiéndose derrotada, volvió a la posada y se apoyó contra la pared de ladrillos, oculta en la sombra para que Henry no pudiera encontrarla. Estaba demasiado débil para moverse y demasiado abatida para llorar.

Permaneció allí durante un buen rato, sin saber qué hacer ni adónde ir. No quería entrar en la posada. Deseaba con todas sus fuerzas no volver a ver a su hermano.

Poco a poco recobró la razón y Kassidy se dio cuenta de que debía actuar. Miró a lo largo de la calle adoquinada, en la que varios hombres cargaban un vagón de vegetales frescos. Oyó que uno de ellos decía que se marchaba a Londres.

Caminando con dificultad, intentó cruzar la calle y acercarse al hombre.

—Por favor, señor —dijo con voz suave—, no tengo dinero, pero ¿sería tan amable de llevarme con usted a Londres?

Al ver la desesperación de la muchacha, el hombre asintió.

—La llevaré, señorita. Me encantará disfrutar de su compañía.

Agradecida, Kassidy le permitió que le ayudara a subir al vagón. Se tapó con la manta que él le ofreció. No se sentiría a salvo de Henry hasta que estuvieran lejos del pueblo. No podía volver con tía Mary porque Henry la encontraría y la obligaría a volver con él.

Se le llenaron los ojos de lágrimas. Sólo había una persona en el mundo que podría ayudarla... la única a la que Henry jamás se atrevería a desafiar.

Kassidy pediría ayuda a Raile DeWinter.

20

El mayordomo estaba enfermo y hacía horas que se había retirado. Así pues, fue Oliver quien con cierta irritación debido a la hora, abrió la puerta. No obstante, su enojo se convirtió en preocupación al reconocer a la señorita Maragon, que parecía terriblemente trastornada.

—¡Tengo que ver al duque! —exclamó Kassidy, jadeando—. Es muy urgente.

—Entre en el despacho, señorita Maragon. Iré a buscar a su excelencia.

Exhausta, Kassidy se sentó en el amplio sillón de piel, apoyó la cabeza y cerró los ojos. Estaba segura de que el duque la ayudaría...

Raile y Gabrielle Candeur presidían la fiesta que estaba llegando a su fin a altas horas de la madrugada.

—Por la pareja más atractiva de Londres, por nuestro anfitrión y nuestra anfitriona —anunció lord Justin Callaret, alzando la copa para un brindis.

Gabrielle miró afectuosamente a Raile, lamentando que sólo veía la admiración en sus ojos cuando la miraba. Se había convertido en su amante, y ahora que lo era, quería más. Pero Raile nunca le entregaría su corazón, y quizá a ninguna otra mujer.

—¡Por la estrella más rutilante del escenario londinense durante décadas! —exclamó lord Justin, mientras guiñaba el ojo a Gabrielle—. Su voz plateada ha cautivado al solterón más codiciado de la ciudad.

Raile bajó su copa, y cuando uno de los sirvientes volvió a llenarla, hizo un gesto de que se retirara.

—Esta noche eres el centro de atención —dijo Raile, cansado de la fiesta—. Quizá deberíamos...

Oliver lo interrumpió susurrándole algo al oído. Poniéndose de pie, Raile se disculpó ante sus invitados, diciendo que debía abandonarlos por unos instantes.

—Seguid con la fiesta.

Gabrielle hizo una mueca y murmuró:

—No tardes mucho.

Cuando Raile entró en el despacho, Kassidy se levantó del sillón y dijo:

—Excelencia, por favor, ayúdeme.

En aquel momento Kassidy se desmayó y él la sostuvo entre sus brazos. Colocándola en el sofá, llamó a Oliver para que trajera una copa de jerez. Kassidy intentó incorporarse con su ayuda.

—¿Qué ha ocurrido, señorita Maragon?

—Por favor, ayúdeme excelencia. Mi hermano se ha llevado a Arrian. Debe hacerla volver... Dijo que siempre se preocuparía por su bienestar, por eso he venido.

Oliver entregó a Raile la copa y éste la acercó a los labios de Kassidy.

—Beba; le sentará bien. Luego explíqueme qué ha ocurrido.

Ella bebió un sorbo y apartó la copa, sintiendo el calor del jerez en la garganta.

—Henry ha enviado a la niña a un orfanato de Brighton. Debe salvarla... también es su sobrina.

—¿Cuándo ha sucedido?

Kassidy miró el reloj que había en la repisa de la chimenea.

—Hará unas seis horas.

Raile se volvió hacia Oliver y ordenó:

—Dispón mi carruaje y ve a Brighton. Vuelve con el bebé.

Sin dudarlo, el sirviente asintió.

—Lo que ordene, excelencia.

—Y Oliver, despídeme de los invitados y comunica que la fiesta ha terminado.

Kassidy se levantó.

—Oh, estaba ocupado, excelencia. Soy yo quien debe marcharse.

—Nada de eso. —Hizo un gesto a Oliver y el sirviente se apresuró a salir de la sala para cumplir las órdenes.

Los ojos de Kassidy brillaban de agradecimiento cuando él se sentó en un sillón.

—¿Los responsables del orfanato permitirán que Oliver se lleve a Arrian?

—Le aseguro que Oliver es muy persuasivo. No habrá problemas.

Kassidy le cogió la mano.

—Siempre le estaré agradecida, excelencia. No sé qué haría sin Arrian.

El cabello le cubría la cara, llevaba el vestido arrugado y tenía una mancha negra en la mejilla. Raile trató de imaginar cómo se había sentido para llegar a aquel estado.

—No puedo volver con mi hermano —dijo aterrada—. Me encontrará esté donde esté.

—¿Por qué tiene tanto miedo de su hermano?

—Yo... nosotros nunca estamos de acuerdo y Henry está un poco loco. Nunca podré perdonarle que me haya arrebatado a la hija de Abigail.

—En ese caso, creo que la mejor solución es que te cases conmigo, señorita Maragon —dijo tuteándola—.

Tu hermano no podrá hacerte nada cuando seas mi esposa.

Ella bajó la cabeza.

—No puedo casarme con ningún hombre, excelencia.

Él le levantó la barbilla e inquirió:

—¿Por qué?

—Tengo mis razones.

Raile vio que sus ojos se llenaban de lágrimas.

—¿Puedo preguntar cuáles son esas razones?

Ella lo miró a los ojos, decidida a sincerarse con él.

—Yo... no soy virgen. —Giró la cabeza—. Ningún hombre me querría como esposa.

Raile guardó silencio por un momento.

—¿Has tenido un amante?

Avergonzada, ella se negó a mirarlo a la cara.

—No... Yo... no me entregué voluntariamente a ningún hombre. Sucedió cuando estaba en Newgate... —Se interrumpió para recuperar el aliento—. Fue uno de los guardas, el que me amenazó con enviarme a un burdel. En ese momento yo estaba inconsciente, y me alegro de no poder recordar nada.

Raile cerró los ojos, sintiendo la misma vergüenza que ella. Luego preguntó:

—¿Estás embarazada?

Kassidy se ruborizó. Nunca se lo había planteado.

—Por supuesto que no.

—No tienes que decir nada más, señorita Maragon.

—No se lo he dicho a nadie, ni siquiera a tía Mary. A vos tampoco os lo hubiera dicho si no fuera para explicarle por qué no puedo casarme.

—¿Es ésta la única razón por la que no puedes casarte conmigo?

Kassidy deseó apoyar la cabeza en sus amplios hombros.

—Es una razón suficiente, excelencia.

—No para detenerme, señorita Maragon.

—¿Cómo puede amarme después...?

—Quizá deba explicarte lo que deseo en una esposa. Verás, el príncipe me ha ordenado que me case.

En ese momento la puerta se abrió y entró Gabrielle.

—Raile, ¿quieres que me marche sin despedirme de ti?

Kassidy observó a la hermosa mujer que lucía un brillante vestido dorado, preguntándose quién sería.

—Hasta mañana, Gabrielle —se despidió Raile, nervioso—. Como ves, en este momento estoy ocupado.

Gabrielle miró a la muchacha y la confundió con una sirviente.

—Si el servicio doméstico te resulta más fascinante que yo, tendré que pedir a lord Justin que me lleve a casa.

Gabrielle esperaba que Raile sintiera celos, pero él se limitó a cogerla por el codo y acompañarla a la puerta.

—Sí, Gabrielle, será lo mejor.

Cuando cerró la puerta detrás de Gabrielle, dijo:

—Disculpa la interrupción. —Se sentó y dijo—: ¿Por dónde íbamos?

—Esa mujer es muy hermosa.

—Gabrielle... Sí, supongo que sí.

—¿La ama?

—Señorita Maragon, ¿podríamos olvidarnos de ella y seguir con nuestra conversación? —inquirió Raile con nerviosismo y agregó—: Te he pedido varias veces que seas mi esposa... y siempre me has rechazado.

—Entonces, ¿por qué insiste cuando mi respuesta siempre es la misma?

—¡Maldita sea! —exclamó Raile—. Supongo que porque lo que más deseo es un hijo. Te lo preguntaré por última vez y después jamás volveré a hacerlo.

—Si sólo quiere un hijo, hay muchas mujeres con las que podría casarse. Por ejemplo, la que acaba de marcharse.

—Señorita Maragon, jamás me casaría con una mujer como Gabrielle Candeur.

Kassidy se quedó boquiabierta.

—Ella es su... ¡amante!

—Señorita Maragon —dijo Raile, tratando de mantener la calma—, la familia de mi madre se dedicaba al comercio. Mientras ella aportaba grandes riquezas a la familia DeWinter, nunca fue aceptada por la nobleza. Cada vez que se sentía herida, yo me sentía herido. Pues bien, no quiero que cualquier mujer se convierta en la duquesa de Ravenworth.

—Comprendo.

—Además, no deseo una mujer que espera que le dedique todo mi tiempo. Entre nosotros, no habrá ilusiones. Yo no te amo y tú no me amas. La nuestra puede ser una unión amistosa. Mi único propósito es restaurar el castillo de Ravenworth para que recupere su antigua gloria. Creo que tú no me exigirías mucha atención y que no te meterías en mi trabajo.

—¿Qué le pediría a una mujer? —inquirió Kassidy.

—Muy poco. Sería libre y dispondría de dinero. No necesitaría nada. Podría vivir la mayor parte del año en mi casa de Londres... o si lo deseara, con su tía. Y por supuesto, con el tiempo espero que me dé un heredero.

Kassidy no puedo evitar sonreír.

—¿Y qué sucedería, excelencia, si este plan no resultara y en lugar de un niño tuviera una niña?

—En ese caso, esperaría a que me diera un niño.

—Es una oferta bastante interesante la de convertirse en una yegua —se mofó ella.

Por un momento, Raile pareció perplejo. Después de todo, ¿no estaba ofreciéndole un título, dinero y libertad?

—No te apresures a rechazar mi oferta. Deberías saber que soy muy cariñoso con mis yeguas.

—Es una gran recomendación para una futura novia.

—Debo aclarar, para que no haya ningún error, que nunca te amaré, señorita Maragon. —La miró fijamente a los ojos y añadió—: Pero si no esperas afecto de mi parte, encontrarás en mí a un marido admirable. Cuando me des un heredero varón, no te impediré que busques afecto... siempre y cuando lo hagas con la máxima discreción.

—¿No le importaría que su mujer tuviera un amante? ¿Significa eso que vos también os tomaríais la libertad de tener una amante después de casarnos?

—Ya que estamos hablando sinceramente, no me gustaría demasiado, pero lo cierto es que no doy mucha importancia al amor.

—Creo, excelencia, que tiene una idea sorprendente del matrimonio.

—Creo en la franqueza.

—Pero no en el decoro.

Él sonrió.

—Tu lengua mordaz tal vez haga que reconsidere mi propuesta.

—Quizá desea una imbécil por esposa —dijo Kassidy con acritud.

—Creo que no. No tardaría en aburrirme —repuso Raile.

Kassidy consideró su propuesta por un momento. Si se convertía en la esposa del duque, Henry ya no tendría ningún poder sobre ella. Después de lo sucedido aquella noche, temía más que nunca a su hermano. Además, debía pensar en Arrian. Con la ayuda del duque, podría ofrecer a su sobrina un buen hogar.

—Antes de que vuelvas a rechazar mi oferta, señorita Maragon, deja que te hable de lo que tengo pensado para la pequeña. Cuando estemos casados, le daré cien mil libras y triplicaré esa cantidad para ti el día que me ofrezcas un heredero.

—Al parecer es muy importante para vos tener un hijo.

—Tener un hijo lo es todo para mí. —Una ligera sonrisa suavizó su fría expresión—. Para que la oferta te resulte más tentadora, permitiré que recuperes las fuerzas durante un año antes de pedirte que seas mi verdadera esposa.

—Un año antes de que...

—Te haga mi mujer —la interrumpió.

Un año era mucho tiempo y podían suceder muchas cosas. Tener la libertad de una mujer casada sin ninguna exigencia era todo lo que deseaba en esos momentos. Por otro lado, sentía una extraña excitación al pensar en dar a aquel hombre un hijo.

—Teniendo en cuenta todos los aspectos, excelencia, mi respuesta es sí. Deseo jugar a las cartas con el diablo si él me da lo que quiero.

Raile sonrió al escuchar la comparación.

—¿Qué quieres, señorita Maragon?

—Quiero educar a mi sobrina y vivir con cierto bienestar.

Él asintió como si estuviera seguro de que podía cumplir sus deseos.

—Es una decisión admirable debido a un motivo admirable. —Raile le tomó la mano y la rozó con sus labios—. Dejaré que tú y tu tía os ocupéis de los preparativos. De todos modos, os pediría que la ceremonia fuera modesta y que se celebrara lo antes posible. He estado fuera del castillo de Ravenworth demasiado tiempo. —Se levantó y añadió—: Haré los preparativos para que te lleven a la residencia de tu tía... Kassidy.

—Y tú eres Raile.

Cogiéndole la mano, la condujo a la puerta.

—Hay un carruaje esperando que te llevará a casa de lady Mary. Si no tienes objeciones, mañana concluiremos nuestros planes de boda.

La boda se celebraría al cabo de tres días y, a medida que se acercaba la fecha, el temor de Kassidy se intensificaba.

Cada día llegaban regalos del futuro marido y se sentía agradecida por la generosidad de Raile. Tenía la habitación llena de flores, y cuando no hubo más espacio en el dormitorio, distribuyeron los ramos en las otras habitaciones de la casa. No obstante, el regalo más dulce que recibió del que iba a ser su marido llegó la víspera de la boda.

Los tíos de Kassidy habían salido y ella estaba sola en la sala de estar cuando el mayordomo anunció a Oliver Stewart. Oliver entró y puso en brazos de Kassidy a la dormida Arrian. Ella echó a llorar y estrechó al bebé, mientras miraba al sirviente con agradecimiento.

—Oh, gracias, Oliver. Tenía tanto miedo de no volver a verla...

—No hubo ningún problema —dijo Oliver, contento por haberla hecho feliz—. Tengo un mensaje de su excelencia. Debo decirle que ha ordenado a su abogado que mañana por la mañana lleguen varias niñeras para que las entreviste. Asegura que sus credenciales serán impecables y que no necesita preocuparse de que esto vuelva a suceder nunca más.

Kassidy acunó a la niña dormida en su pecho.

—Su excelencia tiene el don de hacer que las cosas sean posibles, Oliver.

—Por supuesto que sí, señorita Maragon. Nunca le he visto decir nada que los demás no escucharan. Debo añadir que su excelencia tiene el consentimiento de su hermano para la boda.

—Dígale... que se lo agradeceré eternamente.

—Esta misma noche le transmitiré su mensaje, señorita Maragon.

Oliver se detuvo en la puerta con gesto pensativo. Kassidy lo miró con expectación.

—Señorita Maragon, sólo quería decirle lo contento que estoy... que estamos de tenerla como duquesa.

Kassidy sonrió al mayordomo mientras él retorcía el sombrero nerviosamente.

—Gracias, Oliver.

Se sentía aliviada y feliz mientras subía por las escaleras con la niña en brazos. Nadie volvería a apartarla de Arrian.

21

El día de la boda amaneció con un sol brillante. Kassidy se levantó de la cama y se dirigió a la ventana, observando el abanico de deslumbrantes colores que destacaban sobre el cielo. Qué extraño era pensar que su vida estaba a punto de cambiar. En su corazón no había alegría ni tristeza, sino sólo la resignada convicción de que estaba haciendo lo correcto.

Mirándose en el espejo, se preguntó si algún día volvería a ser hermosa. Tenía un aspecto demasiado frágil para ser una novia. Su cabello ya no era el de antes y tenía la tez pálida. Deseó más que nunca ser bella.

Al vestirse, Kassidy admiró el vestido blanco y sedoso de estilo imperial que su tía le había dado. Caía con delicados pliegues hasta sus tobillos y estaba ribeteado con un hermoso bordado, aunque el color acentuaba la palidez de su piel.

Llevaba el cabello recogido en un sencillo moño, lucía nomeolvides azules y unos rizos le cubrían la frente.

—¿Estás segura de que quieres hacerlo? —preguntó lady Mary—. Todavía estás a tiempo de cambiar de idea.

—Me casaré con él.

—Creo que quizá estés a punto de casarte con el

hombre adecuado, aunque por razones equivocadas. Buscas la seguridad de Arrian, mientras que él quiere una esposa que no le cause problemas.

—No pretendo causarle ningún problema. Como prometió, él vivirá en el castillo de Ravenworth y yo en Londres.

Lady Mary sonrió para sí. Conociendo la naturaleza apasionada de su sobrina, dudaba de que aquel acuerdo durara un año.

—Tengo un aspecto horrible —comentó Kassidy, pellizcándose las mejillas para darles color, y mirando a su tía en el espejo agregó—: Estoy fea, tía Mary. Siempre pensé que era bastante guapa, pero ya no.

—Es la fiebre, querida. Cuando estés totalmente repuesta de tu enfermedad, recuperarás la belleza. —Lady Mary sonrió, pensando en lo mucho que se sorprendería Raile cuando descubriera que no sólo se había casado con una belleza, sino también con una mujer que nunca sería dócil. Kassidy no tardaría en cambiar la vida del duque.

—Es la hora, querida —dijo lady Mary, colocando un collar de perlas en el cuello de Kassidy—. El pastor ya ha llegado, y tu novio espera hace más de una hora.

De pronto, Kassidy abrió los ojos, aterrada.

—Desearía no haber aceptado.

—Recuerda quién eres, Kassidy, y recuerda que cuando concluya la ceremonia, su excelencia se marchará al campo y tú te quedarás conmigo.

—Estoy lista —dijo Kassidy, suspirando.

—A propósito, he recibido carta de Henry.

—¿Qué dice?

—Está impresionado con la boda y desea que seas feliz. Incluso ha enviado un regalo. —Lady Mary sonrió—. Espero que te alegre saberlo.

—¿En qué consiste el regalo?

—Es un retrato suyo.

Kassidy y su tía se echaron a reír, hasta que por fin lady Mary alzó la mano y dijo:

—Bueno, por hoy no pienses más en Henry.

—Nunca más pensaré en él.

Apoyándose en su tía, Kassidy bajó por las escaleras lentamente. Al detenerse frente a la puerta tras la que tendría lugar la ceremonia, titubeó un momento.

Una vez en la sala, sonrió cálidamente a su tío y asintió al reverendo Wheatly. Luego centró su atención en el hombre que se convertiría en su marido.

El duque iba vestido con pantalón azul y un chaleco de doble solapa, que encajaba perfectamente sobre sus amplios hombros. La camisa de encaje estaba realzada por el fular que llevaba anudado al cuello. Su aspecto resultaba arrogante y misterioso. Era realmente apuesto, y Kassidy se preguntó por qué quería casarse con ella.

Raile asintió con la cabeza a Kassidy y se acercó para ofrecerle el brazo.

—¿Preparada...?

Ella apoyó la mano temblorosa en su brazo. Caminó junto a él, sintiendo como si fuera a entregar su vida a aquel hombre. De pronto, el pánico la embargó y tuvo la tentación de correr hacia la seguridad de su habitación.

Raile miró fijamente a sus aterrados ojos verdes y deseó asegurarle que con él estaría a salvo. Bajó la cabeza y susurró a su oído:

—Si has cambiado de idea, puedes marcharte, pero te ruego que no lo hagas.

Kassidy le miró a los ojos y sintió cierto alivio. Luego dijo:

—Te di mi palabra y ahora no cambiaré de idea, excelencia.

Raile llamó al pastor. El reverendo Wheatly era alto y corpulento. Recitó con emoción las palabras que vinculaban a un hombre y una mujer para toda una vida de mutua devoción.

Raile respondió al reverendo Wheatly con un tono tranquilo y sosegado, mientras que Kassidy dudó al pronunciar las palabras «hasta que la muerte nos separe».

Kassidy guardó silencio mientras el reverendo Wheatly felicitaba a Raile y le deseaba felicidad.

—Vaya con Dios su excelencia. Siempre encontrará la felicidad —dijo a Kassidy—. Que tengáis una larga vida y que vuestra unión sea bendecida con muchos hijos.

De pronto, Kassidy se sintió muy débil y se apoyó en el brazo de su marido que, al ver lo pálida que estaba, la abrazó.

—Creo que mi mujer debe acostarse —dijo, mirando a lady Mary, que ayudó a Kassidy a salir de la habitación, mientras lord George atendió al reverendo Wheatly.

—Vamos al dormitorio —comentó lady Mary, subiendo presurosamente por las escaleras.

Raile miró a Kassidy, que respiraba con dificultad, y sintió el calor de la fiebre a través de su traje.

—No te inquietes, pequeña. Yo cuidaré de ti. Apóyate en mí.

Kassidy apoyó la cabeza en el hombro de su marido, sintiendo como si pudiera descargar todos sus problemas sobre él. Luego cerró los ojos, demasiado débil para pensar.

Lady Mary se adelantó y abrió la puerta de la habitación. La cama estaba preparada, así que Raile acostó a Kassidy con sumo cuidado sobre la suave colcha antes de volverse hacia lady Mary.

—Parece muy débil. Enviaré a mi médico para que la examine.

—Vuelve a tener fiebre. El doctor me ha dicho que se le pasará.

—Como quiera.

Lady Mary miró a Kassidy, que había cerrado los ojos.

—Te dejaré con ella unos instantes. Pero te sugiero que no te quedes mucho rato.

Lentamente salió de la habitación para dejar a solas a la pareja de recién casados.

Raile levantó con cuidado a Kassidy y le desabrochó el vestido. Al notar sus manos en la espalda, abrió los ojos y gimió.

—No... no.

—No temas. Es sólo para que te sientas más cómoda. —Le cogió la barbilla y la obligó a que lo mirara—. Además, ahora tengo derecho, Kassidy. Estamos casados...

El esfuerzo de la boda parecía haberla dejado sin fuerzas. Demasiado débil para protestar, le permitió que la desvistiera. Con manos expertas, Raile le quitó el vestido, cogió el camisón que había a los pies de la cama y se lo puso por la cabeza. Luego la recostó sobre la almohada y le anudó la cinta de satén al cuello.

Tenía los ojos cerrados, pero haciendo un gran esfuerzo los abrió y miró a Raile.

—Lo has hecho muy bien —dijo, esbozando una sonrisa—. Quizá ya tienes práctica.

En los ojos de Raile había una luz burlona.

—Si dijera que sí, ¿cambiaría la opinión que tienes de mí?

—No. Simplemente confirmarías lo que creo que es cierto. Un hombre como tú habrá... conocido... a muchas mujeres.

Él le tocó los labios con los dedos.

—Esta noche sólo veo a una mujer, y no es más que una niña. ¿Me habré equivocado al casarme contigo?

En el fondo de su corazón Kassidy deseaba arrojarse a sus brazos, estar hermosa para él y oírle decir que la amaba.

—Sólo el tiempo dirá si nuestra unión es un error, excelencia...

—Raile —puntualizó él—. Mi pequeña duquesa, sé que para ti no es fácil, pero como marido, intentaré molestarte lo menos posible. —Se levantó y le subió las sábanas hasta el cuello—. Ahora tienes que dormir.

—¿Te quedarás aquí esta noche?

—No. ¿Has olvidado lo que dijimos? Durante un año no...

—No lo he olvidado —lo interrumpió.

Raile se inclinó y la besó en la mejilla.

—Recupérate pronto, mi pequeña duquesa. Un año pasará sin que te des cuenta, luego vendré a reclamar lo que es mío.

—¿No te veré hasta entonces?

—Por supuesto que me verás. Cada vez que venga a Londres.

Ella apenas podía mantener los ojos abiertos.

—Dentro de un año me habrás olvidado. —Le acarició la mano y agregó—: Quiero agradecerte que hayas traído a Arrian.

—Yo también estoy contento —dijo sonriendo, y salió de la habitación.

Kassidy soñó con su atractivo marido. Aquella noche no tendría pesadillas. En su lugar, soñaría con el hombre al que había jurado ante Dios amor y fidelidad.

El chófer de Raile abrió la portezuela del carruaje y, cuando segundos más tarde avanzó por las calles iluminadas, Raile respiró hondo, pensando que por fin había reparado un grave error, restaurando el honor de su familia.

Comenzó a caer una ligera llovizna, y Raile observó cómo las calles humedecidas brillaban bajo la luz de las farolas. Asimismo, consideró la posibilidad de que el chófer lo llevara a Action Street, donde vivía Gabrielle Candeur, pero de inmediato descartó la idea. No deseaba enfrentarse a Gabrielle esa noche. Últimamente su amante se había comportado de modo exigente y dependiente, lo que más odiaba en una mujer. Tendría que informarle de su matrimonio y romper con ella, pero esperaría hasta su próxima visita a Londres. Después de todo, se dijo, aún faltaba un año para ser un verdadero marido.

Recostando la espalda, se sintió contento. Ahora que había resuelto el asunto de Kassidy, decidió que por la mañana abandonaría Londres.

Olvidándose de su nueva esposa y su amante, Raile volvió a pensar en Ravenworth... su verdadero amor.

Gabrielle Candeur tenía una hermosa voz y había estado de moda en Francia. En la actualidad disfrutaba de gran éxito en los escenarios londinenses, aunque ella consideraba que su mayor triunfo consistía en haber atraído la atención del duque de Ravenworth.

Su primer encuentro no había sido casual. Gabrielle había trazado un plan para atrapar al duque, aprendiendo sus manjares preferidos, su pasión por los caballos de raza y, por supuesto, lo que más le gustaba en una mujer.

No obstante, no le resultó fácil, ya que él no solía abandonar su ducado. Así pues, sobornó a una sirvienta de su casa de Londres para que le informara de las visitas del duque a la ciudad.

Pero los planes de Gabrielle aún iban más lejos. Dispuesta a todo, le costó un collar de diamantes, un anillo de rubíes y el salario de varios meses comprar el caballo de raza arábiga e impecable linaje para su duque.

El día que la sirvienta informó a Gabrielle de que su

señor estaba en Londres y que pasaría la mañana en Ascot, decidió poner en marcha su plan. Se vistió con mucho esmero, luciendo un impecable traje de montar rojo y, sobre su caballo árabe, esperó tener éxito. Fue fácil pagar a un mozo de establo para que aflojara las herraduras de su caballo.

Una vez en Ascot, Gabrielle desmontó donde Raile departía con otras damas y caballeros. Había fingido tener problemas y le pidió ayuda.

Raile se mostró encantado de ayudarla. Su mozo de cuadra atendió a su caballo y él la llevó a la ciudad en su carruaje. Cuando llegaron a Londres, Gabrielle lo invitó a cenar y, más tarde, él asistió a su representación.

Al poco tiempo, Gabrielle se instaló en Action Street. Enviaba todas las facturas a Raile, que se mostraba muy generoso con ella.

Había sido la amante de un conde italiano y de uno de los generales de Napoleón, pero por primera vez en su vida, se había enamorado. Cuando Raile no estaba a su lado, se desesperaba. Estaba celosa de cada hora que pasaba alejado de ella y temía que un día se cansara y rompiera su relación.

Cuando un actor del Covent Garden le dijo que Raile se había casado, se negó a creerlo.

De pronto, alguien llamó a la puerta y oyó la voz de su sirvienta saludando a un visitante. Se sintió molesta porque se trataba de una mujer. Esperaba que fuera Raile. Hacía cuatro semanas que no la visitaba. Tabaleando mecánicamente en la superficie de la mesa, comunicaría a Louise que hoy no recibía visitas. No quería ver a nadie que pudiera confirmar que el matrimonio de Raile era cierto.

La sirvienta entró en la habitación y dijo:

—*Pardon*, mademoiselle, pero una tal señora DeWinter desea verla. Pensé que querría recibirla.

Atónita, Gabrielle miró a su sirvienta.

—¿Ha dicho señora DeWinter?

—*Oui*, mademoiselle.

Gabrielle se dirigió rápidamente a la sala de estar. La única señora DeWinter que conocía era la madre de Raile. Pero ¿qué podía desear?

—Me han dicho que quería verme, señora DeWinter.

—Sí, señora Candeur —asintió Lavinia—. He visto su actuación, es usted magnífica.

—Y usted muy amable —dijo Gabrielle, advirtiendo que la mujer iba bien vestida y que mostraba cierto aire de arrogancia—. ¿Puedo preguntarle por qué está aquí, señora DeWinter? Esta noche tengo que actuar y no debo forzar mi garganta si quiero hacer una buena actuación.

Lavinia se sintió molesta por la actitud de la mujer, ya que, después de todo, no era más que una actriz.

—He venido porque creo que usted y yo tenemos algo en común.

—No se me ocurre qué puede ser, madame.

—¿Y qué me dice de Raile?

—Si no me equivoco, usted es su madrastra. He oído que no se... tienen mucho aprecio.

—¿Se lo dijo Raile?

—No. Raile nunca habla de su familia conmigo.

—Supongo que habrá oído que se ha casado —comentó Lavinia maliciosamente.

—¡Es imposible! —exclamó Gabrielle, incapaz de contener la ira.

Lavinia sonrió al ver que Gabrielle palidecía. Se había propuesto arruinar la vida de Raile, y si no podía lograrlo a través de su esposa, lo haría utilizando a su amante.

—Le aseguro que es cierto. Se ha casado.

—Raile me lo hubiera dicho... Al menos me debe eso.

—Mi hijastro no siempre hace lo correcto. Al parecer, no se lo dijo a nadie, ni a usted, ni a su familia.

Gabrielle hizo una mueca e inquirió, celosa:

—¿Con quién se ha casado?

—No la conozco. Vive en el campo. Creí que usted podría decirme algo de ella.

—¿Me pregunto por qué pensó eso, madame? Usted y yo no nos conocemos.

Lavinia se puso los guantes blancos y cogió el parasol.

—Como le he dicho, tenemos algo en común, señora Candeur. Aunque usted, por supuesto, tiene mucho más que perder que yo.

—¿Qué puede perder con este matrimonio, madame? He oído decir que, en realidad, Raile ya no le dirige la palabra.

Lavinia se dirigió hacia la puerta y dijo:

—Cuando un hombre se casa, suele olvidar a su amante. —Sonrió dulcemente y añadió, abriendo la puerta—: Quizá él ya la haya olvidado.

22

Gabrielle, loca de ira y celos, bajó por la escalerilla de su carruaje privado para dirigirse al establecimiento de madame Estelle, seguida de su lacayo.

Como las dos eran francesas, no tardaron en hacerse amigas. La modista había diseñado vestidos para Josefina, pero no era popular revelar un hecho así a los británicos. Madame Estelle vestía a la mayoría de aristócratas, y siempre estaba al corriente de las habladurías.

Así pues, Gabrielle sabía que en aquel lugar descubriría la verdad sobre la esposa de Raile.

Madame Estelle era esbelta y elegante, iba vestida de negro, y acogió a Gabrielle con un abrazo.

—Oh, mi pobre Gabby —dijo con un rudo acento inglés—. Comprendo por qué has tardado tanto en venir. Estoy segura de que el matrimonio del duque te ha afectado.

Antes de responder, Gabrielle miró alrededor y comprobó que estaban solas, a excepción de dos costureras que estaban concentradas en su labor.

Se quitó los guantes y se sentó en un sofá de cuero rojo, mientras el lacayo colocaba un taburete para que apoyara las piernas.

—Así que es cierto... Raile se ha casado —se lamentó amargamente—. Dime lo que sabes de la mujer.

Madame Estelle cogió un sombrero de paja y empezó a decorarlo con flores azules.

—Es muy extraño, *chéri*. Nadie parece saber nada de ella. Ningún personaje conocido fue invitado a la boda. Cuando un hombre tan importante se casa, lo menos que se espera es que el príncipe de Gales asista a la boda, ¿no te parece? —Viendo la desolada mirada de Gabrielle, la mujer dejó el sombrero y agregó—: Por supuesto, que su excelencia se haya casado tiene poco que ver con el amor, Gabby, ¿No sigue haciéndose cargo de tus gastos? —Sin permitir que Gabrielle respondiera, la modista prosiguió—: Pronto volverá a tus brazos... Ya lo verás.

Gabrielle no estaba dispuesta a admitir ante su amiga que hacía un mes que Raile no la visitaba. Aunque siempre había sabido que Raile se casaría, jamás le perdonaría que no se lo hubiera dicho personalmente.

—Nunca volverá, Estelle —repuso dramáticamente—. Siempre he sabido que había una parte de Raile que jamás me pertenecería. Él mismo se apartaba de mí, impidiéndome que le conociera en profundidad.

—Pero siempre fue generoso contigo —le recordó madame Estelle—. Siempre se ocupó de tu bienestar...

—Sí, pero nunca habló de amor. Jamás habló de su vida personal conmigo. Siempre deseé que me invitara al castillo de Ravenworth.

—*Chéri*, sabes que eso era imposible. Un hombre de su posición no lleva a su amante a la casa de su familia.

De pronto, Gabrielle exclamó, llena de ira:

—¡Nunca le permitiré que me repudie de ese modo! ¡Le obligaré a volver conmigo! ¿Qué puede ofrecerle esa mujer que yo no pueda darle?

—Así me gusta oírte hablar, Gabby —dijo la modista—. Lucha por él.

—Estelle, dime todo lo que sepas de esa mujer. ¿Qué dice la gente de ella?

Madame examinó el sombrero de paja antes de escoger una cinta azul y atarla alrededor del ala.

—Como te he dicho, sé muy poco de ella. Por supuesto, mis clientes hacen muchas especulaciones, pero lo curioso es que nadie parece conocerla personalmente. —Volvió a observar el sombrero y añadió—: Se dice que siempre ha vivido fuera de Londres. Me resulta difícil creer que una mujer tan sencilla haya cazado a un hombre como el duque.

—Debe de ser muy hermosa, Estelle —comentó Gabrielle, dolida.

—No necesariamente. Ya conoces a la nobleza... se casan entre los de su propia clase y no piensan en la belleza o el amor. Cuando un noble se enamora, suele ser de su amante, no de su esposa.

Gabrielle quería creer a Estelle, pero las dudas seguían acosándola.

—No puedes estar segura de que no es hermosa porque no la has visto —objetó.

Madame miró a Gabrielle atentamente. Aunque gastaba enormes sumas de dinero en su vestuario, tenía un gusto bastante exagerado y ampuloso. Era muy bella, pero tenía una expresión demasiado severa y su mirada era fría.

—Es cierto, pero vendrá para que diseñe su nuevo vestuario. Tengo una cita con ella y su tía, lady Mary Rindhold, mañana a mediodía.

Gabrielle se levantó rápidamente.

—Estaré aquí cuando lleguen y así podré verla con mis propios ojos. Raile aprenderá que no puede tratar a Gabrielle Candeur de cualquier manera. No seré desbancada por ninguna campesina.

Madame Estelle tenía un dilema. El duque de Ravenworth había sido muy generoso al abonar las facturas de Gabrielle. Y si mantenía a su amante, Estelle seguiría beneficiándose de su relación. Pero por otro lado, no podía permitir que Gabrielle conociera a la esposa del duque...

—*Chéri*, somos amigas. Sabes que haría cualquier cosa por ti... cualquier cosa excepto dejar que estés aquí cuando llegue la duquesa de Ravenworth. Tienes que pensar en el escándalo y en la reacción de su excelencia si se enterara de este encuentro. Sería mi ruina.

—Estelle, la esposa de Raile nunca sospechará quién soy. Sólo quiero verla y luego me marcharé enseguida. Nadie, ni siquiera Raile, se enterará de que he estado aquí.

Estelle era consciente del fuerte temperamento de su amiga y dudaba de si sería capaz de controlarse. Finalmente decidió aceptar.

—El duque debió informarte de su matrimonio. Así que, si prometes no hablar con la duquesa, te dejaré estar aquí cuando llegue.

Los ojos de Gabrielle brillaron de expectación y dijo:

—Te prometo que no cruzaré ni una sola palabra con la nueva duquesa de Raile.

Kassidy contemplaba la ciudad a través de la ventana del carruaje de su tía, advirtiendo las oscuras nubes que cubrían el cielo.

—Seguro que lloverá antes de que volvamos a casa, tía Mary.

—Eso parece, querida. —Lady Mary observó a su sobrina. Durante el primer mes de su matrimonio, Kassidy se había recuperado milagrosamente. Sus pálidas mejillas ahora eran rosadas y saludables, sus ojos verdes brillaban y su cabellera rubia había recuperado su antiguo esplendor. No obstante, aún estaba demasiado delgada, pero lady Mary estaba segura de que Kassidy no tardaría en ganar peso.

—Pareces feliz, querida.

—Lo soy, tía Mary. Estoy contigo y con tío George. Y tengo a Arrian. ¿Qué más puedo desear?

Lady Mary pensó que debía haber más en la vida de Kassidy que cuidar de su sobrina. Necesitaba estar con su marido y tener una familia propia. Observaba la floreciente madurez de Kassidy y, en ella, veía no sólo la belleza de su cuerpo, sino también la que desprendía su alma. Sin embargo, en ocasiones lady Mary advertía cierta nostalgia en su mirada, y sabía que pensaba en Raile DeWinter.

—¿No estás contenta por la compra de tu nuevo vestuario, Kassidy? Dios sabe que lo necesitas.

—La verdad es que me resulta incómodo que Raile pague mis vestidos. Sé que soy su esposa, pero no me siento como tal. No he sabido nada de él ni le he visto desde nuestra boda.

—Kassidy —insistió lady Mary—, Raile es tu marido y, por tanto, es responsable de que vistas adecuadamente. Antes de marcharse dijo que me ocupara de que tuvieras cuanto necesitabas. No has salido debido a tu enfermedad, pero como duquesa de Ravenworth, tu presencia será requerida en muchos eventos. Ya he rechazado un montón de invitaciones en tu nombre.

Kassidy bajó la cabeza y miró el vestido amarillo que había pertenecido a su tía.

—Supongo que necesito vestidos nuevos —convino.

—Así es, y recuerda que, como esposa de Raile, deberás ir vestida acorde a tu marido y al título que llevas.

—Supongo que tienes razón, pero es difícil...

Lady Mary sonrió y golpeó suavemente la mano de Kassidy.

—Ya hemos llegado, querida. Te gustarán los vestidos de madame Estelle. Aunque no es muy común dejar que te vista una modista francesa, ella conoce la moda y tiene una clientela muy devota.

Kassidy no dejaba de pensar en cuánto costaría.

—Debe de ser muy cara.

—Sí, lo es. De lo contrario, no estaríamos aquí.

Kassidy frunció el entrecejo. Nunca había tenido bastante dinero para gastarlo en ropa. Ni siquiera podía imaginar cuánto costaría un vestido, pero su tía aseguraba que necesitaba docenas.

El lacayo abrió la puerta y lady Mary indicó a Kassidy que la siguiera.

—Esto será una aventura, querida. Espera y verás.

Desde su estratégica situación en el sofá rosa, Gabrielle Candeur observó a las dos mujeres que llegaron a la tienda. Reconoció a lady Mary Rindhold, una distinguida anfitriona. Sin embargo, no logró ver a la mujer que caminaba junto a ella.

La campana sonó en la puerta y Gabrielle alzó la cabeza para observar a la esposa de Raile. Sin poder creerlo, se llevó las manos a la cara cuando vio a la hermosa criatura que estaba de pie. Era poco más que una niña.

Gabrielle apretó los dientes, encolerizada. Nunca le habían gustado las mujeres rubias, pero la cabellera de aquella muchacha parecía una corona de oro. Envidió sus ojos verdes y brillantes como esmeraldas y sus largas pestañas. Cada uno de sus rasgos le pareció delicadamente hermoso. Su esbelta figura se evidenciaba bajo el vestido que llevaba. Así pues, ¡Raile la había sustituido por una muchacha pura e inocente!

La joven duquesa tenía todo lo que ella deseaba: juventud, belleza y a Raile DeWinter. Incapaz de contener la ira, deseó acabar con la perfecta belleza que la había apartado de Raile.

Madame Estelle se acercó a saludar a las recién llegadas, deteniéndose un instante junto a Gabrielle para susurrarle:

—Tienes que marcharte. —Y dirigiéndose a sus

clientes añadió—: Lady Mary, es un placer volver a verla.

—Yo también me alegro de verla, madame —dijo lady Mary—. ¿Puedo presentarle a mi sobrina, su excelencia, la duquesa de Ravenworth?

Estelle miró a la joven duquesa, consciente de la angustia que debía de sentir Gabrielle, ya que era increíblemente hermosa.

—Será un placer vestir a alguien tan encantadora como su excelencia —dijo, haciendo una reverencia.

Gabrielle se levantó, poniéndose los guantes y fijando la mirada en los ojos verdes de la perfecta criatura que era el motivo de sus celos.

—Madame Estelle —dijo Gabrielle con voz melosa—, sería tan amable de enviar mi encargo a mi dirección. Como siempre, el duque de Ravenworth le abonará la factura. Ya sabe lo generoso que siempre ha sido... —Tendió la muñeca, mostrando una pulsera de diamantes y mirando fijamente a Kassidy—. Es la última chuchería que me regaló. ¿No les parece extraordinaria?

Kassidy reconoció a la mujer que había visto la noche que acudió en busca de Raile para rogarle que encontrara a Arrian. Volvió la mirada hacia su tía.

Lady Mary atrajo a Kassidy hacia sí como para protegerla de la actriz, que pasó ante ellas dirigiéndose hacia la puerta.

—¿Qué significa esto, madame Estelle? —preguntó lady Mary—. ¿Quién es esa descarada, y cómo se atreve a alardear delante de mi sobrina?

—Siento mucho que haya sucedido esto en mi tienda, lady Mary —trató de disculparse la modista—. No tenía idea de que Gabrielle se portaría así. ¿Cómo repararlo?

Kassidy se tocó la mejilla y murmuró:

—Entonces ella era... y sigue siendo la... de Raile...

—¡Si lo que se proponían era gastarnos una broma, le aseguro que no reirán demasiado! —exclamó lady

Mary—. La considero responsable de esta atrocidad, madame Estelle.

—Pero, lady Mary, su excelencia, Gabrielle sólo quería ver... Me dio su palabra de que no...

Sin decir nada más, lady Mary cogió a Kassidy por el brazo y salieron de la tienda. Kassidy subió al carruaje y esperó a que su tía se uniera a ella, aún desconcertada por la escena que acababa de presenciar.

Lady Mary indicó al cochero que se pusiera en marcha.

—Es imperdonable —dijo—. No lo toleraré. Creo que la popularidad de madame Estelle entre mis amigos no durará demasiado.

Kassidy se sintió herida en lo más hondo de su corazón. La noche que vio a esa mujer en casa de Raile, él admitió que era su amante, asegurando que rompería con ella después de casarse.

—Quiero ir a casa, tía Mary.

—Por supuesto que no irás a casa —repuso lady Mary tercamente—. Es la peor reacción que podías tener. Te llevaré a otra modista que te atenderá mejor. Tú, mi querida sobrina, no eres la idiota de ningún hombre.

—Esa mujer es la... amante de Raile —murmuró Kassidy.

—No pienses en ella. Debes vestirte y peinarte para sacar el mayor partido de tu belleza. Quiero introducirte en la sociedad con elegancia. Posees la gracia y belleza suficientes para seducir a cualquiera. Todos los hombres caerán rendidos a tus pies. —Lady Mary frunció el entrecejo—. También me encargaré de que tu marido se entere de tus conquistas.

Kassidy negó con la cabeza.

—No quiero conquistar a nadie, tía Mary. Me siento humillada.

Mary alzó la barbilla de Kassidy y susurró:

—No has hecho nada para sentirte humillada. No seguirás mucho tiempo en casa desempeñando el papel de la dócil esposa. Nunca volverás a estar expuesta a una situación como la de hoy. Vas a hacer que Raile DeWinter se sienta tan miserable y celoso que desee llevarte con él y alejarte de los demás hombres.

—No quiero estar con él —repuso Kassidy, recuperando parte de su viejo espíritu—. No debo olvidar que se casó conmigo por obligación y compasión.

—No, querida. Eso es lo que él cree. Pero tenemos varias sorpresas para tu marido. Con mi ayuda, conseguirás que se arrodille ante ti.

Kassidy reclinó la espalda y cerró los ojos.

—No quiero volver a verlo jamás.

Lady Mary asintió.

—Estás enfadada, y es así como quiero que te sientas porque el enfado te hará luchar. Sigue mis consejos y vivirás la vida más emocionante que hayas podido imaginar.

—Pero ¿cómo?

—Eres una mujer casada y, aunque te sorprenda, eso te da una libertad que cuando eras soltera no tuviste. Puedes asistir a los bailes y las fiestas que quieras, bailar con quien desees sin que nadie te lo reproche. Vas a divertirte mientras seduces a tu marido.

—Nunca me amará, tía Mary. Me lo dijo el día en que me pidió en matrimonio.

—¿Eso dijo? Ya veremos... —ironizó lady Mary, negando con la cabeza.

—No espero tener su amor, pero sí su respeto —dijo Kassidy.

—Tendrás más que eso. Raile DeWinter caerá de tal modo ante ti que rogará que le complazcas.

Kassidy dudó de que Raile alguna vez hubiera rogado a una mujer.

—Haré lo que digas, tía Mary, pero lo único que quiero de Raile es que me pida perdón por lo que hoy ha sucedido en la tienda de madame Estelle.

23

Kassidy observó los paquetes que había encima de la cama, en las distintas sillas y por el suelo. Eran vestidos confeccionados con telas delicadas, satenes rígidos y suaves muselinas. Cada uno de ellos había sido diseñado por una mano experta. Había zapatos, prendas de lencería, sombreros, chales y capas, así como otros complementos que Kassidy apenas recordaba.

—No sé qué me llevó a semejante extravagancia, tía Mary —dijo, sintiéndose culpable—. Nadie puede ponerse todos estos vestidos en un año. Hay demasiados.

—Tonterías —repuso lady Mary, alzando un vestido de satén amarillo y asintiendo con la cabeza—. Esto sólo te servirá para esta temporada. Necesitarás otros para el otoño y otros para el invierno.

—No me atrevo a comprar nada. ¿Qué dirá Raile cuando reciba la cuenta de las compras de hoy?

—No debes pensar en eso. Tu marido no tiene por qué preocuparse del dinero. Su madre le dejó una gran fortuna, y cuando su tío murió sin hijos, el heredero de su fortuna también fue Raile. Lo que gastes en ropa le parecerá una simple nimiedad. Y no lo olvides, él espera que estés a su altura.

Kassidy recordó a la amante alardeando de la pulsera de diamantes que Raile le había regalado y volvió a sentirse indignada.

—A veces desearía no haber conocido a Raile DeWinter.

Lady Mary cogió un vaso y se lo ofreció a Kassidy.

—Ahora no pienses en él. Bébete esto. Es nata con miel y jugo de fresas. Si bebes un vaso por la mañana y otro antes de acostarte, dentro de muy poco tu tez resplandecerá.

Kassidy arrugó la nariz con desagrado, pero finalmente se lo llevó a los labios para comprobar que tenía un sabor algo mejor del que temía.

—Esta noche —dijo lady Mary, alzando un esplendoroso traje de baile blanco adornado con rosas de seda del mismo color—, harás tu primera aparición como duquesa de Ravenworth. Creo que le diré a Betty que te entrelace el pelo con rosas blancas y frescas. Sí, mejor que con joyas, la pureza de tu belleza no necesita otra clase de adornos.

Kassidy cogió un mechón de cabello y se lo enrolló en el dedo.

—He estado enferma durante tanto tiempo y he tenido tan mal aspecto... Además, esa... mujer tan exquisita... Bueno, supongo que he perdido la seguridad en mí misma.

—Eres increíblemente hermosa y no necesitas que te lo diga. Estoy segura de que esta noche tendrás a docenas de caballeros ensalzando tu belleza.

Kassidy se desprendió de su pesimismo y sonrió.

—Nunca he asistido a un baile —dijo, emocionada—. Explícame cómo será.

Los ojos de lady Mary resplandecieron.

—Habrá música y baile y, por supuesto, gran variedad de comida para todo el mundo. Habrá partidas de cartas para los que les guste el juego. La mayoría de los asistentes mostrarán sus mejores galas.

—Recuerdo que padre y madre daban fiestas, pero yo era demasiado pequeña para asistir.

—Sabes bailar, ¿verdad? —inquirió tía Mary.

—Sí. Madre insistió en que tuviéramos un profesor de baile, pero de eso hace mucho tiempo. Quizá no recuerde los pasos.

—Tu hermano tiene la culpa. No debería haberse comportado tan miserablemente con Abigail y contigo. Pero no estropeemos la tarde pensando en Henry. Ven, siéntate frente al espejo. —Lady Mary asintió a Betty, que aguardaba para peinar a Kassidy—. Creo que recogeremos la cabellera con tirabuzones en la frente y cayendo con soltura por detrás —dijo, ofreciendo a la sirvienta tres perfectas rosas blancas—. Éstas le sentarán de maravilla.

Kassidy se inclinó sobre la cuna y acarició las mejillas de Arrian, mientras la niña sonreía moviendo emocionada los brazos.

—¿No es encantadora? —preguntó Kassidy, alzando la mirada hacia su tío George, que acababa de entrar en la habitación de la niña.

—Sí —convino George—. Hace veintisiete años que no ha habido un bebé en esta habitación. He venido aquí una y otra vez, supongo que echando de menos el llanto de un niño en la casa.

Kassidy se puso de puntillas y lo besó en la mejilla.

—Siempre pensé que Margaret fue muy afortunada de tenerte como padre.

Él pareció agradecido.

—¿De verdad? Verás, Kassidy, siempre me he considerado un hombre afortunado porque tu tía Mary me escogió entre todos los pretendientes que tenía.

—Sin duda lo hizo porque sabía que serías un marido perfecto. —Sonrió y añadió—: Es fácil darse cuenta de que estáis hechos el uno para el otro.

—Supongo que tienes razón... al menos en lo que a mí respecta. No he pasado ni un solo día de infelicidad junto a tu tía... La verdad es que, a su lado, cada día es una aventura. Es todo lo que uno puede desear en la vida: hermosa, imprevisible... —Se aclaró la garganta y evitó la mirada de Kassidy—. Bueno, estoy hablando demasiado y he olvidado el motivo por el que he venido. Tu tía dice que si no nos marchamos llegaremos tarde al festejo.

Kassidy se volvió y preguntó:

—¿Te gusta mi nuevo vestido?

—Claro que sí. Me recuerdas a tu tía cuando tenía tu edad. Era una rompecorazones, ¿sabes?, y sospecho que lo sigue siendo.

—Sí, pero sólo te ama a ti.

—Lo sé. —Abrazó a Kassidy—. Tu tía y yo queremos que seas feliz, Kassidy. Y lo serás. Te lo digo por experiencia. Te aseguro que un día tu matrimonio te dará toda la felicidad.

—Tío George, no todos los hombres son tan maravillosos como tú —replicó ella, deseando que Raile la mirara del mismo modo que su tío miraba a su tía. Con un suspiro de resignación, agregó—: Será mejor que no hagamos esperar a tía Mary.

Se inclinó para besar a la niña, luego se unió a su tío en la sala.

—¿Es cierto que el príncipe asistirá a la gala de esta noche, tío George?

—Sí. No lo conoces, ¿verdad, querida?

—No, y nunca creí que tendría la oportunidad de hacerlo.

George se detuvo en lo alto de las escaleras.

—No deberías dejarte impresionar demasiado, Kassidy. En realidad, el príncipe no es gran cosa, aunque, gracias a Dios, consigue rodearse de gente competente. Sus intereses se limitan a las apuestas, la arquitectura y las mujeres. Le he visto balbucear llorando como un niño por un amor perdido, y la mayoría de las veces está borracho. Éste es el hombre que un día será nuestro rey.

Kassidy nunca había visto a su tío decir cosas tan desagradables de nadie, y se quedó sorprendida ante la valoración que hacía del príncipe.

—Pero él, lo merezca o no, será el rey.

—Si vive el tiempo suficiente, sin duda lo será. No es necesario que te diga que, muchos de nosotros en la Cámara de los Comunes, deseamos que no sea así. —Meneó la cabeza con cierta tristeza—. Es nuestra cruz, y deberemos cargarla sobre nuestros hombros. —Cogiéndola del brazo, la acompañó escaleras abajo, donde su mujer esperaba con impaciencia en el vestíbulo.

—Mira cómo le brillan los ojos cuando algo le molesta —le susurró a Kassidy—. De todos modos, soy el hombre más afortunado.

El altivo mayordomo cogió la invitación de George Rindhold y, con voz clara y distinguida, anunció:

—La duquesa de Ravenworth, lady Mary Rindhold y el señor Rindhold.

Docenas de miradas, presas de curiosidad, se volvieron hacia Kassidy, que estaba de pie junto a sus tíos. Ignoró los susurros de admiración que la siguieron, mientras descendía con gracia los siete escalones que conducían a la sala de baile.

En poco tiempo se vieron rodeados de caballeros que insistían en ser presentados a Kassidy. Al cabo de un momento, ella perdió su timidez y comenzó a disfrutar. Se sentía joven y libre, y no quería dejar de bailar.

Entrada la noche, lady Mary se apoyó en el hombro de su marido y señaló a Kassidy, rodeada de admiradores.

—Sabía que causaría sensación. Fíjate en cómo miran las demás mujeres. Se mueren de envidia. Ella no tiene comparación.

—Es la sensación de la noche —convino George—, pero trata de no ir demasiado lejos.

—¿Qué insinúas?

—Raile DeWinter no es un hombre con el que se pueda jugar, querida.

—¿Desapruebas que haya presentado a Kassidy a nuestros amigos? preguntó inocentemente.

Él sonrió y contestó:

—No del todo, querida, pero te conozco muy bien, y yo iría con cuidado.

Lady Mary guardó silencio unos segundos y dijo:

—Lo único que pretendo es que Kassidy sea feliz, y creo que su felicidad depende de Raile DeWinter. Pero no pueden ser un matrimonio a distancia. Me limito a llamar su atención.

Kassidy no estaba acostumbrada a los elogios y se sentía incómoda por los comentarios que casualmente le llegaban a los oídos. Supuso que era el modo de comportarse de los caballeros londinenses.

Consiguió retirarse sin ser vista, esperando que nadie la siguiera. Le dolían los pies y quería respirar un poco de aire fresco, ya que la sala de baile estaba llena de humo. Se apoyó contra la estatua de un antiguo rey de Inglaterra y miró hacia el balcón de piedras, que daba a las parpadeantes luces de la ciudad. Qué lejos estaba de la casa de su infancia. ¿Era ésta la vida que tendría a partir de ahora?

De pronto, alzó la mirada y vio a un hombre de pie frente a ella.

—No nos han presentado, pero he estado admirándola toda la noche, excelencia —dijo sonriendo.

—Qué aburrido habrá sido para usted, señor —ironizó Kassidy, y se volvió para volver al salón, pero la detuvo la risa del hombre.

—Le ruego que me permita presentarme. Soy lord Justin Callaret. Ante todo, debo decirle que soy un viejo amigo de su marido.

Ella se detuvo e inquirió:

—¿Conoce a Raile?

—Bastante bien. Hemos sido amigos desde la infancia y servimos juntos en España y luego en Waterloo.

Mientras hablaba, Kassidy lo observaba. Era rubio y atractivo, con un hoyuelo en la barbilla, de aspecto jovial. Si aquel hombre conocía a Raile, quizá podría contarle cosas acerca de él.

—¿Cuánto tiempo hace que conoce a mi marido, milord?

—Desde antes que muriera su madre. Raile siempre fue muy serio. Estudiaba en la escuela y, de hecho, obtuvo la aprobación de sus maestros.

—¿Y vos, milord?

—Bueno, yo no estudiaba y no obtuve la aprobación de ningún maestro.

A Kassidy le pareció simpático. Bajaron juntos las anchas escalinatas que daban al jardín inferior. Ella ignoraba que la estaba llevando por un camino iluminado por farolas chinas.

—¿Así que servisteis a las órdenes de Wellington, como mi marido? —preguntó ella con interés.

—Sí. Pero Raile me superó una vez más. Él volvió como un héroe, mientras que yo volví a casa no por una herida de guerra, sino porque me rompí el brazo al caer de mi caballo mientras formábamos.

Kassidy no pudo evitar reír.

—Seguro que se trata con excesiva dureza, lord Justin.

—Puedo asegurarle que le digo la verdad, excelencia.

Se detuvieron bajo una farola mecida por el viento.

—¿Y en qué más se diferencian usted y mi marido? —se atrevió a preguntar.

Él la miró y suspiró ante su belleza.

—No tenemos nada en común. ¿Dónde la encontró Raile?

—Si se lo dijera, no me creería.

De repente, cogió su mano enguantada y la besó.

—Ojalá te hubiera visto primero.

Kassidy era joven e inexperta, y él un caballero encantador.

—¿Y qué hubiera hecho, de haber sido así? —inquirió.

Deslizó las manos por su cintura y la atrajo hacia sí. Kassidy se quedó atónita cuando él bajó la cabeza para besarla.

—Señor, es usted muy impulsivo —dijo apartándose—. Ningún hombre, ni siquiera mi marido, se atrevería a tomar tantas libertades.

Él la miró con incredulidad.

—¿Insinúas que Raile nunca te ha besado? No puede ser el Raile que yo conozco.

Antes de medir las consecuencias, Kassidy dijo:

—En realidad, Raile y yo apenas nos conocemos.

Lord Justin la miró apasionadamente, se acercó aún más y le acarició el brazo.

—Me pregunto cómo podría conseguir que te enamoraras, pequeña duquesa.

Kassidy dio un paso atrás, indignada.

—Nunca lo sabrás.

Luego se volvió dispuesta a marcharse, pero no supo dónde estaba cuando vio varios senderos que iban en distintas direcciones. Miró a lord Justin y dijo:

—Si fuera tan amable de indicarme el camino a la sala de baile, milord.

—Por supuesto, mi pequeña y virginal duquesa.

—Lord Justin —dijo alguien, atrayendo su atención—, comprendo que se aleje de los demás. ¿Quién es esta belleza que le acompaña?

Kassidy vio a varias personas aproximándose hacia ellos. El hombre que hablaba iba vestido de satén rojo y tenía un aspecto grotesco debido a su corpulencia.

—Alteza, es la esposa de Raile DeWinter, la duquesa de Ravenworth —respondió lord Justin, haciendo una reverencia al príncipe de Gales.

Cuando Kassidy se dio cuenta de que el príncipe se acercaba, también hizo una reverencia.

El príncipe rodeó a Kassidy, observándola detenidamente hasta incomodarla.

—Lord Justin, me ha parecido que se refería a este encanto como «virginal duquesa».

Lord Justin sonrió maliciosamente y comentó:

—Era un comentario personal, alteza.

—¿Y dónde está su marido, madame? No lo he visto desde hace tres meses.

—Está en el campo, alteza —contestó Kassidy, retrocediendo para evitar el olor a alcohol de su aliento.

—Así que —añadió el príncipe, tambaleándose y mirando fijamente a Kassidy— Raile se ha casado con una belleza y la abandona mientras él hace pequeños arreglos en su viejo castillo. —Intercambió una sonrisa con la mujer que estaba a su lado—. Hasta esta noche nunca había considerado estúpido a Raile, pero después de ver a esta mujer desatendida he cambiado de idea.

El príncipe soltó una enérgica carcajada a la que se unieron los demás.

—Inglaterra tuvo una reina virgen, ahora tiene una duquesa virgen. Es gracioso. —Miró a lord Justin y agregó—: Quizá Raile debería cuidar de su pichón antes de que otro asalte su nido.

La risa del príncipe resonó mientras se alejó seguido de su séquito.

—Tengo que hablar con Raile acerca de este asunto —dijo el príncipe en voz alta—. Si sigue así, nos pondrá a todos en evidencia.

Kassidy comprendió que su tío estaba en lo cierto respecto al príncipe. La había humillado deliberadamente, y ningún caballero lo hubiera hecho sólo para divertirse.

Lord Justin parecía avergonzado.

—Le pido mis más humildes disculpas, excelencia. Temo que involuntariamente la he puesto en ridículo, pero le aseguro que no era mi intención.

—Dijo que mi esposo era su amigo. Pues bien, esto no ha sido una muestra de su amistad.

—Sí, Raile es mi amigo. Si se lo preguntara, estaría de acuerdo.

Kassidy se alejó de lord Justin siguiendo la música.

—Yo no le consideraría amigo de mi marido. Y aunque lo sea, no creo que su amistad sobreviviera a esta noche.

Lord Justin se apresuró a retener a Kassidy.

—¿Piensa contarle a Raile lo que ha pasado?

—No, no lo haré, pero creo que de todos modos se enterará. Estoy segura de que a su alteza le encantará explicarlo a los demás.

—Tiene razón —convino lord Justin, interponiéndose en el camino para que se detuviera—. Le ruego que acepte mis más humildes disculpas por haberla puesto en una situación tan violenta. Si hubiera algún modo de corregirlo, lo haría.

—No comprendo por qué necesita mi perdón si ya tiene el del príncipe.

—Le doy mi palabra de que nunca más pienso incomodarla. Por favor, dígame que perdona mis malos modales.

Hablaba con tanta sinceridad que Kassidy le creyó y dijo:

—Acepto sus disculpas, pero no estoy segura de si Raile las aceptará.

—Quisiera ser su amigo, excelencia. Sería un honor

servirla en lo que pudiera. —Alzó la mano—. Desde este mismo día, soy un hombre distinto. ¡Lo juro!

Lord Justin se mostró tan persuasivo y amable que ella no pudo evitar sonreír.

—Me pregunto si para un hombre es tan fácil cambiar. Me temo que, en cuanto esté fuera de su vista, volverá a sus viejas costumbres.

—Si me permitiera visitarla mañana, se lo demostraría. Le doy mi promesa de que seré un perfecto caballero.

Por unos momentos ella guardó silencio.

—Está bien. Si quiere, puede visitarme.

Ella lo rodeó y siguió caminando, dejando que él observara cómo se marchaba.

Lord Justin envidió a su amigo, aunque no podía comprender por qué Raile abandonaba a su hermosa duquesa para retirarse al campo.

—El príncipe tiene razón —dijo en voz alta—. Raile es estúpido.

24

Querido Raile,

Quisiera escribirte sobre un asunto que me ha afligido tanto que pensé que debía informarte. Al parecer, te has convertido en el objeto de una broma cruel. Para decirlo con delicadeza, a Kassidy la llaman «La duquesa virgen». El mismo príncipe es el autor de la broma, así que puedes imaginar lo popular que eres en todas las reuniones sociales. En cuanto a Kassidy, no tienes por qué preocuparte de ella. Está totalmente recuperada y causa furor en Londres. No deja de rodearse de admiradores, lo que confirma lo popular que es.

Lady Mary sonrió para sus adentros y firmó. Miró a Kassidy, que acababa de entrar en la habitación.

—Creo, querida, que tu marido no tardará en venir a Londres.

—¿Ha enviado una carta? —inquirió Kassidy, temiendo que Raile hubiera oído los rumores que el príncipe de Gales había vertido sobre ella.

Lady Mary cerró la puerta y respondió:

—No he recibido noticias, pero estoy segura de que tu marido llegará esta misma semana.

Kassidy se sentó junto a la ventana, prestando más

atención a la calle que al montón de invitaciones que tenía en la mano.

—Tenías razón cuando dijiste que causaría furor, tía Mary. Tengo tantas invitaciones a fiestas y bailes que no podré asistir a todas.

—Ven —dijo su tía, tendiéndole la mano—. Te ayudaré a escoger las más convenientes. —Miró a Kassidy y preguntó—: ¿Te diviertes?

—Mucho, pero...

—¿Sí...?

—Es tan... artificial. Yo pertenezco al campo, tía Mary. Me gusta tener objetivos en la vida. Londres me aburre.

—Pronto estarás en el campo —dijo lady Mary—. Puedo asegurártelo, Kassidy.

—Aún falta un año —le recordó Kassidy.

—Verás como tu marido no tardará en insistir en que lo acompañes a Ravenworth.

El baile de lady Mary fue un éxito. Kassidy se sentía eufórica después de bailar cuatro piezas seguidas. Al sentarse para recuperar el aliento, se vio rodeada de caballeros.

Sin embargo, tantas atenciones terminaban contrariándola. Así pues, cuando vio a lord Justin abriéndose paso hacia ella, se sintió aliviada de que llegara en su ayuda.

Desde el incidente en el jardín, lord Justin se había ganado su amistad. Trataba de visitarla cada día y, fiel a su palabra, se había comportado como un perfecto caballero. La acompañaba a montar al parque y a las reuniones de té. Kassidy se sentía cómoda en su compañía.

Cuando lord Justin llegó junto ella, apartó a la docena de caballeros que la rodeaban y le tomó la mano.

—Esta noche estás divina, excelencia. Sobresales entre todas las mujeres.

Kassidy retiró la mano.

—Creí que acordamos que entre nosotros no habría falsos cumplidos.

—Mis cumplidos nunca son falsos. Antes de conocerte, nunca había conocido a una mujer tan contraria a un elogio. Sin duda debes de saber lo hermosa que eres.

—Preferiría recibir más cumplidos por lo que he aprendido que por mi aspecto —comentó Kassidy.

Lord Justin sonrió.

—Es difícil pensar en tu mente cuando está envuelta tras tan encantador envoltorio.

Los demás hombres expresaron en voz alta su acuerdo y Kassidy se perdió en las alabanzas dedicadas a su mente y su belleza.

Raile permanecía en la entrada, observando a las parejas que bailaban. Buscó con la mirada una mujer de cabello rubio. Al cabo de unos segundos, se inquietó. Por un momento, contempló la encantadora imagen de una mujer vestida de azul, rodeada de admiradores. Los ojos de Raile se entretuvieron en aquel hermoso rostro durante unos instantes antes de seguir buscando a su esposa.

Tras recibir la carta de lady Mary, se apresuró a partir hacia Londres. Le perturbó encontrar que los Rindhold estaban dando una fiesta. Y no localizar a su esposa, no ayudó a animarlo.

Lady Mary se acercó a él, sonriendo afablemente.

—Raile, ¡qué sorpresa! No esperaba que vinieras a Londres tan pronto.

—¿No me esperaba, madame? Francamente, después de su carta, creí que estarían esperándome.

Ignorando su indirecta, ella apoyó la mano en su antebrazo.

—Vaya a saludar a George.

—No voy vestido para la ocasión. Si puede decirle a Kassidy que he venido, la esperaré en su despacho.

Lady Mary intentaba ocultar la satisfacción de que su plan había resultado.

—¿Por qué no se lo dice usted mismo? —Señaló a Kassidy con el abanico—. Está allí.

Raile observó a la bella mujer rubia que al principio le había llamado la atención.

—Supongo que bromea, lady Mary. Si la viera, conocería a mi mujer.

Lady Mary soltó una carcajada y dijo:

—Al parecer, excelencia, no conoce a Kassidy... —Lady Mary bajó el tono de voz y añadió—: Le ruego que disimule que no la reconoce, excelencia, o de lo contrario los rumores nunca cesarán.

Raile suspiró, enojado.

—Si me disculpa, lady Mary, iré junto a mi esposa.

Lord Justin se llevó la mano enguantada de Kassidy a los labios.

—Admiro tu ingenio tanto como tu inteligencia. Eres una brisa fresca que sopla sobre Londres. Debes saber que muchos hombres han puesto el corazón a tus pies.

Raile permaneció de pie detrás de Justin, controlando su ira. Los demás caballeros ya habían reconocido al duque y se habían alejado.

La voz de Raile sonó dura y fría.

—Veo que estás haciendo uso de tus encantos, Justin.

Kassidy se volvió para mirar a su marido. Sus ojos brillaron de alegría y el corazón le latió con fuerza. Sin embargo, Raile sólo estaba pendiente de lord Justin.

Lord Justin vio la mirada turbulenta de Raile y apartó la mano del brazo de Kassidy.

—Siempre resulta agradable verte, Raile, pero podías haber tardado un poco más... He disfrutado haciendo compañía a tu encantadora esposa.

Raile habló en tono cortante.

—Si nos disculpas, quisiera estar con mi esposa... a solas —dijo Raile con acritud.

—Como quieras —respondió Justin, apartándose a regañadientes. Sabía que Raile vendría a Londres y se enfadaría, pero había advertido tanta soledad en Kassidy que no le importó.

Kassidy notó que Raile evitaba mirarla directamente.

—¿No crees que has sido un poco duro con lord Justin? Al fin y al cabo, es tu amigo.

Por fin, Raile miró a los ojos verdes que le eran familiares.

—¿Es mi amigo, madame, o se ha convertido en tu perro faldero?

Kassidy se dio cuenta de que los demás los miraban con curiosidad, así que bajó el tono de voz.

—¿Estás acusándome de algo, Raile?

Él le cogió la muñeca y respondió:

—Creo que has logrado que seamos el centro de una polémica. Si seguimos aquí demasiado tiempo, sólo conseguiremos que se hable más de nosotros.

Raile la obligó a acompañarlo. Ella miró a su tía, esperando que lady Mary acudiera en su ayuda.

Lady Mary se unió a ellos en la entrada y entregó a Raile la capa de Kassidy.

—Hace frío. Creo que la necesitará.

Kassidy no iba a recibir ayuda de lady Mary, que se limitó a besarla en la mejilla y a asentir con la cabeza a Raile.

—¿Adónde vamos? —preguntó Kassidy, mientras Raile le cubría los hombros con la capa y la conducía a la puerta principal.

—Vienes conmigo, madame. Me perteneces. —Se

volvió hacia lady Mary—. Envíe sus cosas a la casa de la ciudad.

—No me iré sin Arrian —repuso Kassidy, enojada—. Me necesita.

—Yo cuidaré del bebé —aseguró lady Mary a su sobrina—. Ve con tu marido.

Kassidy no tuvo ocasión de objetar nada. Con un cortés saludo a su anfitriona, Raile salió a la calle con su mujer y la ayudó a subir al carruaje. Cuando el coche se puso en marcha, Kassidy no sabía qué esperar.

Guardaron silencio durante un buen rato.

—No comprendo tu actitud despótica de esta noche, Raile. Si me hubieras dicho lo que querías, hubiera estado de acuerdo en ir contigo. Pero ni siquiera me informaste de que vendrías a Londres.

—Seguro que sabías que vendría.

—¿Cómo iba a saberlo? Cuando te marchaste, dijiste que me dejarías libre durante un año. Confié en tu palabra y tú mismo la has roto.

—¿Creíste que podías poner en ridículo el honor de mi familia sin que yo hiciera nada? Eres el blanco de todas las miradas, madame —dijo Raile, con tono desafiante.

—¡Eso es absurdo! Te aseguro que no he hecho nada para perjudicar tu honor o el mío. En realidad, has sido tú quien me ha avergonzado, su excelencia.

Al pasar bajo una farola, el rostro de Raile quedó iuminado y Kassidy sintió su penetrante mirada.

—¿En qué te he avergonzado, madame?

Kassidy se cubrió con la capa.

—Estoy hablando de esa actriz, la señorita Candeur... tu amante.

Raile se quedó perplejo.

—¿Cómo te has enterado? Supongo que por Justin...

—Justin es un caballero, él nunca me diría nada de tu... amante. La señorita Candeur en persona me confirmó tu relación con ella, aunque yo lo sospechaba desde aquella noche en tu casa.

Raile se sintió atrapado. ¿Cómo podía justificar un marido tener una amante ante su esposa? Tomó el camino más fácil.

—No discutiré esto contigo.

—Sé que las esposas no suelen hablar de estas cosas... y que, si lo descubren, deben fingir que no saben nada. Pues bien, ambos sabemos que no soy una esposa convencional, así que no me portaré como una estúpida.

Por primera vez en su vida, una mujer había confundido a Raile, que repuso:

—Eso es una tontería.

—A mí no me lo parece, Raile. Recuerdo la conversación que mantuvimos antes de casarnos, en la que quedó claro desde el principio que no nos deberíamos fidelidad alguna.

Raile se sorprendió de que ella usara sus propias palabras en su contra. Qué arrogante y estúpido había sido el día en que decidió exponer a Kassidy lo que esperaba de su relación.

—No te recomiendo que admitas que me has sido infiel, Kassidy.

—¡No me insultes, Raile! No soy yo la que ha alardeado de su amante ante tus propias narices.

—Preferiría que esta noche no habláramos de estas cosas. Deberías aprender de tu tía y mostrar una actitud más... femenina.

—Quiero a mi tía, pero no puedes comparar nuestro matrimonio con el de ella y tío George. Tía Mary quiere a mi tío y se aferra a todas sus palabras como si fueran la mayor de las verdades. Ella es muy inteligente, pero a veces, cuando está con él, para que se sienta superior, habla como si todas las ideas le pertenecieran. Yo no podría someterme a ningún hombre. El hombre que me ame debe aceptarme como soy, y no debe intimidarle el hecho de que sea capaz de pensar por mí misma.

—Ahora entiendo por qué no te has casado antes.

—Supongo que tienes razón.

Raile arqueó las cejas y dijo:

—Al menos, en esto estamos de acuerdo.

—¡Ruego a Dios que esto no suceda muy a menudo! —exclamó Kassidy, enojada.

Raile no esperaba que la muchacha con que se había casado haría pedazos a un hombre. Debería haber recordado su primer encuentro.

—¿Estás al corriente de los rumores que se refieren a nuestro matrimonio, Kassidy?

—Sí, y para mí no ha sido un placer tener que afrontar el ridículo de ser una esposa descuidada. Las mujeres ríen a mis espaldas y los caballeros creen que pueden coquetear conmigo porque no tengo un marido a mi lado.

—¿Justin ha sido uno de los que te ha protegido?

—Se ha portado como un amigo.

—Justin siempre está dispuesto a hacer un favor a cualquier mujer con la que he estado. —Raile recordó que había tratado de arrebatarle a Gabrielle Candeur, pero no lo mencionó.

—Sólo ha impedido que me sienta sola —dijo Kassidy.

—Por supuesto —ironizó él—. Justin siempre ha estado muy dispuesto...

—Él te admira. Siempre habla bien de ti y he llegado a conocerle y respetarle.

—¿Y a mí... también me respetas?

—No te conozco muy bien, excelencia.

—¡Pero sabes cómo me llamo! —exclamó, y luego añadió—: Kassidy, te aseguro que después de esta noche vas a conocerme bien.

—¿Qué insinúas? —inquirió con la voz entrecortada.

El carruaje se detuvo y Raile bajó y la ayudó a salir.

—Madame, esta noche haré de marido contigo para disipar los rumores.

Kassidy se apartó de él, deseando huir.

—Prometiste que no...

Raile la cogió por el brazo, la acompañó hacia las escaleras de su casa y susurró:

—La promesa ha sido revocada.

En silencio, ella entró en la casa tras él. Un mayordomo se acercó, le cogió la capa y Kassidy lo miró, suplicando ayuda, pero comprendió que era inútil.

—Informa a los sirvientes de que no nos molesten —dijo Raile al mayordomo.

—Sí, su excelencia.

Mientras Raile conducía a Kassidy a las escaleras, ella se sintió atrapada. Se enfrentaba a lo desconocido y sentía un vacío interior. Kassidy sintió la mano de él en su espalda mientras subían por las escaleras.

Raile abrió una puerta y le indicó que entrara en la habitación. Ella se dirigió rápidamente hacia la ventana, deseando alejarse de su marido. Le gustó que la ventana estuviera abierta y que pudiera respirar un poco de aire fresco.

Raile observó la figura de Kassidy cuando ella se volvió. Salvo sus ojos verdes, era irreconocible. Su cabello brillaba intensamente. Era tan hermosa a la luz del fuego, que lo único que pudo hacer fue observarla.

Deseando que se sintiera cómoda, Raile se acercó a la chimenea.

—Tenemos mucho que aprender el uno del otro, Kassidy. Aunque nos hemos casado, somos extraños.

—No estoy segura de que quiera conocerte, Raile —admitió ella por fin—. Creo que sigo teniendo miedo de ti.

—Siento que sea así. Nunca te haría daño, Kassidy. Es difícil para una persona medir la profundidad del miedo. Cada hombre o mujer tiene algo que temer.

Ella se acercó a él y al calor del fuego.

—No puedo imaginarte teniendo miedo de algo.

—Pues lo tengo.

—¿Qué podría atemorizar a un hombre como tú? —inquirió Kassidy, acercándose aún más a él.

Él esbozó una tímida sonrisa y respondió:

—Tú. Eres una joven preciosa, que creí que se adaptaría al orden de mi vida... pero me equivoqué completamente. No estoy seguro de qué debería hacer contigo, Kassidy.

—Podrías dejar que me marchara, excelencia. Ninguno de los dos quería este matrimonio. Si me dejas volver con mi tía, serás libre de volver con tu amante.

—No puedo hacer eso, Kassidy. —Le apartó un rizo que le caía en la frente—. Siento que hayas descubierto lo de la señorita Candeur, pero debes creerme cuando te digo que no la he visto desde que nos casamos.

—No tengo motivos para dudar de tu palabra —dijo Kassidy con tono desafiante—, exceptuando tu promesa de pasar un año alejado de mí.

De pronto, él le acarició la mejilla y el cuello. Kassidy sintió que su pulso se aceleraba.

La oscura mirada de Raile recorrió su rostro, hasta detenerse en la comisura de sus pechos. Le acariciaba la melena, deshaciéndole delicadamente los rizos.

Su voz le resultaba inquietante y Kassidy se estremeció.

—Quizá quieras liberarme de esa promesa, Kassidy. Quizá por esta noche podríamos ser un hombre y una mujer que se han casado por verdaderas razones.

Alzó la mirada hacia él, sintiendo que su cuerpo no obedecía a su voluntad.

—¿Por qué podría querer eso? —le preguntó, temblando de emoción—. Nos casamos por motivos equivocados. Sabes que no nos amamos.

La sonrisa de Raile era fascinante.

—Podríamos fingir que somos amantes, si eso te resultara más cómodo.

—Creo que si una mujer perdiera el corazón por ti, Raile, lo único que provocaría es tu desprecio y entonces dejarías de amarla.

—Tú no, Kassidy —murmuró. Cuando la besó en los labios, ella no pudo moverse, no pudo pensar... sólo pudo someterse a él y a su encanto.

Su beso le inspiró dulzura, y cuando Raile volvió a besarla, sus manos le rodearon la cintura atrayéndola hacia sí, de modo que la dulzura se transformó en deseo.

Kassidy se sentía tan indefensa ante la atracción sensual de Raile como el pétalo de una flor en medio de un huracán.

25

Kassidy gimió al separar sus labios de la boca que estaba dominando su voluntad, exigiéndole más de lo que ella podía darle.

En un esfuerzo desesperado, Kassidy le propinó una sonora bofetada en la mejilla.

Raile agarró su muñeca con fuerza y ambos se miraron fijamente durante unos instantes. Kassidy vio su mejilla enrojecida y dijo, excusándose:

—No quería pegarte. No sé por qué lo he hecho. Nunca he pegado a nadie en mi vida.

Raile se apartó de ella y permaneció de pie frente a la chimenea. Contemplaba las llamas, pero tenía la mente en la mujer con que se había casado.

—Es la primera vez para ambos. Nunca me había pegado una mujer.

Suspiró, tratando de controlar el ardiente deseo. No quería perder la cabeza y asustarla.

Kassidy se levantó cerrando las manos.

—Te ruego que me perdones, Raile. Pero cuando me has besado, he sentido que perdía el control. No sé qué me ha pasado.

—Yo tampoco lo sé, Kassidy. —De pronto, recordó lo ocurrido en la cárcel de Newgate y se maldijo en silencio por no ser más comprensivo con ella. Luego se volvió sonriendo y dijo—: ¿Te apetece un vaso de vino?

—No —repuso ella, moviendo la cabeza—. Quiero tener la mente clara.

Cuando Raile fue a abrazarla, ella se apartó y musitó:

—Nunca he querido amarte, Raile. Cuando conocí a la señorita Candeur, traté de odiarte. Me he acordado muchas veces de que tu hermano es el responsable de la muerte de mi hermana. Ni siquiera sé si confiar en ti.

—Pero te has casado conmigo.

—Parecía lo único posible en ese momento.

Él le cogió la mano y la abrazó.

—No tienes que confiar en mí... Incluso si quieres, puedes odiarme, pero no me niegues lo que es mío por derecho.

Jadeante, ella hundió la cara en su pechera, absorbiendo la intensa sensación que desprendía cada fibra de su ser. Durante mucho tiempo no se había permitido pensar en Raile. No obstante, sus sueños y su profundo e incomprensible deseo por él la traicionaban.

Raile le acarició la espalda y susurró a su oído:

—Ven a mi cama por tu propia voluntad, mi pequeña duquesa.

Asustada, Kassidy ladeó la cabeza y sintió el contacto de sus labios.

—Ambos sabemos que no soy...

Raile la interrumpió con un ardiente beso. Kassidy sentía tal anhelo en su interior que se apretó contra él, deseando formar parte de su cuerpo.

—No pienses en lo que pasó en Newgate —murmuró Raile—. Te prometo que para mí no hay ninguna diferencia. De todos modos, nunca he estado con una mujer virgen. —Volvió a besarla y Kassidy creyó enloquecer de deseo. Luego él añadió—: Cuando te posea, lo desearás.

Kassidy fue incapaz de escuchar. Sólo deseaba que siguiera besándola eternamente. Ignoró que le desabrochaba el vestido hasta que notó que se deslizaba por sus hombros.

Cuando su boca recorrió su hombro, descendiendo lentamente hasta sus pechos y acariciando los duros pezones, Kassidy gimió:

—No... no está bien.

Raile sonrió y dijo:

—¿Por qué no? Somos marido y mujer.

Kassidy trató de cubrir sus senos con los brazos.

—Aún no estoy preparada.

Él le apartó los brazos.

—Lo estarás antes de que termine esta noche —susurró, recorriendo con la mirada la perfección de su cuerpo—. Créeme, no haré nada que no desees, Kassidy.

Su larga cabellera le cubría la cara. Sus cremosos pechos brillaban como el satén bajo la seda blanca de la prenda íntima.

Raile se estremeció y la cogió por los hombros.

—Hagamos callar a las malas lenguas que te proclaman «la duquesa virgen».

—Pero el guarda...

—Olvida a ese hombre. No existe ni para ti ni para mí.

Antes de que pudiera responder, Raile la besó en los labios y ella sólo pudo agarrarse a él para no perder el equilibrio. Cuando Raile la cogió entre sus brazos, ella no protestó. El miedo había desaparecido. En su lugar, un intenso deseo se había apoderado de Kassidy, que se tumbó en la cama.

—¿Sigues teniendo miedo de mí, Kassidy? —le preguntó, alzando su barbilla y obligándola a mirarle.

—Creo que no. Pero no sé qué esperas de mí.

—¿Deseas ser mi esposa?

—Yo... no lo sé. No sé cómo.

—Eso no importa. —Raile se tumbó junto a ella, apoyándose en el codo para mirarla. Advirtió que estaba tensa y deseó calmarla. Cogiéndole la mano, se la llevó a los labios y empezó a besar sus dedos. Luego dijo—: Kassidy, me recuerdas a un pájaro salvaje... a un ruiseñor que cacé una vez. Se equivocó de camino y cayó en mi red de pescar. Cuando lo encontré, estaba malherido.

Intentó concentrarse en la historia, pero no podía dejar de mirarla, mientras ella sentía un profundo vacío en su interior...

—¿Qué hiciste?

Lentamente, Raile se acercó a ella y siguió hablando:

—Después de sacar de la red a la pobre criatura, lo puse en la palma de mi mano con mucho cuidado. —Le acarició el cuello—. Sentía los latidos de su corazón. —Movió la mano lentamente, hasta situarla sobre su corazón—. Como siento ahora los del tuyo...

—¿Dejaste que el pájaro se marchara?

Sintió la mano de Raile recorriéndole los pechos y se mordió los labios. ¿Qué le estaba ocurriendo? ¿Por qué quería apretar su cuerpo contra el de él para sentirlo aún más?

—No, Kassidy. No dejé que se marchara porque quería ocuparme de sus heridas y tuve que enseñarle a confiar en mí.

Ella sentía el calor de sus manos sobre su piel, deslizándose sensualmente hacia los pechos descubiertos.

—Acaricié sus plumas lo más suavemente posible. Para demostrarlo, acarició un pecho y después el otro, haciendo que Kassidy se estremeciera.

—¿Y qué ocurrió? —inquirió ella con voz entrecortada.

Las manos de Raile le acariciaron el vientre.

—Al igual que tú, el ruiseñor me temía. —Se inclinó y le rozó la oreja con los labios—. Pero finalmente me gané la confianza del pájaro. Verás, llegó un día en que abría la mano y el ruiseñor se posaba en ella sin querer volar.

—¿No trató de escapar? —preguntó ella, sabiendo que nunca lo abandonaría.

—No, Kassidy. Cuando el ruiseñor se curó, tuve que obligarlo a marcharse lanzándolo al vuelo. —Le recorrió los rasgos de la cara con los labios—. Voló sobre mí, Kassidy, durante mucho rato, antes de marcharse para siempre. —Deslizó la mano entre sus piernas y agregó—: Te juro que durante todo un verano ese ruiseñor cantó cada noche bajo mi ventana. Y esta noche tú cantarás para mí, pequeño ruiseñor.

Raile no sabía por qué se había acordado del ruiseñor, ya que aquel incidente ocurrió hacía mucho tiempo. Sólo sabía que Kassidy había acudido a él como un pájaro herido, y que su responsabilidad como marido era ayudarla a curarse.

Tenía la piel muy suave, y su cabello olía a perfume exótico. Nunca había pensado en perder la cabeza por una mujer, pero no podía resistirse a los encantos de Kassidy.

Deseó poseerla y tenerla a su lado para que no pudiera volar y marcharse como el ruiseñor.

La miró fijamente a los ojos. Era como si lo provocaran, atrayéndolo inconteniblemente hacia sí.

Quitándose la ropa, la abrazó mientras su cuerpo temblaba y se sumía bajo la piel de satén. Él cerró los ojos, deleitándose al sentirla.

—Si supieras algo de ruiseñores, Raile —susurró Kassidy con una voz grave—, sabrías que el único que canta es el macho.

—En tal caso, esta noche tú me harás cantar, pequeña.

Kassidy tembló bajo el calor de su boca. Pensó que estaba sucumbiendo ante la esencia de aquel hombre fuerte y dominante. Pero no le importó, sólo deseaba sentir la emoción de su tacto, llegar a formar parte de él.

—No sabía que lo que sucedía entre un hombre y una mujer era algo así —dijo, desprendiéndose del recuerdo de Newgate—. Nadie me lo dijo nunca.

—Es mucho más que esto —puntualizó Raile, mientras le invadía la excitación, y trató de olvidar que no sería el primer hombre para ella pensando en que sería el único que recordaría.

No obstante, Raile se resistía a aceptar sus sentimientos.

De repente, Kassidy intentó taparse con las sábanas.

—¿No podemos esperar a otra ocasión? —preguntó.

—No, Kassidy —repuso colocándole las manos sobre su amplio torso—. Tiene que ser esta noche. Estás preparada. No temas. Tendré cuidado.

Mientras se colocaba sobre ella y le separaba las piernas, Kassidy vio su miembro erguido y abrió los ojos, asustada.

—Seguro que no vas a...

Raile selló sus objeciones con un beso y, cuando lo tuvo entre las piernas, sintió su embestida y deseó el placer que le había prometido.

Con los cuerpos empapados de sudor, él se deslizó suavemente en su interior. Llenó su cuerpo con su excitado miembro, inundó su mente de nuevas sensaciones y su corazón de emociones.

Una dolorosa necesidad recorrió el cuerpo de Raile a medida que la penetraba, tratando de no asustarla de nuevo.

—No te dolerá —murmuró—. Sólo duele la primera vez.

—No... —gimió ella—. Me duele.

Tenía los ojos brillantes y llenos de expectación. Aspiró la esencia del hombre, deslizó los dedos por su pelo castaño y abrió la boca a su lengua perspicaz.

De repente, Raile embistió con fuerza y Kassidy no

pudo evitar gemir ante el hermoso dolor que la invadió. Echó la cabeza hacia atrás mientras él la besaba en el cuello y los hombros.

Raile se apartó, con una mirada de asombro en los ojos.

—Kassidy —susurró—, mírame. Ningún hombre te ha tocado nunca. Eras realmente «una duquesa virgen». Ningún hombre ha estado en el lugar en que estoy ahora.

Ella buscó sus ojos, con el corazón palpitándole de anhelo y felicidad.

—¿Dirías esto si no fuera cierto?

—Es cierto, Kassidy. Soy el primer hombre que te ha poseído. —De repente, se sintió eufórico—. Durante todos esos meses tu angustia era injustificada.

—¿Estás seguro, Raile?

Él la abrazó con fuerza y respondió:

—Sí, Kassidy, te juro que soy el primer hombre que te ha tomado.

Cuando volvió a sus labios temblorosos, la besó apasionadamente.

Kassidy pensó que nada podía superar aquella profunda sensación de placer y dolor, pero estaba equivocada. Él la penetró aún más e inició un dulce movimiento rítmico.

Raile poseyó su cuerpo con sumo cuidado, y cuando alcanzó el clímax, la mantuvo entre sus brazos hasta que su cuerpo dejó de temblar.

Durante un buen rato, Kassidy yació inmóvil, apenas atreviéndose a respirar. Por fin, comprendió el sentido del matrimonio. Consistía en estar tan ligado a otro ser humano que sólo la muerte podía separarla.

De alguna forma, sabía que había una mayor satisfacción, pues se sentía extrañamente insatisfecha. Alzó la cabeza y encontró a Raile, observándola. Tímidamente, ella observó el dosel de la cama, incapaz de mirarle a los ojos.

Él le volvió la cara para que lo mirara. Era tan encantadora que apenas tenía palabras. Recorrió su dorada melena con la mano y la miró fijamente a los ojos verdes.

—Nunca seas tímida conmigo, Kassidy. Lo que ha sucedido entre nosotros es natural, y sucederá muchas más veces.

—¿Esto es el amor? —preguntó ella, deseando permanecer para siempre abrazada a él.

—Lo que sientes no es amor, Kassidy. Pero ¿qué importa? Lo que ha pasado entre nosotros es mucho más que amor. —Sonrió y añadió—: Digamos que es... lujuria, deseo, pasión.

Ella intentó no mostrar su dolor.

—Pero ¿estas cosas se agotan? El amor es duradero, ¿no es así?

—El deseo durará mucho tiempo si esta noche he plantado en ti mi semilla y me das el hijo que deseo.

Kassidy ocultó el dolor que sentía en su corazón. Raile no la amaba. Lo único que quería de ella era un hijo.

—Tienes razón. Espero que sea así para que no tenga que volver a tu cama.

Raile lamentó no poder decir nada de lo que ella deseaba escuchar.

—Durante un tiempo no estaremos seguros. Espero que vengas a mi cama hasta que sepamos que estás embarazada.

—¿Recuerdas que me prometiste que sería libre en cuanto te diera un hijo?

Raile la rodeó con los brazos y atrajo su rígido cuerpo hacia sí.

—No lo he olvidado, pero ahora eso no importa. No esperes que esa promesa siga en pie.

Kassidy no pudo responder porque él la besó. Contra su voluntad, Kassidy volvió a entregarse a él. Sus besos la dejaban sin fuerzas, le hacían temblar como si estuviera envuelta en unas sutiles alas.

Esta vez la excitación de Raile alcanzó un punto febril y Kassidy se sometió por completo. Su cuerpo vibró, lleno de pasión.

Jadeando, permaneció entre sus brazos, preguntándose qué otra cosa podía ser el amor.

—Ejerces un poder extraño sobre mí, Kassidy —le susurró en el oído—. Tendré que tener cuidado.

Ella lo miró a los ojos, deseando desprenderse de sus sentimientos. En una sola noche había viajado a las profundidades de la desesperación y la pasión, para caer de nuevo en brazos de aquélla.

—Hicimos un trato y yo mantendré mi parte, Raile. Pero en cuanto te dé un hijo, espero que me concedas mi libertad.

Él arqueó las cejas y dijo:

—Apenas has estado dos horas en mi cama y ya estás cansada de mí.

Ella se apartó y posó ante él con toda su gloriosa desnudez.

—Estaré dispuesta a venir a tu cama hasta que quede embarazada. Luego no volverá a ocurrir.

Él la miró fijamente, comprendiendo que se sentía herida, pero tenía que ser honesto con ella. Se levantó y se vistió rápidamente, deteniéndose en la puerta y deseando volver a tomarla, acariciar su piel, perderse en su interior y experimentar de nuevo la sensación de estar vivo.

—Esta cama es tuya. No te molestaré más esta noche.

—¿Te vas con esa mujer? —preguntó Kassidy instintivamente.

—Madame, me retiro a la habitación contigua para dormir un poco. Te sugiero que hagas lo mismo. Mañana viajarás a Ravenworth, y es un viaje pesado.

—No me marcharé sin Arrian.

—Mantendré mi palabra. La niña vendrá con los sirvientes.

—Quiero despedirme de tía Mary y tío George antes de partir.

—Me encargaré de eso.

Sin más palabras, él salió de la habitación, y Kassidy se sintió extrañamente sola.

¿Cómo sería su vida en el castillo de Ravenworth, donde tendría que responder a los antojos de aquel hombre? Sonrió tristemente. Al menos tendría a Arrian, alguien que le pertenecía.

Se sentía muy confusa. Raile había despertado en ella emociones contradictorias e insospechadas. Tuvo fuerza en el corazón porque quería algo de Raile que nunca le daría, aunque quizá algún día él le abriría la palma de su mano y esperaría, como el ruiseñor, a que echara a volar.

26

Kassidy despertó cuando la doncella corrió las cortinas para que entrara la luz del día.

—Lo siento, excelencia. —La doncella hizo una reverencia—. Me llamo Polly, y el duque me ha pedido que le haga las maletas y le comunique que se prepare para partir hacia Ravenworth al mediodía.

Kassidy se levantó de la cama contemplando la habitación, donde la noche anterior había sucumbido a la seducción de Raile.

—¿Dónde está su excelencia?

Polly sacó un baúl de detrás de un amplio armario.

—Partió esta mañana después del desayuno. Me pidió que le dijera que todo estaba preparado para su viaje, de modo que viajará cómodamente.

Kassidy se sintió aliviada de no tener que ver a Raile. Quizá estuviera con su amante, pero se dijo que no debía importarle.

Observó a Polly sacar su traje azul de viaje.

—Su excelencia mandó buscar sus cosas esta mañana —dijo la doncella al ver que Kassidy la miraba—. También me pidió que le dijera que sus tíos llegarán más tarde con su sobrina.

Kassidy reprimió su ira, consciente de que la doncella sólo obedecía órdenes. Al parecer, Raile había pensado en todo.

La doncella miró a Kassidy y musitó:

—Lamento tener que decirle esto, excelencia, pero hay una persona abajo de dudosa naturaleza. No hubiera querido molestarla, pero es muy insistente y dice que la conoce.

—¿Cómo se llama?

—Elsphet O'Neill, excelencia.

Kassidy se quedó mirando a la doncella por unos instantes.

—Ha dicho la verdad. Sí que nos conocemos. Que pase.

Polly parecía dudar de que la duquesa pudiera conocer a una persona tan poco digna.

—Que pase de inmediato —insistió Kassidy—. Y trae desayuno para las dos. Deprisa, Polly.

La doncella salió corriendo de la habitación, y Kassidy se acercó a la jarra de agua y puso un poco en un barreño. Quitándose el camisón, se aseó con rapidez y, cuando acababa de ponerse el vestido, oyó una llamada a la puerta.

Le dijo a Polly que entrara, pero fue una tímida Elsphet quien asomó la cabeza.

—Siendo duquesa, no estaba segura de que quisieras verme —dijo Elsphet, dubitativamente—. Pero prometí que vendría a visitarte cuando me dejaran salir de Newgate, y he venido a cumplir con mi palabra. Veo que las cosas te van bien. No te preocupes, me marcharé enseguida.

Kassidy sonrió alegremente.

—Te equivocas, Elsphet. De no haber sido por ti, hubiera muerto en aquella prisión. Siempre te estaré agradecida.

La chica era consciente de su aspecto y se quedó junto a la puerta.

—No quiero que te sientas obligada conmigo. Hice lo correcto, eso es todo.

Kassidy se adelantó, tomando la mano de Elsphet.

—¿Crees que podrías ser la doncella de una dama?

—No —respondió con sinceridad.

—Pero podrías aprender, ¿verdad, Elsphet?

La irlandesa sabía que el lugar más prestigioso en un hogar era el de la doncella que servía a la señora. Los demás sirvientes, incluido el mayordomo y el ama de llaves, trataban con respeto a la doncella de la señora.

La esperanza hizo brillar los ojos de Elsphet.

—Sí, excelencia, estoy segura de que podría aprender.

—¿Habías pensado en volver con tu familia?

—No creo que quieran que lo haga. Mi madre ha muerto, y los pequeños ya son mayores y están casados.

—Entonces vendrás conmigo al castillo de Ravenworth en calidad de doncella personal y amiga.

Elsphet negó con la cabeza.

—Te serviré fielmente hasta el día que muera, pero no puedo ser tu amiga. Venimos de mundos distintos, hay cosas imposibles.

—Éramos amigas en Newgate, Elsphet —le recordó Kassidy.

—Sí, es cierto.

—Me creíste cuando nadie me creía. Me cuidaste con tanta ternura como una madre a su hija. Siempre serás mi amiga y quiero que todo el mundo sepa qué hiciste por mí.

Elsphet empalideció.

—No, excelencia, nunca debes contárselo a nadie. La gente no debe saber que estuviste en ese lugar. Deja que te sirva, incluso intentaré mejorar mis modales para estar a la altura, pero no espero ni quiero privilegios especiales.

Kassidy trató de tranquilizar a la joven y dijo:

—Está bien, entonces serás mi fiel doncella, y siempre me dirás la verdad.

Elsphet asintió, contenta.

—Eso haré, excelencia. Nadie te será más fiel que yo.

En aquel momento, alguien llamó a la puerta y Elsphet se acercó a abrirla. Cuando vio a la arrogante doncella que la había atendido en la entrada, se interpuso en su camino. Al ver que la mujer llevaba una bandeja de comida, Elsphet se la quitó de las manos y la miró despectivamente.

—¿Cómo te llamas? —preguntó Elsphet.

La doncella no pareció dispuesta a contestar, pero algo en la mirada de la irlandesa le hizo cambiar de opinión.

—Polly.

—Bien, Polly, de ahora en adelante, sólo yo serviré a su excelencia.

La doncella pareció sorprenderse y, a continuación, miró a la duquesa.

—Comunica a los otros sirvientes que Elsphet O'Neill es mi doncella personal —dijo Kassidy con tono autoritario.

Polly asintió.

—Sí, su excelencia... lo haré.

Kassidy sonrió, encantada de poder pagar una deuda, gozando al mismo tiempo de una amistad sincera en el castillo de Ravenworth.

Raile bajó del carruaje, indicó a Oliver que permaneciera en el interior y se dirigió hacia la casa de Gabrielle Candeur. Estuvo a punto de llamar, pero finalmente metió la llave en la cerradura.

Desde el recibidor oyó voces procedentes del salón.

Raile permaneció en el umbral. Gabrielle estaba sentada de espaldas a él, hablando con Hugh. Al parecer, ninguno de los dos se había percatado de su presencia.

—Mi querido Hugh —decía Gabrielle—, me encantaría tenerte de protector, pero verás, no tienes dinero, así pues, es imposible. Además, se dice que Raile no se ha acostado con su esposa, de modo que es muy probable que vuelva a mí.

—Hay otras cosas además del dinero, Gabrielle —comentó Hugh—. Yo sería más atento contigo que Raile y nunca te abandonaría durante tanto tiempo.

—Mi hermano tiene razón —intervino Raile, sorprendiéndolos—. Hay cosas más importantes que el dinero, como el corazón de una mujer fiel y la lealtad de un hermano.

Gabrielle se puso de pie y se lanzó a los brazos de Raile.

—Mi querido Raile, sabía que vendrías.

Él la apartó y la miró con acritud.

—Gabrielle, he venido sólo para decirte que ya no me considero tu protector. Eres libre de buscarte a quien quieras, sea un caballero adinerado o mi hermano, que tiene poco que ofrecer.

El semblante de Gabrielle se enturbió.

—No hablas en serio. —Tendió un brazo y le colocó la mano encima—. Sólo quiero complacerte. Si estás enfadado porque Hugh está aquí, te aseguro que sólo vino en calidad de amigo.

—No me importa con quién estés, Gabrielle. Seguiré pagando tus gastos hasta que arregles las cosas. Sin embargo, he cerrado tu cuenta en madame Estelle.

Ella empalideció.

—Te enteraste de lo ocurrido. Supongo que te lo ha contado tu mujer.

Raile la miró fríamente.

—¿De verdad creías que dejaría que insultaras a mi esposa en público?

Los ojos de Gabrielle se llenaron de lágrimas.

—Te amo, Raile, y estaba desesperadamente celosa. —Le cogió la solapa del abrigo—. ¿No lo entiendes? Tu mujer era tan joven y estaba tan segura de sí misma... Yo sólo quería...

Raile guardó silencio y, tras liberarse de Gabrielle, miró a su hermano y dijo:

—Te la regalo, pero debes saber que es un juguete caro.

Raile se acercó a la puerta mientras Gabrielle se aferraba a la silla, dispuesta a correr tras él y pedirle que la perdonara. Sin embargo, el orgullo le impedía moverse. Conocía a Raile lo bastante bien para saber que sólo la odiaría si intentaba retenerle. Así pues, reprimió las lágrimas hasta que Raile salió de la habitación. No le importó que Hugh saliera corriendo tras su hermano. Abatida, cayó al suelo con el corazón destrozado.

Hugh alcanzó a Raile antes de que éste subiera al carruaje.

—Bueno, hermano, como siempre, dejas corazones rotos por todas partes.

Raile arqueó las cejas.

—Yo diría que eso encaja más con tu forma de ser, Hugh.

Hugh sonrió y repuso:

—No me sorprendió que te casaras con la joven Maragon. ¿Te has sentido otra vez más obligado a salvar el honor de la familia? —La mirada de Hugh se oscureció—. ¡Dios, debo de ser una carga para ti!

—Una carga que ya no estoy dispuesto a soportar, no quiero discutir en la calle sobre el honor de la familia. ¿Quieres subir a mi carruaje, o prefieres volver con tu dama?

Encogiéndose de hombros, Hugh subió al carruaje, mientras Oliver se sentaba junto al chófer.

—Pobre Gabrielle —dijo Hugh—. Hubiera sido

mejor amarme a mí que a ti. Raile, el problema es que no tienes corazón.

Raile se sentó frente a su hermanastro.

—No eres el más indicado para aconsejarme sobre cómo tratar a las mujeres, hermanito. Por lo que recuerdo, las mujeres que caen en tus redes provocan que su marido se bata en duelo o acaban muriendo al parir un hijo bastardo —dijo Raile secamente.

—No me gusta pensar en Abigail —repuso Hugh, incómodo—. Creo que llegué a amarla hasta donde soy capaz. Lamento que muriera.

—¿Has pensado en tu hija?

—La verdad es que no.

—Hugh, eres como un chiquillo jugando a vivir. Cuando te cansas de un juego, pasas a otro sin pensar en las vidas que has destrozado por el camino.

—¿Qué hay de la pobre Gabrielle? La has dejado con el corazón roto. Estaba destrozada, Raile.

—Gabrielle entró en esta relación sabiendo qué debía esperar de mí. Fue ella quien sobrepasó los límites. Sin duda tendrá a alguien que ocupe mi lugar antes de la puesta de sol, pero no serás tú, Hugh. Verás, hermano, Gabrielle es muy astuta. Aceptará sólo a los hombres que puedan costear sus caprichos. Lo que yo te doy para vivir sólo le pagaría las medias.

Hugh detestaba que le recordaran que vivía de la caridad de Raile.

—He oído extrañas historias acerca de tu esposa, Raile. Se dice que no te has acostado con ella. Qué extraño que descuides tus deberes matrimoniales.

Raile le miró con frialdad.

—Dime adónde quieres ir y ordenaré al cochero que te lleve después de dejarme en el club.

—Vaya, he dado en el blanco. Raile, ¿te casaste por amor o... por honor? ¿Cómo es la hermana menor de Abigail? Abigail era muy hermosa, pero siempre insistió en que su hermana era la verdadera belleza de la familia.

—No hablaré de mi esposa contigo, pero estoy dispuesto a hablar de tu hija —respondió Raile—. Sin duda te interesará saber que Kassidy está cuidando de ella. Le he dejado una buena suma de dinero a la niña, de modo que tiene el futuro asegurado.

Hugh pareció despertar de repente y preguntó:

—¿Cuánto le has dejado?

—Eso no es asunto tuyo.

Hugh se inclinó y señaló:

—No soy tan malo como crees, al menos en lo que concierne a Abigail. Nunca te lo dije porque mi madre no quería que lo hiciera. Pero mientras tú insistías en que me casara con Abigail, ella ya era mi esposa.

La ira se apoderó de Raile.

—¿Te atreves a decírmelo ahora? Los dos sabemos que no te importaba en absoluto su madre y aún menos la niña. Nunca me harás creer que te casaste con Abigail Maragon.

—Es cierto. Admito que fue en un momento de locura. Verás, no quería entregarse a mí si no estábamos legalmente casados. En aquel momento, yo la deseaba... —Hugh se encogió de hombros—. Puedo demostrarte fácilmente que estábamos casados. Está en el registro.

Raile indicó al chófer que detuviera el carruaje.

—Baja, Hugh. No quiero volver a verte hasta que seas más responsable.

Hugh se echó a reír y bajó del carruaje.

—¿Significa esto que ya no te ocuparás de mis gastos?

Raile miró fijamente a su hermano.

—Seguiré ocupándome de ti hasta que encuentres una profesión y vivas de ella.

La voz de Hugh se tornó desagradable.

—¿Trabajar... yo? Nunca, Raile. Mi madre no lo permitiría.

Raile hizo un gesto al conductor de que siguiera. La mañana había sido un desastre. Quizá Hugh estaba en lo cierto al acusarle de no tener corazón, porque le había resultado fácil romper su relación con Gabrielle.

Raile cerró los ojos, recordando los ojos verdes de su esposa. Ella era diferente de las otras mujeres que había conocido, tenía un espíritu orgulloso e independiente, como había comprobado en su primer encuentro. Kassidy partiría hacia el campo esa mañana. ¿Debía ir con ella, o más adelante?

Sabía cómo tratar a una amante, pero ¿cómo se trataba a una esposa? No podía comprarle un regalo caro y esperar que se rindiera en sus brazos, no después de aquella noche.

Kassidy miró por la ventana del carruaje y vio campos de prímulas agitándose al viento. Pensó en lo distinto que era aquel viaje de la primera vez que había viajado a Ravenworth. En aquel momento, su dolor era tan intenso que no había prestado atención al pueblo. Entonces había viajado en un carruaje público, ahora la acompañaba un cochero, un criado, y cuatro escoltas, cuyo único objetivo era asegurarse de que estuviera cómoda.

Cuando llegó al pueblo, el carruaje aminoró la marcha. Ante la sorpresa de Kassidy, la gente salió a la calle, saludando y sonriendo.

—Bienvenida, su excelencia —la saludó una mujer—. Bienvenida a casa.

Kassidy miró a Elsphet e inquirió:

—¿Cómo podían saber que pasaría por el pueblo?

—Sin duda les han avisado. Parecen quererte.

—No me conocen.

—No, pero conocen a tu marido, y al parecer le tienen en alta estima, o no te recibirían con tanta alegría.

Kassidy movió la cabeza, sorprendida por el amor que sentía.

—Es como volver a casa después de un largo viaje.

Miró el magnífico castillo que se erguía en la cima de la colina. Tal vez se sintiera bien en aquel pueblo, pero en el castillo se sentiría como una impostora. Rogó estar embarazada para no tener que quedarse demasiado tiempo. Se preguntó si él estaría en el castillo, y una extraña excitación se apoderó de ella. Miró la almena y vio que no ondeaba la bandera. La desilusión la invadió de inmediato.

Elsphet observaba a su señora con la protección de una madre vigilando a sus hijos. Vio tristeza en los ojos de Kassidy y se preguntó a qué se debía. Quizá no era feliz. Miró el castillo y sintió parte de la preocupación de Kassidy.

—Hay un largo camino de Newgate hasta aquí, excelencia —observó—, pero lo has recorrido en muy poco tiempo.

—Cierto, Elsphet. Un camino muy largo.

—Mira cómo corren los pequeños tras el carruaje. Todo esto es muy bonito.

Kassidy sonrió al oír los alegres gritos de los niños, pero su mirada volvió al castillo, que le pareció oscuro y amenazador. ¿Qué le esperaba tras sus impenetrables muros?

27

El carruaje ascendió la sinuosa pendiente pasando junto a campos de trigo y bellos pastos. De pronto, los cascos de los caballos resonaron sobre el adoquinado del patio del castillo. Se detuvieron ante los enormes escalones de la entrada, y un lacayo apareció corriendo para abrir la portezuela a Kassidy que, al bajar, vio que el resto de la servidumbre esperaba en la escalinata para saludarla. Al ama de llaves la saludó calurosamente.

—Me alegro de verla, señora Fitzwilliams.

—Estamos encantados de que haya venido, excelencia. —Lucía una sonrisa especial para la nueva duquesa—. Le aseguro que me alegro de verla tan bien.

—Gracias, señora Fitzwilliams. Debo gran parte de mi recuperación a sus cariñosos cuidados. —Kassidy se volvió hacia Elsphet, que estaba detrás de ella—. Ésta es mi doncella personal, Elsphet O'Neill. Abandonamos Londres con tantas prisas que se dejó el uniforme. Espero que la ayude a adquirir lo que necesita.

El ama de llaves sonrió a la irlandesa y dijo:

—Será un placer ayudarte, señorita O'Neill. Sólo tienes que decirme lo que necesites y nos ocuparemos.

Elsphet levantó la cabeza, sintiéndose bien consigo misma por primera vez en muchos años. Cubría su cabello con un gorro blanco; llevaba un vestido gris con rebordes de encaje y unos zapatos nuevos que le apretaban los pies. Se sintió orgullosa al comprobar que los sirvientes de Ravenworth la saludaban con respeto.

—¿Puedo preguntar, excelencia, si su joven sobrina, Dulzura, llegará pronto? —preguntó la señora Fitzwilliams, ansiosa.

Kassidy se dio cuenta de que todos los sirvientes esperaban la respuesta.

—Llegará mañana, señora Fitzwilliams. Quizá le gustaría saber que su nombre es Arrian.

La señora Fitzwilliams se pasó la mañana mostrando el castillo a Kassidy. Recorrieron la galería principal donde se exhibían los cuadros de la familia. Visitaron varios salones y los comedores principales con sus techos pintados con frescos.

El castillo estaba construido a cinco niveles y tenía paredes de mampostería. Había ventanas en arco y un tejado de pizarra roja. Kassidy subió a la torre de homenaje y se quedó maravillada al ver la piedra maltratada por el paso del tiempo. Imaginó que las primeras personas que subieron aquellas escaleras debían de ser caballeros con armadura y damas luciendo zapatillas de terciopelo.

Supo que varios kilómetros de terreno y parques de caza formaban parte del castillo. También había un viejo molino con una noria que se utilizaba para moler el maíz. El conjunto, incluyendo el pueblo de Ravenworth, tenía gran extensión de terreno, que se había concedido a la familia DeWinter en 1214, junto con una suma de dinero para construir el castillo.

—¿Hace tiempo que conoce a mi marido, señora Fitzwilliams? —preguntó Kassidy al entrar en el enorme salón.

—Le conozco desde que nació.

—¿Cómo transcurre un día normal en Ravenworth? —inquirió Kassidy con interés.

—Como debe de saber, su excelencia se levanta pronto. Desayuna y después despacha con los mayorales y los cazadores. A continuación, se reúne con los trabajadores que están reconstruyendo el castillo y les da las órdenes del día.

Kassidy asintió. No había razón alguna para mencionar al ama de llaves que sabía muy poco acerca de las costumbres de su marido.

Observó atentamente mientras bajaban los enormes candelabros para encender las velas. Un bello tapiz de seda representando una mujer y un unicornio le llamó la atención. Al acercarse a él, se entristeció al descubrir que tan bella obra de arte se encontraba en estado lamentable. Mirando alrededor, vio que había un total de doce tapices, cada uno de ellos en el mismo estado que el primero.

Kassidy se volvió hacia el ama de llaves.

—¿No se puede hacer nada para salvar estos bellos tapices?

—Me temo que no, excelencia. Su marido ha llamado a varios expertos de Londres, y todos aseguran que es imposible salvarlos. Pero su excelencia se niega a quitarlos. Sólo yo tengo permiso para limpiarlos. La verdad es que estoy muy preocupada.

Mientras Kassidy observaba la amplia escalinata que conducía a sus habitaciones, se preguntó cuántas novias DeWinter habían pasado por allí, cuántas duquesas habían subido por aquellas escaleras, esperando el regreso de sus maridos y, sobre todo, cuántas se habían casado por amor.

Quería preguntarle a la señora Fitzwilliams si sabía cuándo llegaría Raile, pero el orgullo le selló los labios.

Lentamente subió por las escaleras sintiéndose muy

sola. Cuando llegó a sus habitaciones, Elsphet había deshecho el equipaje y le había preparado un baño caliente.

Tras el baño y una cena ligera, Kassidy se metió bajo las sábanas de seda para pasar su primera noche en el castillo de Ravenworth.

Soñó que estaba en Newgate. Se agitó febrilmente en la cama, gritando. Finalmente despertó con el corazón latiendo de temor.

La habitación estaba a oscuras, y se deslizó de la cama para acercarse a la ventana. Su pulso volvió a la normalidad al ver que las ventanas no tenían barrotes. Corriendo las pesadas cortinas, vio una nube negra que cubría la luna.

—¿Qué estoy haciendo aquí? —se preguntó en voz alta, reconfortada por el sonido de su propia voz. Volvió a la cama y se mantuvo despierta, mirando el dosel, temiendo que si volvía a dormirse se repetiría la pesadilla.

Una fina bruma envolvía el valle. Kassidy detuvo su caballo y comentó a su mozo de cuadra, Atkins, que cabalgaba junto a ella:

—Es maravilloso montar un animal tan esbelto —dijo, acariciando el largo cuello del caballo árabe.

—Es cierto, *Rounder* es un excelente caballo, excelencia. Su padre ganó tres veces en Ascot, y engendró a otros dos campeones además de *Rounder*.

Kassidy se quitó el casco de montar y miró el valle.

—Este lugar es precioso. Casi puedo sentir la presencia de los DeWinter en esta tierra, Atkins.

El rostro ajado del mozo sonrió a la bella duquesa. Todos los sirvientes la querían, y Atkins no era una excepción.

—Tengo el orgullo de haber servido a tres duques de Ravenworth, excelencia.

—Es maravilloso, Atkins.

—Su excelencia ama la tierra, al igual que su abuelo. Claro que su tío, el difunto duque, no sentía la misma devoción por el lugar. Siempre estaba en Londres, de modo que le vimos poco en los últimos veinte años.

—¿Supongo que conoció a mi esposo de niño?

—Así es, excelencia. Era joven cuando vino a vivir aquí. Su madre había muerto, y durante mucho tiempo estuvo triste. —Atkins guardó silencio durante unos segundos como si recordara—. Sí, su excelencia y lord John se criaron juntos a mis pies, cabalgando y cazando. A los dos les gustaba mucho estar aquí. Pero creo que al joven Raile le gustaba más que a lord John.

—¿John era el primo de mi marido?

—Sí, excelencia. Murió en circunstancias trágicas.

—Sí, eso me han dicho. Es una lástima.

Kassidy miró el cielo que, de pronto, se había oscurecido. Atkins comentó:

—Parece que va a caer un chaparrón. Como estamos tan cerca del mar, estas tormentas aparecen sin avisar. Será mejor que nos apresuremos, aunque quizá ya sea demasiado tarde.

Riendo, Kassidy accedió y ambos cabalgaron hacia el castillo, que dominaba el paisaje.

Llegaron a los establos cuando empezaban a caer las primeras gotas. Al entrar, Kassidy bajó del caballo y procedió a retirar la brida.

—No puedo creerlo —dijo alguien detrás de ella—. Me encuentro a una mujer salvaje montando mis caballos mientras estoy fuera.

Kassidy se volvió y vio a Raile, sonriendo.

—Veo que eres una experta amazona —dijo.

El corazón le empezó a latir con fuerza.

—Me he aprovechado de tus establos, Raile. Tienes unos buenos animales, de hecho, todo Ravenworth es magnífico.

Raile buscó en su mirada alguna señal de alegría, pero no la encontró. Su cabello despeinado se rizaba alrededor de su cara. Parecía más bella cada vez que la veía.

Un rayo iluminó el cielo. Kassidy se acercó a las amplias puertas y observó la lluvia empapando la tierra. Cuando Raile se acercó, ella levantó la vista y sonrió.

—Me encanta la lluvia, ¿a ti no?

—Confieso que he pensado poco en ella. Además, con las reparaciones del castillo, a veces puede convertirse en una molestia.

Ella tendió las manos y las llenó de agua de lluvia.

—Mi abuelo el escocés me enseñó a amar la tierra y la lluvia que la alimenta. Una persona no ha vivido si no ha estado en el campo después de una tormenta. El ambiente es tan espeso que casi se puede tocar, y huele a limpio y fresco.

Raile sonrió ante el entusiasmo de Kassidy. Hacía mucho tiempo que no había sentido pasión por nada. Ella le llenaba de vida, una vida que creía muerta.

—De modo que tienes un abuelo escocés, eso explica el cabello rubio.

Kassidy asintió.

—Me parezco a mi abuelo en muchas cosas. Dicen que he heredado su mal humor.

—Así pues, también tengo que agradecerle eso —ironizó Raile.

—Mi abuelo te gustaría. —Se quedó unos instantes pensativa y añadió—: No, quizá no. Al abuelo no le gustan los ingleses y no suele disimular.

—Pero tu madre se casó con un inglés, al igual que tu tía Mary.

—El abuelo es conde, pero prefiere que se refieran a él como laird Gille MacIvors, como es conocido en el clan. No volvió a hablar con mi padre después de que se casara con mi madre y, hasta hoy, ha hecho lo mismo con tío George.

—¿Y a vosotros os aceptó?

—Sí. Verás, nosotros sólo éramos medio ingleses, y no teníamos la culpa. Siente gran devoción por la familia, excepto por la conexión inglesa, claro. Abigail y yo pasamos veranos maravillosos cabalgando por la costa con nuestros primos escoceses, explorando cuevas y fingiendo que éramos vikingos. Abigail siempre era la bella princesa que capturaban los ejércitos invasores.

Raile observó el rostro de Kassidy.

—Apuesto a que tú eras el líder de los vikingos.

—Sí, siempre —respondió ella.

—¿Cómo se conocieron tu padre y tu madre?

—Mi padre viajó a Escocia para comprar caballos. Allí la conoció, se enamoraron, y él volvió a Inglaterra con mi madre y los caballos.

—¿Todavía vive tu abuelo?

Kassidy esbozó una sonrisa y respondió:

—Es la persona más activa y vital que conozco. No te dirigiría la palabra, ni aprobaría nuestro matrimonio. Creo que siempre albergó esperanzas de que regresara a Escocia y me casara con un escocés.

—¿También te había elegido marido?

—Sí, claro que sí, laird Fraser Robertson.

—¿Lo rechazaste?

—Por supuesto. Fraser Robertson me triplicaba en edad y ya había enterrado a dos esposas.

Raile cogió a Kassidy en brazos y la sentó sobre un barril de madera. Él se sentó a su lado. Quería que le contara más cosas.

—¿Tuviste una infancia feliz?

Los ojos de Kassidy resplandecieron.

—Oh, sí. Mi madre era maravillosa, siempre estaba contenta y riendo. Mi padre la adoraba. Abigail y yo tuvimos una infancia maravillosa. —Su mirada se entristeció—. Pero un día murieron y mi hermano Henry y su esposa se mudaron a nuestra casa con sus hijos. Después de eso, hubo poca felicidad para mí y Abigail.

—¿Por qué?

—Henry y Patricia opinaban que la risa era un pecado. Y ya sabes lo que le ocurrió a Abigail, lo de mi estancia en Newgate... Pero lo que no sabes es que Henry siempre trataba de castigarme. La noche que Henry me arrebató a Arrian descubrí que sentía una atracción incestuosa por mí. No quiero volver a verle más.

—Ni le verás. —Raile retiró con delicadeza una brizna de paja de su cabello—. Nunca me has hablado de pretendientes. Debiste de tener muchos.

Kassidy oyó el crujido del cuero y miró al fondo del establo, donde Atkins estaba limpiando una silla de montar.

—Henry no permitía que mi hermana y yo fuéramos a fiestas, las consideraba frívolas. Creo que si Abigail hubiera tenido la oportunidad de conocer jóvenes, no se huiera enamorado de tu hermanastro.

Raile percibió la tristeza y el desafío en sus ojos. Quería oírla reír, ver sus ojos resplandecientes de alegría y, después, de deseo.

Ambos observaron a Atkins corriendo bajo la lluvia, dirigiéndose hacia su casa. Estaban solos, a excepción de los caballos y del dulce aroma a heno, un olor acrecentado por la humedad.

Kassidy sentía la mirada de Raile sobre su cuerpo, y se quedó mirando fijamente la tormenta. Llovía con tanta intensidad que resultaba difícil distinguir el castillo.

—Espero que consideres Ravenworth tu hogar —dijo Raile, mirándola a la cara y preguntándose por qué su respuesta era tan importante para él.

—Desde que ha llegado Arrian, estoy contenta. —Bajó la mirada—. Aunque...

—¿Qué ocurre? —se apresuró a preguntar.

—No es nada importante.

—Encontrarás en mí un atento interlocutor.

Kassidy evitó mirarle directamente y dijo:

—Han vuelto las pesadillas, Raile. —Bajó la cabeza—. No lo mencionaría, pero por la noche parecen tan reales y aterradoras... Odio la puesta de sol.

Dejó de llover con la misma rapidez que había empezado. A excepción del ruido de los caballos, el establo estaba en silencio.

—Nadie puede imaginar el horror que has pasado, Kassidy. Me gustaría que existiera una manera de borrarlo de tu mente. Quizá si te enfrentas al miedo, no será tan horrible.

—Eso dice tía Mary, Raile. Pero ¿cómo puedo hacerlo?

Él se puso de pie y le cogió la mano, ayudándola a levantarse.

—Todavía no lo sé, pero la próxima vez que tengas una pesadilla, ven a mí. Nada es tan temible si pueden luchar contra ello dos personas unidas.

Ella abrió los ojos, sorprendida.

—Eso me gustaría.

—Es lo que debes hacer.

Juntos cruzaron el patio y el pecho de Raile se hinchó con el orgullo de la posesión. Por primera vez en muchos años, se sentía en paz.

Su vida había sido un caos al volver a Inglaterra y encontrar muertos a su tío y su primo John. A veces se sentía como un impostor en el papel de su tío, pero con Kassidy junto a él, todo era distinto.

Miró la alta torre donde ondeaba su bandera e inconscientemente rodeó la cintura de Kassidy con el brazo. Todo lo que necesitaba era un hijo. Miró a su mujer, pensando que una hija de cabello dorado y ojos verdes tampoco le desagradaría.

Los ojos de Lavinia resplandecieron de avaricia.

—Hugh, ¿estás seguro de que Raile ha dotado a la niña de una buena herencia?

—Eso es lo que dijo, madre.

Ella golpeó el suelo con el pie.

—Tenemos que encontrar la forma de llevarnos a esa niña. —Se recostó en la almohada de satén, mirando fijamente a su hijo—. ¿Le dijiste que estabas legalmente casado con Abigail Maragon?

—Sí, y Raile me ordenó que bajara de su carruaje. Dudo que me creyera.

—Si pudiéramos conseguir ese dinero... —Lavinia empezó a recorrer la habitación de un lado a otro—. Déjame pensar.

—No podemos conseguir el dinero, madre, porque la duquesa protege a esa hija. Además, tengo entendido que Raile daría a su mujer todo lo que deseara.

—Legalmente podríamos llevarnos el bebé. Lo único que tenemos que hacer es demostrar que eres su padre. Es muy cruel que Raile no me deje vivir con mi única nieta.

—Puede que a ti no te importe despertar las iras de Raile, pero te aseguro que a mí sí. De momento, disfruto de su limitada generosidad. Pero si se enoja, no me dará nada más. Y entonces ¿dónde estaríamos? Además, qué haría yo con la niña.

—¡Estúpido! Hay mucho más dinero en este asunto que el que te da Raile. Tú deberías ser el duque, no él.

Hugh bostezó. Empezaba a hartarse del tema.

—Olvidas que mi hermano tiene una esposa, y quizá esté embarazada.

—He oído decir que todavía no se ha acostado con ella. ¿Crees que puede ser cierto?

Hugh cogió una manzana del frutero y la frotó en la manga.

—Si es cierto, puedes estar segura que Raile ya lo ha solucionado. Sé que se ha deshecho de Gabrielle Candeur.

—Comprendo —susurró Lavinia con un destello de satisfacción en los ojos—. De todas formas, esa mujer no me gustaba.

—¿Cómo lo sabes? No la conoces, madre.

Ella le silenció con una mirada.

—Ambos sabemos que el matrimonio de Raile no es fruto de una unión pasional. Sin duda Raile se sintió en la obligación de casarse con la chica. Trataremos de separarlos. No creo que sea muy difícil.

Hugh miró la manzana y comentó:

—Se rumorea que lord Justin Callaret fue muy atento con la esposa de Raile mientras estuvo en Londres. Quizá haya algo entre ellos.

—¿Se aliaría con nosotros?

—No. Es amigo de Raile. Supongo que se considera un hombre de principios. —Hugh echó la cabeza hacia atrás y se puso a reír—. No es exactamente el problema que tenemos tú y yo, madre. ¿Por qué no te olvidas de Raile, su esposa y mi hija? Tu vida es lo bastante cómoda. Confórmate con lo que tienes. —Lavina le miró, airada, y él añadió—: No olvides, madre, que Raile se enfada con facilidad. Y tiene el poder de castigar. Ahora está enojado conmigo. Quiere que siente la cabeza. No tengo más remedio que hacer lo que él quiere.

—No permitiré que te dé órdenes. ¡Eres mi hijo!

—No puedes luchar contra él, madre. Aprende a vivir con él. No es tan malo como crees.

—Intenta recordar lo cerca que estás del ducado, estúpido.

Hugh miró fijamente la manzana y dio un mordisco.

—Y tú intenta recordar lo cerca que estás del desastre si interfieres en la vida de Raile.

Lavinia miró a su hijo, asqueada.

—Eres tan débil como tu padre. Supongo que tendré que deshacerme de Raile y su mujer sin tu ayuda.

28

La habitación de Arrian estaba situada junto al dormitorio de Kassidy, que pasaba gran parte del día cuidando de su sobrina.

Al caer la noche, Kassidy iba a ver a Arrian para mecerla hasta que se durmiera.

Arrian rió encantada al ver a su tía. Tendió los brazos hacia ella, mientras su rostro se llenaba de sonrisas. Kassidy despidió al aya con un gesto y cogió en brazos a la niña.

—Mi dulce pequeña —dijo, besando la frente de Arrian—. Tu madre te habría querido muchísimo. —Kassidy se sentó en la mecedora y empezó a cantarle una vieja nana escocesa.

La pequeña se acurrucó entre los brazos de Kassidy.

—Pequeña Arrian, tía Kassidy te quiere mucho. Tengo intención de hacer que tu vida esté llena de felicidad.

Kassidy miró los ojos azules que le recordaban tanto a Abigail.

—Sí, pequeña, todos te quieren. —Sus ojos se llenaron de lágrimas—. No tienes apellido, pero yo me ocuparé de que no sufras por los errores de los demás.

Raile estaba de pie entre las sombras de la puerta, observando a Kassidy con el bebé. La luz de la vela iluminaba su rostro y sus ojos resplandecían de amor. Por alguna razón desconocida, sintió un cierto dolor en el corazón.

—Puede que Arrian no tenga que sufrir nunca, Kassidy —dijo, entrando en la habitación y sentándose al borde del baúl.

Kassidy no sabía que Raile estaba escuchando.

—¿Qué quieres decir?

—Iba a contártelo en cuanto confirmara la veracidad de la noticia. Hugh me dijo que tu hermana y él se habían casado.

Kassidy le miró, aliviada.

—En el fondo de mi corazón sabía que Abigail nunca se hubiera ido con un hombre sin casarse. Pero casi me convenciste de lo contrario.

—Será fácil comprobarlo. Mi abogado está estudiando el asunto. Si Hugh dijo la verdad, Arrian llevará el apellido DeWinter.

Kassidy miró al bebé, que dormía entre sus brazos.

—Ojalá sea cierto. —De pronto, le vino a la cabeza una idea preocupante—. Nunca entregaré a Arrian a tu hermano, Raile. Te juro que lucharé contra ti y contra tu hermano si alguna vez sugieres tal cosa.

—Ya deberías saber que no haría nada que pudiera perjudicarte a ti o a Arrian.

La mirada de Raile era turbulenta, y Kassidy fue incapaz de descifrar lo que pensaba.

—Quiero creerte, Raile.

—¿Me conoces tan poco?

—No te conozco en absoluto.

Él se levantó y salió en silencio de la habitación.

Kassidy acostó a la niña en la cuna y se dirigió a su dormitorio. ¿Por qué tenía la sensación de que había desilusionado a Raile?

Mientras recorría el viejo pasillo, Kassidy se sintió preocupada. Estaba en deuda con Raile por todo lo que había hecho por ella, y no debía olvidar que había rescatado a Arrian. Habían hecho un pacto. Y si Dios así lo disponía, ella le daría el hijo que tanto anhelaba.

Raile permanecía despierto, escuchando la tormenta que se cernía sobre el valle. Los relámpagos aparecían en el firmamento, iluminando la oscura habitación.

Hacía tantos años que estaba solo que le resultaba difícil comprender los sentimientos y las necesidades de una mujer, pensó. Había visto morir a cientos de hombres en la guerra. Había vuelto a casa a la traición de su madrastra. Se había casado con una mujer por deber y compasión. Sin embargo, aquella tarde, en el establo con Kassidy, se había sentido unido a ella. No tenía el coraje de ir a su cama.

Oyó un ruido en el pasillo y pensó que era Oliver. Mirando hacia la puerta, Raile levantó la cabeza y vio a Kassidy.

Ella protegía la vela con la mano para impedir que se apagara. Su larga cabellera le cubría los hombros. La mirada de Raile se vio atraída por el camisón transparente que se ceñía a su cuerpo.

—Raile —susurró—, las pesadillas... Dijiste que podía venir a tu habitación cuando tuviera miedo.

Vio lo pálida que estaba. Raile cogió la vela y la apagó. Asiéndola por la mano, la ayudó a acostarse junto a él.

—Estás temblando de frío —dijo, abrazándola.

Ella le rodeó el cuello con los brazos y hundió la cabeza en su torso desnudo, necesitando sentirse a salvo.

Raile estaba dispuesto a protegerla de sus pesadillas.

—Fue horrible, y tan real... Era como si estuviera de nuevo en Newgate. Tenía hambre y frío. Estaba sola y nadie sabía dónde estaba. Gritaba, pero nadie me oía.

Raile le apartó el cabello de la cara y vio que estaba llorando.

—Mi dulce Kassidy —dijo, acariciándole la espalda—. ¿Acaso ignoras que no puede pasarte nada cuando estás entre mis brazos?

—Sí —respondió ella, sollozando—. Vine a ti, sabiendo que conseguirías hacer desaparecer la pesadilla.

Raile puso su mejilla sobre la de ella.

—Kassidy, Kassidy, ¿qué puedo hacer para compensarte por todo lo que has sufrido?

—Háblame y así dejaré de pensar. Quiero que me cuentes cualquier cosa que me haga olvidar las pesadillas. Háblame de la campaña francesa. ¿Cuál fue la estrategia de Wellington en Waterloo?

Un rayo iluminó la habitación y Raile contempló los asustados ojos verdes de su mujer, intentando no fijarse en sus seductores labios. Sabía que ella se aferraba a cualquier cosa para alejar las pesadillas de su mente.

—Nunca le preguntes a un hombre por la guerra a no ser que estés preparada para oír hablar de ello —dijo pensando que, en aquel estado, debía eludir el tema.

Ella se apartó de él y exclamó:

—¡En otras palabras, ya que soy una mujer, no puedo meterme en el mundo de los hombres! ¿Me convierte el hecho de llevar faldas en un ser estúpido al que hay que mimar y que sólo sirve para el dormitorio?

Raile se quedó perplejo. ¿Cómo podía pasar de ser una niña asustada a una especie de Juana de Arco en tan poco tiempo? Raile se volvió y, riendo, inquirió:

—¿Vienes a mí asustada y te quedas para regañarme?

—¿Es eso lo que he hecho? —dijo ella, sonriendo—. Deberías saber que tengo muy mal carácter. Ya te dije que soy como el abuelo McIvors.

—Pero más hermosa.

—Por supuesto.

—Dios mío, me he casado con una jacobita.

Un nuevo rayo iluminó la habitación y Kassidy se acercó más a Raile.

—Excelencia, soy una jacobita que... consume ingleses.

Raile se sentía tan cautivado por ella que estaba perdiendo la razón. La rodeó con los brazos y la atrajo hacia sí.

—Este inglés se convierte voluntariamente en tu prisionero, pequeña jacobita. —Loco de pasión, le apartó el camisón y hundió la cara en la suavidad de sus senos.

Kassidy le tocó la cara y deslizó la mano hasta su barbilla.

—Yo soy tu prisionera, Raile —puntualizó ella, sintiéndose orgullosa de la pasión que despertaba en su marido.

—Te deseo —le susurró él al oído.

—Sí... —jadeó Kassidy, abrazándolo.

La tormenta sobre el valle iba perdiendo fuerza, mientras la pasión entre Raile y Kassidy aumentaba. La mano de Raile tembló al rozar su entrepierna, mientras ella se sometía a los ardientes besos.

—Te llenaré de hijos —murmuró él.

—Sí, Raile —contestó ella, casi sin aliento—. Hijos fuertes como su padre.

Sus cuerpos y sus mentes se unieron, no existía nadie en el mundo, salvo ellos dos.

En el pueblo de Ravenworth unos ojos hostiles miraban el imponente castillo. Una mente maligna reclamaba venganza.

El rostro de Lavinia estaba deformado por el odio. Observó cómo desaparecían las nubes y vio el castillo bañado por una luz prístina. Tenía un aspecto casi etéreo e inalcanzable, aunque ella conseguiría lo que se proponía. Su único pesar consistía en que no sería duquesa, pero haría que su hijo sí lo fuera.

Cerró la boca, consciente de que había puesto en marcha el plan para separar a Raile de su joven esposa.

Lavinia sonrió malévolamente. Pronto terminarían sus problemas. Antes de que pasara mucho tiempo, viviría en aquel castillo con Hugh a su lado.

Transcurrieron días felices para Kassidy. Cada noche acudía a la habitación de Raile y éste la acogía en sus brazos. No tenía miedo ni pesadillas.

Sin embargo, una noche Oliver le entregó un mensaje de Raile comunicándole que no dormiría con ella. Kassidy trató de no darle importancia, pero a la mañana siguiente comprobó que el comedor estaba vacío. Tras preguntar a la señora Fitzwilliams si Raile había bajado, la mujer negó con la cabeza.

—Oliver me informó de que su excelencia tiene un mal día. Anoche se sintió mal y guardará cama todo el día, quizá también mañana.

Kassidy se preguntó por qué Raile no le había dicho nada.

—¿Qué le ocurre a mi marido?

—Es la herida de Waterloo... A veces los dolores de cabeza son tan intensos, que la más mínima luz le hace gritar de dolor. Suele quedarse en una habitación oscura hasta que cesan.

—No me había dicho nada.

—Su excelencia es un hombre muy orgulloso y, al igual que la mayoría de los hombres, no le gusta que la gente sepa que a veces está indispuesto.

—Es posible que pueda ayudarle, señora Fitzwilliams. Dile a Elsphet que vaya por mis hierbas. Quizá también necesite hierbas del jardín para preparar el brebaje.

—¿El... brebaje, excelencia? —inquirió el ama de llaves con curiosidad.

—Mi madre conocía bien el arte de curar con hierbas y me enseñó muchas cosas.

Al cabo de unos minutos, puso a hervir un cazo, que desprendía un fuerte olor a alcanfor y alquequenje. Kassidy añadió vinagre de sidra y vertió la mezcla en una botella que cubrió de hielo.

—Esto le ayudará —dijo Kassidy, saliendo de la cocina y dejando boquiabiertas a Elsphet y la señora Fitzwilliams.

—Su excelencia no quiere ver a nadie cuando está así. Oliver tiene órdenes de no dejar pasar a nadie —dijo el ama de llaves.

—Oliver nunca ha tenido que enfrentarse a la señora —respondió Elsphet.

—Es cierto —convino la señora Fitzwilliams.

Kassidy no se molestó en llamar a la puerta del dormitorio de su marido. Estaba totalmente a oscuras, pero pudo entrever a Oliver, de pie junto a la ventana.

El mayordomo se acercó a ella rápidamente y le susurró al oído:

—Su excelencia se encuentra indispuesto. No le gusta que nadie le vea así.

—He venido a ayudarle, Oliver. Enciende una vela y ponla al pie de la cama para que no le moleste la luz.

—¿Quién hay ahí? —preguntó Raile.

Kassidy se acercó a él.

—Soy yo, Raile. He venido a ayudarte.

—Márchate —gimió—. Nadie puede ayudarme.

—Nunca lo sabremos si no lo intento.

—¿Eres bruja? —preguntó, llevándose las manos a la cabeza y apartando la vela que Oliver había encendido.

—Algunos decían que mi madre lo era, y quizá tuvieran razón —dijo Kassidy, orgullosa—. Indícame dónde te duele.

—Sería más fácil decirte dónde no me duele —gruñó—. Déjame en paz.

Kassidy vio que Raile no iba a ayudarla, de modo que se dirigió al mayordomo.

—¿Dónde le hirieron?

Oliver se acercó, sin temer la mirada airada de Raile.

—Aquí, excelencia. Si aparta el cabello, verá la cicatriz.

—Sí, la veo. ¿Fue una herida de metralla o de espada?

—De metralla, excelencia. El médico que le atendió dijo que queda un fragmento dentro, pero no se atrevió a operar para no dañar el cerebro. Eso es lo que le produce los dolores de cabeza.

Raile suspiró, sabiendo que no conseguiría un poco de paz hasta que Kassidy se marchara. Ella le tocó la herida e hizo un gesto a Oliver de que acercara la vela.

—¡Santo cielo! —exclamó—. Puedo tocar una punta afilada con los dedos. Creo que el fragmento está a flor de piel.

—Tonterías —gimió Raile—. Déjame solo.

Ignorando su comentario, Kassidy ordenó a Oliver:

—Trae mi costurero y un cazo de agua hirviendo. Necesitaré más luz y la ayuda de Elsphet.

Raile se incorporó en la cama.

—¡Kassidy, esto no es asunto tuyo! Si un médico que trató cientos de heridas dijo que tendría dolores de cabeza durante el resto de mi vida, me fío de sus palabras.

Suavemente ella retiró la almohada y susurró, sosteniéndole la cabeza con las manos:

—Quiero que permanezcas lo más quieto posible. Y confía en mí, Raile. Te aseguro que sé lo que estoy haciendo.

—¡Maldita sea, Kassidy, sólo eres una mujer! ¿Cómo puedes saber más que los médicos?

Ella se limitó a sonreír y le pasó la mano por la frente.

—En primer lugar, quiero que te tranquilices. —Le

hizo un masaje en la frente con un líquido helado, como había visto hacer a su madre cuando alguien estaba enfermo—. Así, Raile, relájate...

Elspeth trajo el costurero y un cazo de agua hirviendo.

Kassidy indicó qué iba a necesitar.

—Coge mis agujas y grapas y lávalas con agua hirviendo. Después tú y Oliver sostendréis las velas para que pueda ver la cabeza de mi marido.

—¡Maldita seas, Kassidy...!

—Tranquilo, Raile —insistió Kassidy—. Tienes que relajarte.

Él levantó la vista, consciente de que estaba demasiado enfermo para obligarla a marcharse, aunque sin duda tenía a Oliver de aliado.

La habitación se quedó en silencio mientras Kassidy apartaba el cabello de Raile y palpaba la cicatriz. Sintió tristeza al pensar en lo mucho que debía de haber sufrido. Pasando cuidadosamente el dedo por la cicatriz, Kassidy localizó el fragmento.

—La abrazadera —pidió a Elsphet.

Durante unos segundos Kassidy examinó la herida.

—Necesitaré un cuchillo esterilizado.

Los ojos de Raile estaban apagados de dolor y Kassidy lamentó tener que causarle mayor agonía. Nunca le había visto en aquel estado, y le irritó que un estúpido médico le hubiera dejado un fragmento de metralla en la cabeza.

Kassidy asió el mango del cuchillo y, con un gesto, ordenó a Oliver que sostuviera la cabeza de su marido. Al cortar el cuero cabelludo, Raile gimió. Luego dejó el cuchillo a un lado y cogió la abrazadera. Su mano no tembló al retirar el fragmento metálico de unos dos centímetros de longitud. Lo dejó caer en la mano de Oliver, mientras limpiaba la sangre y cubría la herida con hierbas cicatrizantes.

Después vendó la cabeza de Raile y le hizo beber un líquido que contenía un somnífero.

—Lamento haberte hecho daño —dijo, cogiéndole de la mano.

—Dame el fragmento que me has sacado —dijo amargamente.

Oliver obedeció y Raile observó el pedazo de metralla.

—De modo que ésta fue la fuente de mi dolor durante este tiempo.

Kassidy asintió.

—Supongo que afectaba un nervio. Creo que ya estás mejor, pero sospecho que la cabeza te dolerá durante algunos días.

Raile miró fijamente a Kassidy.

—¿Eres un ángel o una bruja?

Ella recogió su instrumental y sonrió.

—Dejaré que tú lo decidas.

—La profesión médica se beneficiaría de tus conocimientos —susurró Raile.

—Tengo otras obligaciones. Pertenezco a un joven y arrogante duque que rechaza la ayuda que se le ofrece.

Raile le cogió la mano y dijo:

—Supongo que debería darte las gracias.

—Duerme. Ya verás cómo te sientes mañana.

Raile la observó mientras se dirigía hacia la puerta y la cerraba tras ella.

Oliver estaba atónito.

—Es sorprendente, excelencia.

—Sí —convino Raile, adormecido—. El dolor ha desaparecido. Ella es mi ángel.

A la mañana siguiente Raile despertó temprano. Se incorporó, esperando sentir el familiar dolor. Se tocó la cabeza y comprobó que le dolía en el lugar donde Kassidy había retirado el fragmento. Se puso de pie y se acercó a la ventana. Durante meses había vivido sometido al dolor que, por fin, había desaparecido.

Estaba sumido en sus pensamientos. Kassidy estaba convirtiéndose en algo demasiado importante para él. Tenía que poner cierta distancia entre ellos para poder pensar con claridad.

Ordenó a Oliver que preparara sus baúles.

—¿Estaremos fuera poco tiempo, excelencia? —preguntó el mayordomo.

—Al menos quince días.

Kassidy acostó a Arrian. Estaba sorprendida de lo rápidamente que podía cambiar un bebé. La pequeña ya gateaba y, por primera vez, aquella mañana, se había puesto de pie sola. Kassidy recorrió el pasillo. Vestida para montar, se descubrió a sí misma canturreando al bajar los escalones. Se detuvo al pie de la escalera, pensando en lo hermosa que era la vida.

Vio la puerta cerrada del estudio de Raile y tuvo ganas de llamar. Creía que estaba embarazada y deseaba compartir la noticia con él, aunque sería mejor esperar hasta estar completamente segura.

Empezaba a pensar que Raile sentía algo por ella. Quizá aún no la amaba, pero sí la deseaba, y estaba segura de que disfrutaba de su compañía.

De pronto, vio a Oliver ordenando a dos criados que llevaran unos baúles al carruaje.

—Oliver, ¿su excelencia se marcha? —preguntó, inquieta.

El mayordomo evitó mirarla directamente a los ojos.

—Ha partido hacia Londres. Me pidió que le dijera que estará fuera algún tiempo.

Kassidy se volvió para que Oliver no viera el dolor

en sus ojos. Con paso decidido, se encaminó a su habitación, mientras el mayordomo la miraba, apenado.

El doctor Worthington confirmó que Kassidy estaba embarazada.

La noticia despertaba sentimientos contradictorios en ella. Disfrutó de nuevas sensaciones. Era extraordinario alimentar y dar vida a un nuevo ser, aunque algunas noches tenía fantasmagóricas visiones de Abigail dando a luz a Arrian.

Empezaba a hacer frío, y Kassidy tenía que quedarse en el castillo. Hacía tiempo que no recibía noticias de Raile.

Al cabo de unas semanas, Kassidy perdió su esbelta figura. Recibía continuamente la amabilidad y consideración de los sirvientes, pero seguía sin tener noticias de Raile.

29

Jack Beale despertó de un profundo sueño al oír que alguien llamaba insistentemente a la puerta.

—Ve a ver de quién se trata —dijo a su hermano, contrariado—. Pero sea quien sea, mándale a paseo.

Malhumorado, Gorden se dirigió a la puerta y, al abrirla, se quedó perplejo, mirando fijamente a los dos hombres uniformados con casaca azul, pantalón del mismo color y el inconfundible chaleco escarlata que les daba el nombre de Petirrojos o policía militar.

—¿Quién es? —preguntó Jack desde la habitación contigua.

Uno de ellos se abrió paso, dirigiéndose a la habitación de Jack, mientras el otro se ocupaba de Gorden.

Jack se puso en pie al verle entrar.

—¡Santo cielo! —exclamó, mirando la puerta y comprobando que tenía bloqueada su única vía de escape.

—Señor Jack Beale, usted y su hermano, Gorden Beale, vendrán con nosotros, acusados de cometer crímenes contra el rey.

Jack se limitó a permanecer en silencio mientras el policía le esposaba.

—¿Por qué nos detienen? Mi hermano y yo no hemos hecho nada contra el rey.

—Tengo un mensaje para usted —dijo el policía, empujando a Jack hacia el salón, donde lo ató a su hermano—. Mi superior me ordenó que le preguntara, de parte del duque de Ravenworth, si le gustaría pasar el resto de su vida en Newgate.

Gorden miró a su hermano mayor, enfadado.

—¡Eres el culpable de esto, Jack! Siempre alardeando de tu inteligencia y tus amigos aristócratas... Pues bien, mira lo que ha conseguido tu amigo.

Por una vez, Jack guardó siencio y Gorden alzó la voz.

—Nos meterá en Newgate, ya lo verás. Quiere que pasemos por lo mismo que ella.

—Cállate, Gorden —dijo Jack, cabizbajo. Sabía que su hermano tenía razón.

Al final del invierno, el cielo londinense estaba encapotado y gris. Durante la última semana no había dejado de caer una fría lluvia.

Raile pasaba la mayor parte del tiempo en el club, pero descubrió que ya no le divertía jugar a cartas y que tenía poco en común con sus amigos.

Los débiles rayos del sol se abrieron paso entre las nubes, pero Raile ni siquiera se dio cuenta al entrar en su casa.

Oliver se acercó a él y cogió su abrigo.

—Lady Mary ha venido a verle, excelencia. Le dije que quizá llegaría tarde, pero insistió en esperarle. Está en el salón.

—¿Kassidy está enferma?

—Lady Mary no dijo nada.

Raile se apresuró por el pasillo en busca de lady Mary, a quien encontró sentada junto a la ventana. Como siempre, le sorprendió la serenidad y belleza de la tía de Kassidy.

—¿Tiene noticias de Kassidy? —inquirió sin saludar.

—Desde la semana pasada no. Recibí una carta en que me informaba de que ya casi no podía abrocharse los vestidos. —Miró a Raile y añadió—: Debes estar orgulloso de convertirte en padre, aunque admito que es difícil imaginarte en ese papel.

—El doctor Worthington me lo dijo ayer. He esperado mucho tiempo para tener un hijo.

—Creí que querrías compartir la experiencia con Kassidy —le reprochó lady Mary.

—He dado instrucciones al doctor Worthington de que vaya a Ravenworth cada fin de semana. Él me mantendrá informado del progreso de Kassidy.

—Una solución admirable, estoy segura. —Lady Mary vio que Raile iba vestido de etiqueta—. Debes de haber estado fuera toda la noche.

Él se sentó, cansado.

—Si le interesa saberlo, estuve toda la noche en el club. Gané treinta y tres manos y no bebí nada. Fue una noche aburrida, no hablé con ninguna mujer.

—Bueno, no es asunto mío. Sólo vine para darte algo que pertenece a Kassidy.

Raile miró la caja de madera que tenía sobre el regazo.

—¿Es un tesoro de la infancia? —preguntó.

—En parte. De hecho, éstas son las únicas posesiones de Kassidy. Su hermano, Henry, me las mandó con la esperanza de que se las entregara a ella. Adjuntó una carta en que me informaba de que toda su ropa había pasado a manos de sus sobrinas.

—¿Por qué me lo ha traído?

—Eres su marido. Estoy segura de que no te importará llevárselo... cuando regreses a Ravenworth.

No había reproche en el tono de lady Mary, sino cierta preocupación.

—Será un placer llevárselos a mi esposa... cuando regrese a Ravenworth.

Lady Mary abrió la caja y extrajo un pañuelo amarillento y pasó la mano por la inicial bordada.

—Encontré algo sorprendente en esta caja que quisiera compartir contigo. —Le entregó el pañuelo—. ¿Lo has visto alguna vez?

Él lo reconoció al instante.

—¡Sí! ¡Es mío! Oliver siempre encarga mis pañuelos a una modista de Dorchester. —La miró con curiosidad y preguntó—: ¿Cómo ha llegado a esa caja?

—Verás, hace muchos años que Kassidy guarda el pañuelo. No dejaba de hablar acerca del apuesto oficial que la rescató en el parque.

—No entiendo nada, lady Mary. ¿Cuándo ocurrió eso?

—A veces las coincidencias de la vida son muy extrañas. Al parecer, conociste a Kassidy hace tantos años que ninguno de los dos lo recuerda.

—Es increíble.

—El día que le diste esto, se enteró de que sus padres habían naufragado.

—Por favor, explíquemelo, lady Mary.

Ella sonrió, consciente de que había despertado la atención del hombre.

—¿Recuerdas una niña a la que un deshollinador amenazó con empujarla al lago delante de mi casa?

Raile frunció el entrecejo al empezar a recordar.

—¡Sí, sí, claro que sí! El muchacho manchó el vestido de la niña y yo... —miró el pañuelo— yo se lo limpié y le regalé el pañuelo. —Raile movió la cabeza, sorprendido y agregó—: Me he preguntado muchas veces qué habría sido de esa preciosa niña. Tenía los ojos más expresivos... Dios mío, los ojos verdes de... ¡Kassidy!

—No podías saber que aquel día Kassidy lloró por sus padres, usando ese pañuelo para secarse las lágrimas. Tampoco podías saber que rezó por tu seguridad cada día que duró la guerra.

Raile sintió un nudo en la garganta y musitó:

—Yo... no.

Lady Mary sonrió satisfecha.

—¿Quién sabe lo que nos reserva la vida?

Raile acarició suavemente el pañuelo.

—¿Cree que me recuerda como aquel oficial...? Creo que aquel día me llamó su campeón...

—No sé si lo recuerda o no. ¿Por qué no vuelves a casa y se lo preguntas?

—Veo desprecio en su mirada, lady Mary.

—Desprecio no, Raile, sólo preocupación.

—¿Me juzga mal?

—No estoy juzgándote, al menos espero no hacerlo. ¿Sabías que Kassidy vuelve a tener pesadillas?

Raile se sintió indispuesto, recordando lo terribles que eran esas pesadillas.

—No. No se lo dijo al médico.

—Kassidy me lo dijo porque tenía miedo de hacer daño al bebé. Has estado fuera de casa dos meses, Raile. ¿No crees que es hora de volver?

La mirada de Raile era de gran tristeza.

—Creo que me he estado castigando a mí mismo.

—No sé qué ocurrió entre vosotros. Pero vuelve a casa, Raile. Kassidy te necesita.

—Quizá lo haga, pero primero tengo que resolver ciertos asuntos en Londres. Quizá le interese saber que tengo a un hombre siguiendo a Jack y Gordon Beale. Ha recopilado pruebas suficientes para que les encarcelen sin que tengamos que mezclar a Kassidy en el asunto. Han cometido tantos crímenes que estarán presos durante mucho tiempo.

—Eres un hombre astuto, Raile. No me gustaría que fueras mi enemigo. Sabía que encontrarías la forma de castigar a esos tipos, aunque no creí que fuera tan pronto.

—El asunto está concluido en lo que se refiere a Kassidy. Nunca más tendrá que temer nada de ellos. —Raile le devolvió el pañuelo y observó cómo lady Mary lo colocaba en la pequeña caja.

—Me pregunto si alguna vez te relacionará con su campeón del parque.

—Ese hombre ya no existe.

—La niña que era Kassidy tampoco. Ella va a tener tu hijo y necesita a su campeón.

Raile miró los cálidos ojos de lady Mary.

—No tema. Su sobrina no dará a luz sola. Yo no soy mi hermano. Estaré con ella cuando nazca el niño.

El doctor había advertido a Kassidy que no montara a caballo. Sintiéndose inquieta, había pedido el carruaje para ir al pueblo.

Elsphet la ayudó a subir al carruaje y le cubrió las piernas con una manta.

—Será mejor que no te enfríes, excelencia —dijo la joven irlandesa.

Mientras paseaban, Kassidy vio que los campos estaban cubiertos de escarcha.

—Nunca me gustó el invierno, Elsphet. Pero supongo que este valle, cubierto de nieve, debe de ser bello.

—En Irlanda la nieve llega pronto y tarda en fundirse. A veces añoro mi patria, pero no echo de menos los inviernos.

—Quizá algún día vuelvas a casa, Elsphet.

—Ahora no sería lo mismo. En realidad, dudo que vuelva. Además, no te abandonaré.

—Te agradezco tu lealtad, pero algún día deberás visitar a tu familia.

El carruaje había llegado al pueblo. Como siempre, la gente la saludó con simpatía.

—Allí, Elsphet —dijo Kassidy—. Vamos a la tienda con la porcelana en el escaparate.

Elsphet hizo una señal al conductor de que se detuviera y Kassidy bajó.

Cuando la dueña de la tienda vio que la duquesa se acercaba, abrió la puerta saludándola afectuosamente.

—Bienvenida, excelencia. Me llamo Sally Mayhew. ¿En qué puedo servirla?

Kassidy sonrió a la mujer y miró alrededor. La tienda era más grande de lo que aparentaba desde el exterior. Estaba ordenada y limpia, y los artículos de artesanía se exponían sobre los estantes.

—Señora Mayhew, tiene un establecimiento encantador.

—Me alegro de que le guste. ¿Le apetece tomar una taza de té? Hace frío y acabo de preparar una tetera. —Los ojos de la señora Mayhew brillaron de alegría.

Kassidy cogió una delicada taza de té pintada a mano, con un diseño de encaje azul y blanco que nunca había visto en la porcelana.

—Todavía no, señora Mayhew. Quizá más tarde. ¿Quién es el autor de algo tan bello?

—Este diseño pertenece a nuestro pueblo desde tiempo inmemorial, excelencia. La artesanía se pasa de madre a hija. Nadie sabe con quién empezó, pero se dice que la reina Elizabeth comió una vez en nuestros platos.

—Es extraordinariamente bello.

—Ojalá los demás compartieran su opinión, excelencia. Ganamos tan poco que resulta difícil mantener abierta la tienda.

—Pero el pueblo no está lejos de la carretera principal a Londres. Deben de pasar muchos viajeros.

—Son tiempos difíciles para el pueblo de Ravenworth. La familia de mi hermana tuvo que trasladarse a Londres porque no tenían comida que servir en la mesa. Los jóvenes se marchan en cuanto pueden. Aunque por supuesto, la reconstrucción del castillo ha dado trabajo a muchas familias, y le estamos agradecidos a su excelencia.

—Quiero pasear por el pueblo. Luego volveré y tomaré una taza de té con usted.

La señora Mayhew se quedó encantada.

—Le prepararé unos deliciosos pastelitos.

Kassidy encontró la misma amabilidad en todas las tiendas que visitó y la misma triste historia. Y todas las tiendas tenían piezas de preciosa porcelana.

Kassidy se preguntó por qué Raile no había hecho nada para solucionar la pobreza de su pueblo. Vio la delgadez de los rostros de los niños y la desesperanza en la mirada de sus padres. Quizá Raile había estado demasiado ocupado reconstruyendo el castillo para fijarse en lo que estaba pasando en el pueblo.

Kassidy no dejaba de pensar. Estaba segura de que podía hacerse algo para ayudar a los aldeanos que vivían a la sombra del castillo de Ravenworth.

Regresó a la tienda de la señora Mayhew y la dueña le dio la bienvenida.

—Vayamos a la cocina, excelencia, allí estará más cómoda. Le serviré el té y la dejaré tranquila.

—No —repuso Kassidy—. Por favor, quédese. Quiero hablar con usted.

La señora Mayhew sostuvo la cortina para que Kassidy y Elsphet pasaran a la parte trasera de la casa. La habitación era pequeña, pero estaba impecable y olía a cera de limón. Un mantel blanco cubría la mesa donde esperaba el té y los pastelitos.

De inmediato, Kassidy se fijó en el bello tapiz que colgaba detrás de la mesa.

—Esto me recuerda los tapices del castillo —dijo, tocándolo con cuidado—. Pero éste está recién tejido, ¿verdad?

—Sí, excelencia. Mi abuela hace los tapices y mis hijas la ayudan.

—¿Sabrían repararlos si... estuvieran en malas condiciones?

—Por supuesto. Mi abuela es muy hábil. —Sirvió el té—. Tiene ochenta y tres años y está casi ciega. Sin embargo, sigue tejiendo cosas bellísimas.

—Siéntese, señora Mayhew. Creo que tengo una idea de cómo resolver nuestros problemas.

Lady Mary abrió la caja que había traído un mensajero desde Ravenworth. Encontró la carta de Kassidy y empezó a leer:

> Querida tía Mary:
>
> Con esta carta te envío una bella vajilla para veinte personas, que estoy segura te parecerá maravillosa. Es un regalo para ti de la gente de Ravenworth. Lo único que te pido es que lo utilices en tu próxima reunión, recalcando su procedencia. La gente del pueblo necesita dinero y tengo intención de ayudarles. Me encantaría que todos conocieran mi pueblo pero, sobre todo, que prosperara. Tu ayuda me será útil.

Lady Mary sonrió y entregó la carta a George para que la leyera.

—Ésa es nuestra Kassidy. Y Raile pensó que tendría una vida fácil con ella...

George se echó a reír.

—Quizá tenga algunas ideas para atraer la gente a Ravenworth. Siempre pensé que había nacido para ser comerciante, lo hubiera hecho bien.

—Seguro que te sobran algunas libras para esa gente —dijo lady Mary, contagiándose del entusiasmo de su marido.

Lady Mary examinó uno de los platos.

—Extraordinario —comentó—. Resultará muy bello

en mi mesa. —Sonrió y añadió maliciosamente—: Creo que invitaré a lady Talmadge a tomar el té. Tiene un gusto impecable, y si puedo hacer que se interese por esta porcelana, todo Londres querrá un juego.

George se puso momentáneamente serio.

—Kassidy se parece mucho a ti, querida. Las dos sois como un gato y siempre caéis de pie. Creo que tu sobrina ha vuelto a caer de pie.

—Yo caigo de pie porque te tengo a ti a mi lado, George. No estoy segura de que Kassidy tenga a alguien.

30

A pesar de que cada vez hacía más frío y solía llover, Kassidy iba cada mañana al pueblo, donde era acogida con entusiasmo. Era una mujer popular y los niños se reunían alrededor de ella en busca de la oportunidad de caminar a su lado.

Había localizado un granero vacío en las afueras de Ravenworth y, con la ayuda de los entusiasmados aldeanos, lo había transformado en un taller. Los hombres que no trabajaban en el castillo estaban a las órdenes de la señora Mayhew.

Se instalaron doce tornos de cerámica y tres grandes hornos. Se dispusieron mesas para que la señora Mayhew y sus hijas, además de otros habilidosos artesanos, pudieran pintar los complejos detalles de la porcelana de Ravenworth.

Kassidy entró en la fábrica y observó la gran actividad reinante.

—Es maravilloso, Elsphet —dijo con satisfacción.

Cuando la señora Mayhew vio a la duquesa, abandonó su trabajo y se dirigió rápidamente hacia ella.

—Disculpe la pintura en mis manos, excelencia. —Miró alrededor, llena de orgullo—. Casi hemos terminado los cinco pedidos de porcelana de Ravenworth que usted trajo la semana pasada.

Kassidy entregó varias cartas a la señora Mayhew.

—En ese caso —dijo, sonriendo—, podréis comenzar con estos nuevos doce pedidos que hoy he recibido. Os estáis haciendo famosos. Si esto sigue así, señora Mayhew, tendremos que construir un taller más grande.

—Todo esto se lo debemos a usted, excelencia.

—Tonterías. Ha sido tu talento y el de los aldeanos el que lo ha hecho posible. Yo sólo os he ayudado a introducir en el mercado vuestras preciosas porcelanas.

Kassidy advirtió que los otros trabajadores estaban reuniéndose alrededor, todos sonriendo.

—Su excelencia —dijo la señora Mayhew—, nos gustaría expresarle de un modo humilde lo agradecidos que estamos por todo lo que ha hecho por nosotros. ¿Me sigue, su excelencia?

Intrigada, Kassidy observaba las sonrisas de los rostros mientras caminaba junto a la señora Mayhew. En la puerta principal los trabajadores formaron un círculo alrededor de ella y esperaron expectantes a que la señora Mayhew comenzara a hablar.

—Durante generaciones todo el pueblo de Ravenworth ha vivido a la sombra del castillo. A veces nuestros antepasados se protegieron allí de sus enemigos, e incluso hemos compartido la comida de la mesa del duque, pero nunca ha venido hasta nosotros la duquesa para ayudarnos como usted lo ha hecho.

La señora Mayhew llamó la atención de Kassidy para que observara la placa de porcelana que colgaba de la pared. Tenía las mismas cenefas que la porcelana y Kassidy leyó, con lágrimas en los ojos, las palabras que estaban escritas.

DEDICADO A SU EXCELENCIA, KASSIDY DEWINTER, DUQUESA DE RAVENWORTH, POR LA AMABLE ATENCIÓN PRESTADA AL PUEBLO DE RAVENWORTH.

Kassidy se volvió hacia la gente y comprendió que esperaban una respuesta.

—Gracias... —dijo con voz entrecortada—. No puedo expresar lo feliz que me siento ni mi agradecimiento hacia vuestra buena voluntad. El mérito pertenece a cada uno de vosotros. Habéis trabajado duramente. Siempre me sentiré orgullosa de haber participado un poco en lo que habéis hecho.

Observó sus rostros llenos de admiración y pensó que pertenecía a aquel lugar, donde su hijo nacería. Había venido para conocer a aquellas gentes, para admirarlas, para ocuparse de ellas, y sabía que se había ganado su afecto.

A punto de echarse a llorar, Kassidy saludó con la mano y salió del lugar rápidamente. Había sido estúpida al pensar que Raile le permitiría seguir viviendo allí después de que naciera su hijo. Después de todo, tenía un trato que cumplir.

Kassidy contemplaba el paisaje a través de la ventana de su dormitorio. Era la primera nevada de la temporada y los copos de nieve se posaban suavemente sobre la tierra. Observaba cómo desaparecían los adoquines bajo la sábana blanca.

Tragó saliva y se volvió hacia Elsphet, que estaba sentada cerca de la chimenea junto al costurero.

—Cada estación del año supera en hermosura a la anterior, Elsphet.

—Será un invierno duro, excelencia. Me alegro de estar en el campo y no en Londres.

—Yo también, aunque en ocasiones una se siente demasiado aislada —convino Kassidy, y luego pensó: En momentos como éstos necesitas a tu marido. Se tocó el vientre hinchado y agregó—: A veces espero que sea el niño que Raile desea, pero a veces espero que sea una niña.

Elsphet pasó la aguja en la tela y dio unas puntadas.

—El bebé será lo que tenga que ser y nada podrá cambiarlo. —Dejó la costura y se dirigió hacia su señora—. No debes estar tanto rato levantada, excelencia. —Acompañó a Kassidy hacia una silla y le colocó una manta sobre el regazo—. No querrás coger un catarro, ¿verdad?

Kassidy cerró los ojos y escuchó el tranquilo crepitar del fuego de la chimenea. Estaba tranquila y amaba el castillo de Ravenworth. Era como si estar embarazada de un DeWinter la hiciera pertenecer a aquel lugar.

—Bajaré y te traeré una buena taza de chocolate caliente, excelencia —dijo Elsphet, saliendo de la habitación.

Kassidy se quitó la manta y volvió a la ventana. El suelo ya estaba completamente cubierto de nieve y el viento comenzaba a soplar con fuerza.

Sintió un fuerte dolor. A Abigail también le había gustado la nieve. Kassidy podía ver la imagen de su hermana mientras corría por la nieve, alzando la cabeza para cazar los copos de nieve con la boca.

Sólo si Abigail estuviera a su lado podría compartir con ella aquellos momentos. El bebé se movió en su interior y se le llenaron los ojos de lágrimas.

Raile desmontó y entregó las riendas a Oliver. El mayordomo llevó los caballos a los establos, preguntándose por qué su excelencia había insistido en recorrer a caballo el camino desde Londres en medio de una tormenta tan fuerte.

Raile subió aprisa los escalones y abrió la puerta, dejando caer un poco de nieve en la entrada. Entregó el abrigo al mayordomo.

—¿Dónde está su excelencia? —preguntó, mientras subía por las escaleras.

—Creo que está en su habitación, excelencia —respondió el mayordomo, impertérrito por el aspecto del duque—. Su sirvienta acaba de dirigirse a la cocina.

Raile recorrió el pasillo presurosamente. No podía explicar el dolor que sentía. Tenía que admitir que, por primera vez en muchos años, había añorado a alguien. Había deseado que Kassidy estuviera con él día y noche.

Kassidy estaba sentada frente a la ventana, de espaldas a él. Los ojos de Raile recorrieron su figura. Iba vestida con un traje de terciopelo verde, y la magnífica melena le caía hasta la cintura. Pudo ver su hermoso rostro reflejado en la ventana, aunque ella aún no se había dado cuenta de su presencia. Cuando vio las lágrimas que descendían por sus mejillas, sintió un golpe en el corazón.

De pronto, Kassidy vio el reflejo de su marido en la ventana, se volvió lentamente y dijo:

—No estaba segura de si eras una aparición, Raile.

—Estás llorando, madame. —Le ofreció su pañuelo.

Avergonzada, Kassidy se secó las lágrimas.

—Quédatelo, nunca se sabe cuándo puedes volver a necesitarlo.

Kassidy fijó la mirada en el pañuelo y vio la letra R, bordada. De pronto, alzó la cabeza y miró a Raile, como si en su rostro se abriera una puerta. Se acordó del día en que un apuesto oficial, que iba a unirse al ejército para luchar contra los franceses, la rescató. ¿Cómo podía haberse olvidado del pañuelo y el hombre que se lo había dado?

—Tú, Raile... ¿fuiste mi salvador? —preguntó, incrédula. Trató de imaginar al encantador oficial que se cruzó tan fugazmente en su vida—. ¿Aquel día eras tú, Raile?

Él le cogió la mano y la atrajo tiernamente hacia sus labios.

—¿No te has acordado hasta ahora? —preguntó él, aspirando la dulce fragancia de su pelo.

Ella hundió la cara en su pecho.

—Yo nunca olvidé ese accidente, pero no lograba recordar tu rostro. —Kassidy cerró los ojos, encantada de sentirse entre sus brazos. Cuando la cogía, en el mundo no había sombras ni pesadillas acechantes desde las profundidades de su mente. Alzó la cabeza y preguntó—: ¿Cómo puede ser que de pronto tú y mi salvador seáis el mismo?

Raile le levantó la barbilla y la miró a los ojos.

—¿Cómo puedes ser tú aquella encantadora niña?

Kassidy adoraba la expresión de sus ojos mientras sonreía.

—He pensado tantas veces en mi campeón y he esperado... que volviera a salvo de la guerra. —Ladeó la cabeza—. No puedo creer que nos conociéramos durante ese breve instante y que luego volviéramos a encontrarnos. Si te hubiera reconocido el día que vine al castillo, hubiera sabido que no eras el hombre que había abandonado a Abigail.

Él rió, mirándola.

—¿Tanto te impresioné en el parque?

—Sí —respondió—. Quizá porque fue el día que supe que mis padres habían muerto y, al pensar en ti y en lo que tenías que hacer, me ayudó. A medida que pasaban los años, olvidé tu rostro, sólo me acordaba del uniforme y... —le miró fijamente a los ojos— de tus maravillosos ojos castaños. Debería haberte reconocido enseguida por los ojos, Raile.

Él le acarició la melena.

—Yo también debería haberlo hecho. —Unió la cara a sus húmedas mejillas—. Oh, Kassidy... Estoy descubriendo que en los ojos de las mujeres hay reflejos capaces de fundir el corazón de un hombre.

—¿He fundido tu corazón, Raile?

—Si aún no lo has hecho, no tardarás en lograrlo.

Por primera vez, Raile se dio cuenta de lo avanzado del embarazo. Quería abrazarla, pero no se atrevió a hacerlo. En el interior de su cuerpo, ella llevaba a su hijo... Por primera vez, pensó en el niño como parte de Kassidy y de él mismo. Juntos, con Dios, habían creado una nueva vida.

—¿Te encuentras bien? —preguntó, preocupado.

Ella se dirigió hacia la chimenea, todavía con el pañuelo en la mano y aturdida al pensar que Raile era el hombre que había conocido hacía tantos años.

—Sí.

—Me han dicho que vuelves a sufrir pesadillas.

Kassidy se volvió y dijo:

—Debe de haber sido mi tía.

—¿Por qué no me lo dijiste? Hubiera regresado más pronto.

Kassidy observó las llamas del fuego.

—No esperaba tanto cariño. ¿Te alegra tener un hijo, Raile?

Raile esperaba que ella le recriminara los meses de abandono, pero no lo hizo.

—Muchísimo. No pienso abandonarte hasta que nazca.

—Eso no ocurrirá hasta dentro de tres meses, Raile. ¿Podremos retenerte aquí durante tanto tiempo?

Arrodillándose ante ella, le cogió las manos y susurró:

—Kassidy, ¿me perdonarás alguna vez haberte abandonado durante tanto tiempo?

—Sí. Te perdono —respondió sin dudar.

Él se levantó, cubriéndole el rostro con su sombra.

—Espero que nunca más tenga motivos para pedirte que me perdones.

—Conociéndote como te conozco, habrá ocasiones, Raile.

31

Meg Drower entró en la habitación tan rápidamente como se lo permitió su cojera. Cerró la puerta de golpe tras ella y avanzó con dificultad hacia Lavinia, que estaba sentada con los codos apoyados en el tocador, frente al espejo.

—Hoy es mi cumpleaños, Meg. Cumplo cuarenta y siete. Estoy haciéndome vieja. Antes los hombres se arrodillaban a mis pies. Mira —dijo, acercando le vela al espejo—, ya tengo arrugas alrededor de los ojos y la boca.

Meg se subió la falda y se volvió hacia la chimenea.

—Yo no volveré a vivir el gozo de los sesenta. Para mí no eres vieja.

—Siempre he sido hermosa y nunca me había planteado la vejez hasta que vi a la muchacha con que se casó Raile. Ni siquiera en mi juventud era tan hermosa como ella —admitió Lavinia a regañadientes—. Tiene la clase de cara que embellece con los años.

—¿Por qué te torturas de este modo? —Meg temió que Lavinia acabaría enojándose—. Está nevando mucho —comentó, tratando de cambiar de tema—. No conviene salir. Un carruaje me ha salpicado y me ha puesto perdida.

Lavinia se volvió hacia la mujer y preguntó:

—¿Sabes algo de mi hijastro?

Meg se retorció, consciente de que tendría que contar a Lavinia lo que había descubierto.

—Hablé con un vendedor ambulante que está encariñado con una de las sirvientas de su excelencia.

—Vamos, vamos, no me hagas esperar. ¿Qué te dijo?

—Dijo que su excelencia partió a Ravenworth ayer por la mañana.

Lavinia metió el dedo en un recipiente de maquillaje y se lo aplicó en las mejillas.

—¿Eso es todo? —insistió Lavinia.

Meg se apartó de la chimenea y se acercó a la puerta por si tenía que retirarse apresuradamente.

—El hombre dijo que la duquesa está embarazada.

Lavinia se levantó de un salto con el rostro encendido.

—¡No lo permitiré! He trabajado demasiado para que ahora alguien estropee mis planes.

—Siempre te he admirado por tu perspicacia al saber cuándo debías retirarte. Hay muchos impedimentos para que el señor Hugh consiga lo que tú pretendes —comentó Meg.

Lavinia arrojó el maquillaje contra la puerta y observó las manchas en el suelo que sorprendentemente parecían sangre.

—No me detendré hasta que mi hijo ocupe el lugar de Raile.

Meg salió de la habitación y recorrió el pasillo con dificultad. Se mantendría alejada durante un rato para dar tiempo a que su señora se calmara. La vieja sirvienta negó con la cabeza. Su señora cada día estaba peor. La hermana de Meg le había pedido que fuera a vivir con ella, debía pensar en ello. Si la señora DeWinter seguía así, sin duda acabaría en los tribunales. Raile DeWinter no era un hombre con el que se podía jugar.

Raile acababa de sentarse a su escritorio cuando Ambrose entró en el despacho.

—El señor Mayhew está aquí, y quiere ver a la señora. Le he dicho que está dando un paseo. El señor Mayhew pregunta si usted puede darle los encargos que hayan llegado.

Raile pareció perplejo.

—¿A qué encargos te refieres, Ambrose?

—Los que llegan cada semana para la porcelana de Ravenworth, excelencia.

—No sé de qué estás hablando, Ambrose. Haz que entre el señor Mayhew, quizá él pueda aclararlo.

Kassidy paseaba por el terreno escarchado, con el abrigo de terciopelo blanco confundiéndose con el paisaje nevado. Estaba tan sumida en sus pensamientos que no oyó a Raile hasta que él la llamó.

—¿Crees que te conviene pasear con este tiempo, Kassidy?

—Puedo asegurarte que no me derretiré —respondió sonriendo.

Él la observó mientras se apartaba de los arbustos helados, donde en primavera se plantaría el huerto.

—¿Puedo preguntar qué estás haciendo?

—Raile, ¿por qué las patatas y las verduras se plantan sólo en el huerto de la cocina?

—Creo que para alimentar a la gente del castillo.

—Se me ha ocurrido una idea que sin duda aportará mayor beneficio a los aldeanos.

Raile le cogió un mechón de cabello dorado bajo la capucha y dijo:

—Qué interesante... Hoy me he enterado de cómo ayudas a los aldeanos en la distribución de la porcelana.

—Lo han hecho muy bien, Raile. Supongo que dentro de poco habrá que ampliar la fábrica.

Él observó un copo de nieve posarse en su pestaña y deseó besarla.

—¿Cuál es tu nuevo plan?

—Creo que si los aldeanos van a ser autosuficientes, deberían arar el terreno y plantar productos comestibles.

—Una gran idea.

—En absoluto, Raile. He leído mucho sobre este tema, y en América ha tenido gran éxito. —Le brillaban los ojos de excitación—. Los aldeanos saldrán beneficiados. Pueden sembrar trébol para alimentar al ganado.

—Dando por supuesto que tengan existencias.

—Pueden comprarlo con las ganancias de la porcelana de Ravenworth.

—Claro, ¿por qué no lo había pensado antes? —murmuró él.

—Raile, los aldeanos incluso podrían construir un molino y alquilarlo para que el grano pudiera ser vendido a los pueblos vecinos que no son tan ambiciosos. He intentado convencer a las mujeres que no trabajan en la fábrica de porcelana de que abran una tienda para vender sus artesanías. Esto les ayudará a depender menos de sus maridos y a sentirse más orgullosas.

—¿Estás pidiéndome que me convierta en comerciante?

Ella sonrió al ver la mueca horrorizada de su rostro.

—Por supuesto que no, Raile. Sólo te pido que animes a los demás.

Guardó silencio por un momento y ella preguntó:

—Raile, ¿aún tienes dolores de cabeza?

—Desde que te ocupaste de mí, no, mi pequeña doctora.

—Me alegro. A mí también me preocupaba.

—¿Te preocupaba?

—Sí, por supuesto.

Él la abrazó, deseando expresarle lo feliz que se

sentía. Kassidy era brillante e inteligente, y él la adoraba.

—Ayudaré a los aldeanos en todo lo que pueda si me prometes entrar en el castillo. Ha comenzado a nevar fuerte y no quiero que pierdas el equilibrio.

Raile la cogió en brazos y se dirigió hacia el castillo. La observó, pensando que cada día era más hermosa y que él la necesitaba más.

—¿Tienes frío?

—No. Me encanta la nieve, ¿y a ti?

Entraron en la casa, y, de inmediato, Ambrose acudió a recoger los abrigos. Raile acompañó a Kassidy hacia las escaleras antes de responderle.

—Hace mucho tiempo, Kassidy, que no me doy cuenta de las estaciones del año.

—¿De verdad, Raile?

—Te lo aseguro.

Ella se detuvo y apoyó la mano enguantada en su brazo.

—¿Qué te ha pasado, Raile, para ser tan cínico en la vida?

—Yo no diría que soy cínico, sino receloso.

—Entonces, ¿qué te hizo ser receloso?

Él suspiró y respondió:

—Digamos que conozco la naturaleza humana y que permito que la gente cometa errores.

—Sin embargo, tú no te permites errores.

Raile la ayudó a subir por las escaleras.

—He perdido el hilo de la conversación, Kassidy.

—No lo dudo —dijo, deseando conocer al verdadero Raile que se mantenía apartado de ella—. No te gusta hablar de ti mismo, ¿verdad?

Llegaron a la habitación, él abrió la puerta y la hizo pasar. Kassidy se sentó en una silla y él se arrodilló para quitarle las botas.

—Siempre me ha parecido aburrido hablar de mí

mismo, Kassidy. —Le sonrió—. Estoy seguro que tu madre te enseñó que no es adecuado animar a un hombre a que hable de sí mismo, ya que los hombres somos arrogantes y nos damos mucha importancia.

Ella rió.

—Conoces bien a las mujeres, ¿verdad?

—Creí que te conocía a ti, Kassidy, pero no estoy seguro de que eso sea cierto.

—Permitiría que un hombre creyera comprenderme si necesitara sentirse superior —dijo Kassidy, sonriendo.

—Dios ayude al hombre que crea comprenderte, mi pequeño demonio. —Raile la ayudó a ponerse las zapatillas y se levantó—. Pero voy a intentarlo. —Le levantó las piernas, las colocó sobre un cojín y las cubrió con una manta—. ¿Quieres que te sirvan la cena aquí?

Ella se quedó prendada de su caballerosidad, hasta que se dio cuenta de que sus solícitos modales se debían a que estaba embarazada.

—Estaría muy bien. ¿Cenarás conmigo?

—Sí, si no te importa. Haré que Oliver se ocupe. —Salió en busca del mayordomo, pero al poco rato volvió y se sentó junto a ella—. ¿Estás segura de que te encuentras bien?

—Mi salud nunca ha estado mejor —respondió Kassidy.

—No sé mucho de embarazos, pero supongo que debe de ser pesado. Seguro que te cansas mucho.

Kassidy se dio cuenta de que estaba verdaderamente interesado en cómo se sentía.

—No, no es una carga... un poco incómodo, eso es todo. No sabes la alegría que sentí al notar que el bebé se movía. Me siento muy unida a él.

—¿Él...?

—Sí, supongo que hablo así porque sé que deseas un varón. —Ella le miró a los ojos y comprobó su ternura—. Deseo darte un hijo, Raile.

—¿Para que nuestro trato concluya?

—Así es.

—Te gustan los niños. Sé lo mucho que quieres a Arrian, y ella te adora.

—Sí, los niños son sinceros. Uno siempre sabe lo que piensan y sienten.

—Todo lo contrario de mí, ¿verdad, Kassidy?

Ella guardó silencio por un momento. Raile era un hombre difícil y si vivía siempre con él, jamás llegaría a conocerlo del todo.

—Ocultas tus verdaderos sentimientos, Raile.

Él se levantó y se dirigió hacia la puerta.

—Haz que Elsphet venga a buscarme cuando estés preparada para la cena.

Antes de que Kassidy pudiera responder, él ya había salido.

Frente a la chimenea dispusieron la mesa. Kassidy estaba segura de que, con Raile sentado delante ella, no probaría bocado. Cuando se sirvió el postre, Elsphet y la sirvienta se retiraron y ella probó un poco de helado de vainilla.

—Has comido muy poco, Kassidy.

Kassidy se preguntó cómo podía comer si él no dejaba de mirarla.

—El doctor Worthington asegura que mi dieta es adecuada.

Raile le cogió la mano, observando los largos dedos y las venas azules.

—Supongo que comienzo a parecerme a Elsphet.

—Los dos tendéis a exagerar, Raile. Me siento bien, y mi salud es buena. El bebé será fuerte y sano.

Él le soltó la mano.

—Nunca he tenido un hijo, Kassidy. —Sonrió, y ella contuvo la respiración—. Trataré de no exagerar demasiado.

Kassidy se recostó en la silla y volvió a coger la mano de Raile.

—No me importa, Raile. Estoy muy contenta de que estés aquí.

—¿De verdad?

—Sí, de verdad. —Ella se levantó y él hizo lo mismo—. Me canso fácilmente. ¿Te importa que me acueste?

—¿Quieres dormir en mi cama o que yo duerma en la tuya?

—No... no es necesario... yo... ahora estoy acostumbrada a dormir sola.

—Pero tienes pesadillas.

—Sí.

Él rodeó la mesa y abrazó a Kassidy.

—Me gustaría dormir contigo para que estés segura de que no puede ocurrirte nada malo.

Emocionada, ella se estremeció cuando Raile apoyó la cabeza en su hombro.

—Oh, sí, Raile, por favor, ayúdame a no tener pesadillas. Es como estar aterrorizada sin cesar.

—Yo cuidaré de ti, Kassidy —dijo él, cogiéndola más fuerte—. Nunca más tendrás miedo de tus sueños.

Ella sólo quería que su marido la cuidara, que le diera todo el amor que sentía hacia él, pero cuando llegara el momento, ¿sería capaz de marcharse y abandonarlo?

—Raile, fuiste tú quien me pidió que me casara contigo, nunca te has acostumbrado al matrimonio, ¿verdad?

—Bueno, a veces es difícil —admitió—. Pones a prueba la paciencia de un hombre.

Kassidy miró sus brillantes ojos marrones y le abrazó.

—Yo no quiero ser una molestia, Raile.

Él rió y dijo:

—Madame, ignoras por completo lo que has hecho. Desde el primer día que te conocí mi vida se ha convertido en un caos.

32

Kassidy se acurrucó bajo las sábanas. Raile estaba trabajando en su despacho, pero ella sabía que luego vendría y podría dormir pacíficamente entre sus brazos.

Su mente recordó el día en que un muchacho trató de arrojarla al estanque. Pensó en su salvador, un oficial impecablemente uniformado, de ojos castaños. Por supuesto, era Raile... ¿Por qué no lo había reconocido como el héroe de su infancia?

Aunque entonces era más joven, tenía los mismos rasgos. Recordaba que su mirada era triste, no tan inquietante como ahora. Quizá había visto demasiada muerte en la guerra, o quizá, por estar él mismo tan cerca de la muerte, había cambiado.

Tuvo la sensación de que Raile había recibido muy poco amor en la vida... Algo le impedía ser feliz, o quizá ella no era la mujer que podía hacerlo feliz.

Kassidy se tocó el vientre, sintiéndose colmada de amor hacia el bebé. Qué afortunada se sentía al tener al hijo de Raile. Podía imaginar a un pequeño con sus mismos ojos castaños.

En algún lugar del castillo un reloj dio las diez. Cerró los ojos y se sumió en el sueño, con una sonrisa en los labios.

Más tarde, cuando Kassidy despertó, el fuego se había apagado y sintió frío, hasta que se vio atraída hacia un cálido cuerpo y se encontró entre los brazos de Raile.

Ella le cogió la mano y movió la cabeza para llevársela a sus labios. Sentía tanto amor hacia él que apenas podía respirar. ¿Cómo podía haberse convertido en alguien tan importante para ella en tan poco tiempo?

El aliento de Raile le hacía cosquillas en la oreja.

—Siento haberte molestado, Kassidy, pero estabas fría y quería darte calor.

Ella se volvió, apoyando la cabeza en su pecho.

—Ahora estoy mejor.

Él le acarició ligeramente el vientre y apartó la mano de inmediato.

—¿Te molesta...?

Ella sonrió, cogiéndole la mano y colocándosela sobre el vientre.

—Claro que no.

Con cuidado volvió a acariciarla. Le sobrecogía la idea de que su hijo estaba cómodamente en el cuerpo de Kassidy. Sintió una cierta vibración en la palma de la mano y abrió los ojos desorbitadamente.

—¿Lo has notado, Kassidy? —preguntó, apartando la mano rápidamente.

—Sí, es el bebé.

—¿Quieres decir que he notado cómo se movía realmente?

—Claro. —Ella se subió el camisón y puso la mano sobre su vientre desnudo—. Aquí se nota aún más. Por las noches es muy revoltoso.

Raile rozó su piel y volvió a notar que el bebé se movía. El corazón le latía con fuerza. Sentir a su hijo antes de que naciera era algo que jamás había esperado. Eso hacía que el bebé fuera más real y despertaba en él sentimientos muy profundos, casi dolorosos.

—Así que sentirse inmortal es esto —dijo ascendiendo las manos hacia sus senos.

Kassidy cerró los ojos y le tembló un poco el labio inferior. Esta noche Raile estaba algo cambiado. Sus caricias transmitían más amor que pasión. La hacían sentirse acariciada y protegida. El corazón le rebosaba de amor hacia él, pero apenas podía hablar de ello.

Él le bajó el camisón y la abrazó.

—¿Estás bien?

—Sí —respondió Kassidy.

La habitación estaba totalmente a oscuras mientras los brazos de Raile envolvían a Kassidy.

—Duerme, pequeña madre —murmuró.

Kassidy cerró los ojos. Raile le recordó que él simplemente estaba cuidando de la madre de su hijo, pero no importaba. Ella viviría por cada caricia, por cada palabra que él dijera.

—Cada vez está nevando más —le susurró Raile al oído—. Si esto sigue así, pronto quedaremos aislados por la nieve.

A ella no le importaría quedarse aislada junto a él.

—Hoy es diez de diciembre. ¿Podríamos coger un tronco de Navidad y celebrarlo como cuando era pequeña? —le preguntó deseándolo súbitamente.

Él sonrió y dijo:

—Kassidy, te daré cualquier cosa que pueda hacerte feliz.

—Quiero darle unas buenas Navidades a Arrian.

—Así será —le prometió.

El sol brillaba en lo alto cuando Raile ayudó a Kassidy a montar en el trineo. Atkins ocupó el asiento del conductor y se hizo con las riendas. Raile cubrió a Arrian y a Kassidy con unas suaves mantas de lana. Elsphet le puso un calientapiés a Kassidy y le dijo que no se enfriara. Raile se colocó junto a ellas y dos caballos blancos se pusieron en marcha con un tintineo de campanas.

Elsphet le dijo a Raile que cuidara de la salud de Kassidy.

—Y no permita que se caiga, excelencia —le ordenó en voz baja—. Ella tiene que quedarse en el trineo mientras usted busca el tronco de Navidad.

Kassidy sintió el aire frío en las mejillas y sonrió a Arrian.

—Serán unas Navidades maravillosas, Arrian. Ésta era la temporada preferida de tu madre.

Arrian, con el sombrero y la capa de lana que sólo le dejaban visible la cara, tenía el aspecto de un ángel.

—Ven y siéntate en mi regazo, querida —le indicó Kassidy.

La pequeña negó con la cabeza y alzó los brazos hacia Raile.

—Me parece que quiere que la cojas, Raile.

Con cierta torpeza, colocó a Arrian en su regazo y la niña le sonrió, negándose a volver con Kassidy.

—Creo que le gustas, tío Raile —comentó Kassidy.

Con delicadeza, Raile le estiró un rizo dorado que le asomaba del gorrito de lana blanco.

—Siempre he tenido este problema con las mujeres —bromeó—. No me dejan en paz.

Arrian escogió ese momento para apretarse contra él y besarlo sonoramente en la mejilla.

Kassidy rió ante la sorprendida expresión de Raile, pero también vio que le gustaba.

—¿Se parece a tu hermana Abigail? —preguntó Raile.

—Muchísimo. Me hubiera gustado que conocieras a Abigail. Era la más dulce de la familia. Nunca hubiera estado en desacuerdo contigo. No recuerdo verla enfadada ni un solo momento con nadie... excepto con Henry, por supuesto.

—Sin duda no se parecía a ti —dijo Raile secamente.

Kassidy arqueó una ceja.

—Sin duda.

Él observó a Arrian y dijo:

—¿Sabías que tu tía Kassidy tiene mal carácter?

La niña sonrió con timidez, coqueteando con su tío.

Cuando llegaron al prado, Raile saltó al helado terreno con Arrian entre los brazos.

—Saluda a tía Kassidy. Ella se quedará en el trineo mientras nosotros nos divertimos.

Kassidy observó a Raile alzar en brazos a Arrian y caminar sobre la nieve. Atkins los seguía llevando el hacha. Kassidy abrió la cesta que Elsphet le había preparado. Se sirvió un poco de chocolate caliente y aguardó a que Raile volviera.

Sólo pensar en Raile la hacía sentir escalofríos. Había decidido no enamorarse de él, pero lo había hecho profunda e insensatamente. La vida con él era una nueva aventura. La había salvado en muchas ocasiones, pero cuando ella intentaba expresarle su gratitud, él simplemente cambiaba de tema.

Sintió que el niño se movía. El bebé sería el mejor regalo que podía hacerle. Rogó que fuera el niño que tanto ansiaba.

Pensó en lo bien que trataba a Arrian. Cualquier niño sería afortunado de tenerlo como padre.

Las Navidades quedaron atrás y el nuevo año ya estaba en su segunda semana.

Kassidy se hallaba en la sala de estar y acababa de terminar de leer una carta de su tía cuando oyó la voz de un hombre en el vestíbulo.

—No importa, Ambrose, yo mismo me anunciaré —dijo.

Kassidy nunca había visto al hombre que se dirigió

hacia ella con una amplia sonrisa en los labios. Era rubio y atractivo.

—Ah, mi querida cuñada, por fin nos conocemos.

Kassidy no esperaba conocer a Hugh DeWinter. Sintió que le temblaban las manos y que se le aceleraba el corazón de temor. Se levantó rápidamente, dejando caer al suelo las hojas de la carta.

Cuando Hugh se dispuso a recogerlas, ella se quedó perpleja.

—Yo... mi marido no está en casa —trató de decir, aunque lo que realmente deseaba era preguntarle por qué había abandonado a Abigail cuando más lo necesitaba.

Hugh le entregó las hojas y ella se apartó de él como si le hubiera picado una víbora.

—Kassidy, tengo la impresión de que te conozco.

Ella miró la puerta y se preguntó cómo podía escapar de él. ¿Debía llamar a Ambrose? Pensó que aquel hombre y su madre no tratarían de hacerle daño a ella y a su hijo con tantos sirvientes por los alrededores. Kassidy sabía que no estaba pensando racionalmente, pero no podía ignorar el temor que le amenazaba.

Hugh se dio cuenta de la temerosa expresión de los ojos de su cuñada y se apartó de ella.

—Supongo... que debía haber esperado a que Raile me presentara. Sólo he venido a ver a mi hija. Ni siquiera sé cómo se llama.

La voz de Kassidy sonó temblorosa.

—No, nunca te dejaré que la veas. Por favor, ahora márchate y si tienes que volver, hazlo cuando Raile esté en casa.

Hugh se dio cuenta de que se balanceaba y se acercó para cogerla, cuando ella exclamó:

—¡No me toques...! ¡Nunca me toques! ¡No quiero que te acerques a Arrian ni a mi hijo! Después de lo que hiciste a mi hermana, ¿cómo has podido creer que me gustaría verte?

Hugh se quedó impresionado. No esperaba una reacción tan violenta.

—Puedo asegurarte...

—Hugh, ¿qué demonios estás haciendo aquí? —inquirió Raile, acercándose a Kassidy, que se abrazó a él—. Te atreves a incomodar a mi esposa, Hugh —dijo Raile, contrariado, y condujo a Kassidy hacia la puerta para que se dirigiera a su habitación. Luego le dijo a su hermano—: Espérame en el despacho. Quiero hablar contigo.

Kassidy no podía dejar de temblar, así que Raile la cogió en brazos y la subió a su habitación.

Elsphet estaba esperándola en el dormitorio y, al ver lo pálida que estaba, se asustó.

—Quédate con ella —dijo Raile, acostando a Kassidy en la cama—. Volveré más tarde.

Kassidy se aferró a la mano de Raile.

—No le dejes que se lleve a Arrian. Por favor, no se lo permitas.

Raile apretó su mano y dijo:

—No dejaré que se acerque a ella, si eso es lo que quieres, y de ninguna manera le permitiré que se la lleve.

—¿Por qué está aquí? ¿Ha venido su madre con él?

Raile alzó la mirada hacia Elsphet, que estaba cubriendo a Kassidy con la colcha.

—No, Kassidy, Lavinia nunca se atrevería a venir aquí.

Ella volvió la cabeza sobre la almohada, con el cuerpo sobrecogido por el temor.

—Vigílala, Elsphet. Trata de calmarla —dijo Raile—. Volveré enseguida.

La sirvienta asintió.

—¿Su hermanastro está aquí, excelencia?

—Nunca creí que su presencia pudiera aturdir a Kassidy.

Elsphet le miró fijamente a los ojos y comentó:

—Esto es porque no sabe lo mucho que ha sufrido.

Raile volvió a mirar a su esposa.

—Hugh se irá dentro de una hora, Kassidy. Y daré instrucciones a Ambrose de que nunca más se le deje entrar. ¿Te sentirás mejor?

—Me encontrarán, Raile. Esté donde esté, me encontrarán.

Él le tocó la frente y vio que tenía fiebre.

—Elsphet, manda a Oliver en busca del doctor Worthington —ordenó, preocupado, y se encaminó al despacho, donde esperaba Hugh.

—¿Qué demonios haces aquí, Hugh? Sabes que tienes prohibido venir al castillo.

—Te prometo, Raile, que no pretendía molestar a tu esposa. Nunca había visto a una mujer tan aterrada y te aseguro que no es nada agradable.

—Por una vez en tu vida, Hugh, piensa en los sentimientos de los demás y no sólo en ti. Podría pegarte por lo que has hecho.

Hugh pareció lamentarlo.

—Fue mi madre, Raile... no yo. Sólo soy culpable de no haberlo impedido cuando podía. Verás, estoy aquí para advertirte que mi madre está completamente loca, Raile. Incluso la fiel Meg la ha abandonado.

Raile se mostró escéptico.

—¿Y cómo sé que no es otra de tus mentiras?

—No lo sabes, pero te juro que es cierto. Necesito tu ayuda para detenerla antes de que haga daño a alguien más. Hay que pararle los pies, Raile. Mi madre insiste en destruir a tu hijo antes de que nazca.

—Te aseguro que no lo hará, Hugh. ¿Crees que dejaré que se acerque a mi esposa?

—No puedes detenerla, Raile... nadie puede —repuso Hugh, angustiado—. No duda en destruir a cualquiera que se interponga en su camino. Y en su camino están tu mujer y tu hijo, Raile. ¡Dios, no puedes imaginar las cosas que ha llegado a hacer!

Raile miró fijamente a Hugh y dijo:

—Te escucho, Hugh. Cuéntamelo.

—No es nada agradable, Raile. Perdió la cabeza cuando supo que tu esposa estaba embarazada. —Se estremeció y añadió—: De haber sabido de lo que era capaz, quizá hubiera podido detenerla.

—Vamos, Hugh.

—Primero fue John. Jamás hubiera imaginado lo malvada que es mi madre. Siempre la consideré insensata y ambiciosa, pero jamás capaz de asesinar.

Raile escuchó, estremeciéndose ante las palabras de Hugh cuando le explicó que Lavinia había contratado a los hermanos Beale para matar a su primo.

—¿Dónde está Lavinia? —preguntó Raile—. Es hora de poner fin a todo esto.

Hugh negó con la cabeza.

—No sé dónde encontrarla, pero creo que está por los alrededores del castillo buscando la oportunidad de atacarte a ti y a tu esposa. Debes vigilarla día y noche.

—¿Cómo se pueden vigilar los movimientos de una loca, Hugh? Podría estar en cualquier parte.

—No lo sé, Raile, pero tenía que avisarte. —Miró a los ojos de su hermano—. Lamento profundamente haber asustado a tu esposa. Me hubiera gustado conocerla porque Abigail la quería muchísimo. También hubiera deseado ver a mi hija.

—Eso no es posible. Sigo sin saber hasta qué punto puedo confiar en ti, Hugh.

—Lo merezco, pero si no crees nada de lo que te he dicho, al menos cree que mi madre es peligrosa.

—Será mejor que te marches. He prometido a Kassidy que te marcharías.

—Pasaré la noche en el pueblo. Tú búscala por aquí y yo lo haré en el pueblo. Entre los dos podemos encontrarla.

Kassidy volvía a tener fiebre. Raile permaneció junto a ella día y noche, incapaz de ayudarla y temiendo que aquel estado pudiera perjudicar a su hijo.

Hacia el amanecer del tercer día, la fiebre de Kassidy remitió. A medida que comenzó a recuperarse, se sintió avergonzada por su reacción al ver al hermano de Raile, pero no se arrepentía de que Raile lo hubiera echado de la casa. Ella jamás permitiría que se acercara a Arrian.

John Fielding, conocido como el Abogado Ciego de las Carreras de la Calle Bow, escuchó atentamente la carta del duque de Ravenworth.

> Y en conclusión, señor Fielding, creo que encontrará pruebas suficientes para llevar a juicio a los hermanos Beale por el asesinato de mi primo, el fallecido lord John DeWinter. Le haré llegar más información la próxima vez que me desplace a Londres.

John Fielding asintió.

—Veré morir a esos hombres —dijo con convicción—. Siempre supe que eran escoria, pero hasta que el duque no se ha convertido en nuestro aliado, no tenía pruebas.

—Me pregunto por qué tiene tanto interés en ayudarnos —dijo la secretaria.

—No lo sé, pero nos ayudó a encerrarlos en Newgate y ahora nos ayudará a colgarlos. Sea cual sea el motivo, lo importante es cogerlos.

33

Los fríos vientos de marzo dieron paso a la calidez del sol de abril. Kassidy y Arrian solían visitar los establos, y la pequeña parecía encantada con los animales.

Kassidy comenzó a sospechar que la observaban. Cuando estaba en el castillo, Elsphet o la señora Fitzwilliams nunca se separaban de ella. Si salía a los establos, Atkins u Oliver permanecían a su lado.

Decidió hablar con Raile y preguntarle por qué la vigilaban.

Esa noche, cuando Kassidy se acostó, Raile entró en la habitación y arrojó su abrigo sobre la silla.

—Oliver ha ido a Londres y ahora estoy sin mayordomo. Me temo que tendré que desvestirme solo.

—Es la tercera vez en tres semanas que Oliver ha ido a Londres. No soy una niña que ignora que me ocultas algo. ¿Por qué Oliver y Atkins van tan a menudo a Londres? ¿Y por qué Elsphet duerme en mi habitación cuando te demoras?

—Estás muy enferma y... embarazada —respondió Raile.

—No me convences, Raile. Sé que me ocultas algo y quiero saber de qué se trata.

Él fingió sorprenderse.

—¿Por qué dices eso?

—No seas condescendiente. No quiero más secretos, sobre todo cuando todo el mundo menos yo sabe qué pasa.

Él trató de aplacar sus ánimos.

—Vamos, de esos labios tan dulces sólo pueden salir palabras.

Kassidy se recostó en la almohada.

—Tengo derecho a enfadarme contigo, Raile. ¿No ves que mi imaginación puede ser peor que lo que tú digas?

La cama se hundió bajo su peso. Él apagó la vela y la habitación quedó iluminada por la lumbre de la chimenea.

—Es cierto que te he ocultado algo, Kassidy, pero sólo porque no quiero inquietarte.

—Entonces dímelo —insistió ella.

Raile dudó un momento, tratando de decidir qué le diría.

—Tengo sueño, Kassidy. ¿Podemos hablar de esto mañana?

Los rizos de Kassidy le cubrieron la cara cuando se volvió para mirarlo.

—No. Dímelo ahora.

—¿Quieres convertirte en una esposa pesada?

—¿Tratas de distraerme?

Él le acarició los labios con el dedo.

—¿De verdad estás enfadada conmigo?

—Yo... no... no estoy enfadada.

—Y ahora... ¿me dejarás dormir? —inquirió Raile.

—Por supuesto que no, Raile —respondió Kassidy—. Quiero saber por qué nunca puedo estar sola.

—Muy bien, Kassidy. —La cogió entre los brazos intentando que no se asustara—. ¿Recuerdas el día que Hugh vino a verme?

—Sí. ¿Cómo podría olvidarlo?

—Vino a alertarme sobre Lavinia. Ha perdido la cabeza.

—¿Qué más?

—Lavinia quiere que Hugh sea el duque de Ravenworth.

Kassidy se estremeció, consciente de lo malvada que podía ser la madrastra de Raile.

—¿Confías en Hugh?

—No del todo, pero creo que en este asunto está siendo honesto.

—Así pues, estás tomando precauciones para protegerme, Raile, pero ¿y tú?

—Yo no estoy en peligro.

Kassidy abrió los ojos desorbitadamente y se llevó la mano al vientre.

—Va a por el bebé, ¿verdad? Quiere... —Su miedo era tan intenso que apenas pudo seguir hablando.

Raile la estrechó con fuerza entre sus brazos.

—No le permitiré que te haga daño, Kassidy... te lo prometo. Me crees, ¿verdad?

—Sí, Raile. Sé que estoy a salvo contigo. No temo por mí, sino por nuestro hijo.

Ella hundió la cabeza en su cuello, reprimiéndose las lágrimas. Tenía que ser fuerte... Por fin, alzó la cabeza y lo miró.

—Moriré antes de permitir que haga daño a nuestro hijo, Raile.

—Estamos haciendo todo lo posible por encontrarla, Kassidy. —Le levantó la barbilla para que le mirara —. Prométeme que cuando salgas del castillo no harás tonterías. Nunca salgas sin Elsphet, Atkins u Oliver.

—Te lo prometo, Raile.

—Tendrá que pasar sobre mí y sobre el diablo para llegar hasta ti, Kassidy. Y te juro que le resultaría más fácil tratar con el diablo que conmigo.

Lavinia había vuelto disfrazada al pueblo de Ravenworth. Esta vez llevaba un sencillo sombrero, calcetines de algodón grueso y zapatos tan rudos e incómodos como los de las aldeanas. Llevaba el cabello recogido y una bufanda raída. Nadie sospechaba quién era y pudo pasear por el pueblo tranquilamente.

Escogió al granjero Thomas Creag como medio de llegar a la esposa de Raile. Thomas Creag era el granjero encargado de llevar cada sábado crema y mantequilla al castillo de Ravenworth. Le resultó fácil convencerlo de que era una viuda llamada Betty Daniels que necesitaba desesperadamente ayuda y que trabajaría para él a cambio de cama y dos comidas diarias.

Lavinia no sentía aversión al trabajo si eso le proporcionaba lo que quería. Hacía la colada, fregaba los suelos y cocinaba. Cuidaba de los cinco hijos del granjero y ayudaba a su mujer, que estaba esperando al sexto hijo.

Las manos de Lavinia estaban ásperas y rojizas, pero no importaba. Haría lo que fuera para llegar a su objetivo. Cuando viviera en el castillo, tendría sirvientes arrodillados a sus pies.

Observó el castillo desde la casa de Creag y soltó una fuerte carcajada.

—Nunca me encontrarás aquí, a la sombra del castillo de Ravenworth, Raile —dijo, con los ojos dilatados por la locura.

Gabrielle Candeur sintió que se le aceleraba el corazón cuando bajó del carruaje y se dirigió a las escaleras del castillo de Ravenworth. Estaba segura de que jamás volvería a ver a Raile, por lo que se sorprendió al recibir su carta, rogándole que fuera al castillo para demostrarle su amor y devoción.

Se sintió demasiado feliz para preguntarse por qué

Raile la invitaba a su casa, y apenas le importó qué podía haberle sucedido a su esposa... Sólo sabía que le había pedido que fuera y... allí estaba.

El mayordomo que abrió la puerta fue educado pero reservado.

—Lo siento, señorita, pero su excelencia no me ha comunicado que esperaba visitas. Si quiere esperar allí —dijo, mostrándole el salón—, le informaré de su visita.

Observó la habitación, decorada con un aura de tradición, nobleza y antigüedad.

¿Le pediría Raile que formara parte de este mundo? La felicidad ardía en su interior. Estaba segura de que nunca más la dejaría. Quizá querría que abandonara los escenarios y estuviera siempre a su disposición... Ella estaba dispuesta a aceptar.

Raile miró a Ambrose, sin poder creer en lo que había dicho.

—¿Cómo dijo que se llama?

El mayordomo se preguntó por qué su excelencia parecía trastornado.

—Gabrielle Candeur, excelencia.

Raile pasó ante Ambrose, lleno de ira.

—Si se trata de una broma, no es nada gracioso.

Cuando entró en el salón, Gabrielle se arrojó a sus brazos.

—Raile, he venido lo antes posible. —Le miró a los ojos—. Me hace tan feliz que me echaras de menos tanto como yo...

Él la cogió por los hombros y la apartó.

—¿De qué estás hablando, Gabrielle? ¿Por qué estás aquí?

—Pero la carta que me enviaste... Creí... —musitó Gabrielle, echándose a llorar.

Raile se apartó de ella.
—No te he enviado ninguna carta.
Gabrielle cogió su manguito y se encaminó hacia la puerta.
—Sin duda he cometido un error. —Se secó las lágrimas—. No te molestaré más, Raile.
Él le cogió la mano, lamentando que hubiera sido víctima de la crueldad de Lavinia.
—No te marches aún, Gabrielle. Cuéntame lo de la carta y trataré de explicarte qué ha pasado.
Ella negó con la cabeza, sintiéndose humillada.
—Por tu reacción, me doy cuenta de que no me la enviaste, pero ¿quién podría hacer una cosa así?
Raile la acompañó hasta la chimenea y le cogió el manguito, dejándolo sobre la silla.
—Fue una loca con la intención de utilizarte para hacerme daño.
—¿Tu madrastra? —inquirió Gabrielle.
—¿Por qué dirías que fue ella?
—Porque la señora DeWinter vino a verme después de... tu boda. Era obvio que te odiaba y me pareció que quería que, de algún modo, la ayudara a hacerte daño.
—Pero ¿tú la ayudaste?
—Por supuesto que no, Raile. Nunca haría eso, aunque a veces lo he deseado.
Él se sintió responsable de la humillación que estaba sufriendo.
—¿Estás bien, Gabrielle?
—No, Raile. —Esbozó una sonrisa, tratando de disimular lo mucho que sufría sin él—. Hasta ahora he sido incapaz de trabajar. He dejado la escena y me he mudado a un lugar más pequeño fuera de Londres. He estado pensando en volver a Francia.
Raile se sentía obigado a ayudarla. Era evidente que ella no tenía dinero y, además, Lavinia la había manipulado maliciosamente.

De vuelta a los establos, Kassidy vio el carruaje y se preguntó quién había venido. Seguida de Elsphet, abrió la puerta y tendió su capa a Ambrose.

—¿Tenemos visitas, Ambrose? —preguntó.

—Sí, excelencia —respondió Ambrose, ignorando que iba a cometer un error—. Es la señora Gabrielle Candeur. Está en el salón con su excelencia.

Kassidy se dirigió de inmediato allí. ¡Cómo se atrevía Raile a invitar a su amante al castillo de Ravenworth!

Kassidy se quedó en el umbral de la puerta, observando a Raile abrazar a la actriz. Sintió una punzada en el corazón al oír que le decía:

—Dispondré que vuelvas a la casa de la calle Action. De hecho, te la regalé y podrás hacer lo que quieras con ella. Envíame las facturas y me ocuparé de pagarla.

—Oh, Raile —dijo Gabrielle—, eres tan bueno conmigo...

Kassidy no deseó escuchar más. Se volvió y vio la compasiva mirada de Elsphet. En silencio, la sirvienta la ayudó a subir las escaleras.

—No digas a mi marido que lo he visto con esa mujer —le ordenó.

—¿Quién es? —preguntó Elsphet.

Kassidy entró en el dormitorio y se sentó en el borde de la cama.

—Una actriz, Gabrielle Candeur. Es la amante de Raile. Pensé que la había dejado hace tiempo, pero estaba equivocada.

Elsphet conocía al duque lo bastante bien para estar segura de que jamás traería a su amante al castillo mientras estaba tan preocupado por la salud de Kassidy.

—Respeto a su excelencia. No es un hombre que aceptara a una amante bajo el mismo techo que su esposa embarazada. Debe de haber alguna explicación, excelencia.

Kassidy se tumbó en la cama, observando el cabezal.

Se sentía herida y traicionada. Aunque Raile no la amara, creía que la respetaría. Lo que hoy había visto no era propio de un hombre de honor.

—No puedes negar que la has visto entre sus brazos.

Elsphet asintió, sintiendo el dolor de su señora en su propio corazón.

—Es cierto, no puedo negarlo.

—¿No lo has oído ofrecerle una casa y pagar sus facturas?

—Sí.

—No hay más que añadir.

—Deberías hablar con su excelencia sobre esto. Estoy segura de que tenía un motivo para hacer venir a esa mujer. Quizá no sabía que venía.

Kassidy se levantó y miró a Elsphet.

—¿Se te ocurre algún motivo para que estuviera en sus brazos?

—Sólo uno, excelencia... —respondió la sirvienta con la misma honestidad de siempre.

—Así es... —dijo Kassidy, sintiendo un profundo dolor en el corazón.

Raile entró sigilosamente en el dormitorio. Pensó que Kassidy estaba dormida, así que se acercó a la cama con cuidado. Esperaba encontrarla en su cama, pero Elsphet le informó de que Kassidy dormiría en su propia habitación. Él no había cenado con ella porque le había dicho que se acostaría temprano.

—Raile —susurró Kassidy—. Esta semana no he dormido bien y estoy tan cansada que te impediría dormir. He decidido pasar la noche en mi habitación.

Se alegró de que estuviera oscuro y que él no pudiera ver las lágrimas en sus ojos.

—¿Cómo van tus pesadillas?

—Me he propuesto luchar en firme contra ellas. He conseguido apartar de mí todas esas tonterías.

Raile sintió cierta frialdad en su voz e intuyó el motivo de su preocupación.

—Has visto a Gabrielle Candeur, ¿verdad, Kassidy?

Ella guardó silencio un momento.

—Sí. Os he visto juntos.

Sentándose en la cama, le cogió la mano, pero ella la apartó.

—No es lo que piensas, Kassidy...

—No me importa lo que hagáis tú y tu amante, Raile —lo interrumpió—. Sólo te pido que te encuentres con ella en otro lugar. Me he sentido muy humillada.

—¡Maldita sea, Kassidy, no es lo que piensas! —insistió Raile.

Ella le dio la espalda y dijo con voz temblorosa:

—Por favor, déjame sola, Raile. Estoy muy cansada.

Él deseaba abrazarla y justificarse, pero no osó molestarla más. Decidió contarle lo de la carta a la mañana siguiente.

—Dejaré la puerta abierta por si me necesitas.

Kassidy no respondió y él se dirigió a su habitación, que parecía fría y vacía sin ella. Se quitó la camisa y los pantalones y se tumbó en la cama. Se había acostumbrado a tener a Kassidy junto a él. Cogió el almohadón y lo colocó bajo su cabeza, oliendo el dulce aroma que aún desprendía.

No pudo evitar sonreír. Kassidy formaba parte de su vida, no podía imaginarse sin ella. Lo había convertido en un marido, la clase de hombre que siempre había despreciado en el pasado, pero no deseaba otra cosa que complacer a su esposa.

Recordó haber dicho que nunca la amaría, sin embargo la amaba desesperadamente.

De pronto, su deseo de tener un hijo quedó ensombrecido por el deseo de tener a Kassidy con él... La hubiera amado aunque no hubiera podido darle ese hijo.

Estaba dispuesto a hacer cualquier cosa para que comprendiera lo que había sucedido.

34

Oliver despertó a Raile con gran agitación.

—Su excelencia, Atkins dice que acuda al establo cuanto antes.

Raile se levantó y meneó la cabeza para despejarse. Oliver nunca lo despertaría sin un motivo importante.

—¿Ha dicho de qué se trata?

—Atkins está horrorizado. Es uno de los caballos, excelencia.

Raile se vistió rápidamente y bajó al pasillo siguiendo a Oliver. Cuando llegaron al establo, encontraron a Atkins en la puerta.

—Es la preciada yegua árabe, excelencia. La que estaba a punto de parir.

—¿Qué le sucede?

Atkins parecía abochornado.

—Ha sido por mi culpa. No pensé que podría ocurrir. Debí haber tenido más cuidado.

—¡Dime qué ha pasado, Atkins! --exigió Raile.

—Le han cortado el cuello, excelencia, han extirpado a la cría y también la han degollado.

Atkins tragó saliva, con los ojos desorbitados.

—Oí que la yegua se quejaba. Me vestí y vine al establo, pero ya era demasiado tarde.

El mozo de cuadra cerró los ojos por un momento, como tratando de olvidar lo sucedido.

—¿Quién puede haber hecho esto, excelencia?

Raile se encaminó al compartimiento de la yegua mientras Atkins lo iluminaba con una antorcha. Vio un espeluznante espectáculo y se sintió mareado. ¿Cómo alguien era capaz de destruir a un animal tan hermoso?

Raile entrecerró los ojos, enfurecido.

—Por Dios, alguien tendrá que pagar por esto. Descubriré quién ha sido y, cuando lo atrape, se arrepentirá de lo que ha hecho esta noche.

Atkins entregó a Raile una nota salpicada de sangre.

—Creo que esto le ayudará a entender, excelencia. Estaba clavada en la puerta con el mismo cuchillo con el que asesinaron a la yegua y al potro.

Raile leyó la nota manchada de sangre. Antes de terminar, ya sabía de quién se trataba.

> De este modo tan sencillo puedo acabar con tu mujer y tu hijo. No podrás detenerme, nadie podrá hacerlo.

Raile arrugó la nota con el puño.

—Atkins, ¿has visto a alguien sospechoso rondar por aquí?

—No, excelencia... a nadie.

—Quiero que reúnas a diez hombres de confianza del pueblo. Que vigilen el castillo y los alrededores día y noche. Que no se permita la entrada a nadie que no se identifique. ¿Está claro?

—¿Cree que la señora DeWinter es la responsable? — preguntó Atkins.

—Sé que lo es. Es peligrosa y va por la duquesa.

—Puede contar conmigo, excelencia —dijo Atkins con decisión.

Raile asintió, mirando a la yegua muerta.

—Espero que se encargue de que esto no vuelva a suceder.

Atkins bajó la cabeza, avergonzado.

—No volverá a ocurrir, excelencia.

—Quiero que dispongan mi carruaje a la salida del sol. Iré a Londres. No deseo abandonar en este momento a la duquesa, pero debo informar a las autoridades del delito de mi madrastra. —A la luz de la antorcha, su mirada se endureció—. También deseo ocuparme del futuro de mi esposa y mi hijo por si me ocurre algo.

Oliver y Atkins se miraron en silencio.

—Que nadie hable de lo que ha sucedido esta noche, ¿de acuerdo? dijo Raile.

De inmediato, Oliver y Atkins asintieron.

A la mañana siguiente Kassidy intuyó que había ocurrido algo. No era por lo que se decía, sino por las miradas acechantes y los susurros acallados a sus espaldas.

Cuando supo que Raile se había marchado a Londres sin comunicárselo, creyó que tenía algo que ver con Gabrielle Candeur, por lo que todos se lamentaban de su suerte.

Kassidy volvió a la habitación, preguntándose cómo transcurrirían las semanas hasta que diera a luz. Lo único que la hacía feliz era Arrian, de modo que pasaba la mayor parte del tiempo con ella para no pensar en sí misma.

Pasaron tres días y Raile no volvía. Cuando llegó, sorprendió a Kassidy, que estaba sentada junto a la ventana de la habitación de la niña, leyendo a Arrian.

—¿Cómo están mis niñas preferidas? —preguntó.

Arrian saltó del regazo de Kassidy y corrió a los brazos de Raile, riendo y besándole en la mejilla.

Kassidy apartó el libro.

—Vas y vienes tan rápidamente, excelencia, que una se pregunta cómo puede servirte el pobre Oliver.

Elsphet miró con simpatía a Raile.

—Lamento el motivo que me llevó a Londres, pero no podía evitarlo.

Kassidy pasó frente a él y se dirigió al pasillo. Raile entregó a la niña al ama de cría y siguió a su esposa.

—Sé por qué has ido a Londres. De lo contrario sería idiota, Raile.

—Maldita sea, Kassidy, ¿me acusas antes de escucharme?

Ella le miró fijamente y dijo:

—Tú mismo te acusas, Raile. Haz lo que quieras, pero déjame en paz.

Raile sólo pudo ver cómo se marchaba. Cuando entró en su dormitorio y cerró la puerta tras ella, reprimió sus deseos de seguirla. Sabía que la visita de Gabrielle la había humillado y entendía cómo había llegado a esa conclusión equivocada. Quizá debía contarle la última fechoría de Lavinia, pero temió que eso la aturdiera aún más. Era un marido novato, y no le resultaba fácil saber qué era lo adecuado.

Raile se dirigió al establo, ensilló su caballo y cabalgó hacia el pueblo. Como Kassidy estaba embarazada y no podía ir a Ravenworth, él ayudaba a los aldeanos en la fábrica de porcelana. La porcelana de Ravenworth tenía una gran demanda y el pueblo estaba prosperando.

Espoleando a su caballo, cabalgó por el húmedo terreno. Kassidy se había convertido en la persona más importante de su vida. Había cambiado sus convicciones y atemperado sus ambiciones. Y aún más importante, le había dado la familia que siempre había anhelado.

Sin embargo, Lavinia quería verla muerta y no se detendría ante nada.

Lavinia había conseguido formar parte del pueblo de Ravenworth. A menudo llevaba el queso del granjero a la ciudad para que pudiera transportarse a Londres.

Estaba harta de escuchar a los aldeanos elogiar las virtudes de su preciosa duquesa y de cómo había traído la prosperidad al pueblo. Sin embargo, aún odiaba más que mencionaran a Raile.

Tras pensar detenidamente en cómo herirlo, había dado con el plan perfecto. Le destrozaría el corazón y lo destruiría acabando con su mujer y el niño que había engendrado.

Tenía que hacerlo antes de que naciera el niño. Raile estaba preocupado. Con qué facilidad se había burlado de él al infiltrarse entre los hombres que vigilaban la entrada del castillo, degollando a su mejor yegua y su potro. Después de terminar el trabajo, se había marchado sin ser vista, para volver luego al pueblo.

De repente, Lavinia vio una silueta familiar cabalgando por la calle y volvió la cabeza, fingiendo mirar el escaparate de una tienda. Raile DeWinter pasó de largo sin dirigirle una sola mirada.

Los labios de Lavinia esbozaron una siniestra sonrisa. Había esperado con paciencia la llegada de aquel día. Por fin, había convencido a Thomas Creag de que la dejara acompañarle al castillo de Ravenworth.

Caminando en silencio junto al carro, cruzaron el portal que conducía al interior del castillo. El guarda de la entrada se limitó a indicarles que pasaran, sin prestar atención al granjero Creag y a la vieja campesina que cargaba queso sobre su espalda.

El destartalado carro chirrió sobre los adoquines del camino dirigiéndose hacia la puerta de la cocina.

Lavinia esbozó una sonrisa llena de júbilo en cuanto el carro se detuvo y la cocinera indicó que entraran.

—Adelante vieja, no te demores. Trae el queso, lo necesito.

Lavinia mantuvo la cabeza baja mientras subía los

escalones de la cocina. ¡Había entrado en el castillo!

Kassidy, sentada a la mesa del comedor, contemplaba la comida mientras Raile la observaba con inquietud.

—¿Te resulta tan aburrido comer conmigo, Kassidy?

—Por supuesto que no, Raile, pero no tengo hambre. —Alzó los ojos para mirarlo—. No hay motivo para preocuparse, pero me canso con facilidad.

Raile pensó que estaba pálida, pero el doctor le había asegurado que disfrutaba de buena salud. Ya no sonreía, y la mayor parte del tiempo estaba en su dormitorio o en el de Arrian.

—Kassidy, eres simpática con los sirvientes y con la gente del pueblo. ¿Por qué nunca me demuestras la más mínima consideración?

Ella no supo qué responder. Sin duda sabía que seguía enfadada con él.

—Nunca he sido desagradable contigo, Raile.

—Es cierto, pero...

—¿Qué esperas de mí? —le preguntó.

Él apartó el plato y la miró durante un rato.

—Espero que des a luz un hijo sano —dijo por fin—. Eso es todo.

Kassidy entornó los ojos.

—Haré lo que pueda, excelencia.

—No sé qué hacer contigo, Kassidy. Quizá después de que nazca el niño podamos...

Ella se levantó, dejándolo con la palabra en la boca.

—Cuando nazca el niño, habré cumplido mi parte del trato y seré libre de marcharme. —Sintió un dolor en la garganta por la idea de abandonar a su hijo. Pero no lloraría... no le daría a Raile esa satisfacción.

—Kassidy...

Ella salió presurosamente de la sala y se dirigió al

jardín, demasiado confusa para darse cuenta de que los tulipanes habían florecido. Permaneció allí hasta que el sol le sosegó el espíritu.

¿Por qué iba a importarle que Raile no la amara?, se preguntó. ¿Sería capaz de dar a luz al niño y marcharse a Londres? Reprimiendo un sollozo, se dio cuenta de que le gustaría vivir toda su vida en Ravenworth y ser feliz con Raile.

Con un profundo suspiro, volvió a entrar y subió lentamente por las escaleras hacia su dormitorio, apoyándose en el pasamanos. Durante toda la mañana le dolía la espalda, y ahora el dolor había pasado al estómago. Era demasiado pronto para que naciera el bebé, así que pensó que si se tumbaba cesaría el dolor.

Cuando llegó al primer piso, se detuvo un instante para recuperar el aliento.

—Su excelencia —dijo una sirviente—. El duque pregunta si desea reunirse con él en la torre. Quiere mostrarle algo.

Kassidy se volvió hacia la mujer.

—No te había visto antes. Debes de ser nueva.

—Me llamo Betty Daniels. Trabajo en la cocina, excelencia. El cocinero me ha mandado llevar la comida a los trabajadores de la torre, donde estaba el duque, y me ha enviado a buscarla.

—No sabía que hoy estuvieran trabajando en la torre —dijo Kassidy, enfrentándose a la idea de subir las escaleras. Asintió a la mujer—. Gracias, Betty. Ahora vuelve a la cocina. Puedo ir sola a la torre.

—Si le place, el duque ha dicho que la acompañe. Dice que no quiere que vaya sola.

—Como quiera. No me siento bien, quizá me apoye en ti.

Lavinia apenas podía contener su euforia. Con qué facilidad había caído en su trampa.

—Sí, excelencia —dijo, sonriendo—, apóyese en mí. La ayudaré.

Kassidy nunca había estado en la torre. Raile había prohibido a todo el mundo que fuera allí hasta que terminaran las obras, insistiendo en que era muy peligroso.

Kassidy, una vez pasado el tercer piso, tuvo que detenerse para respirar.

—Quizá hoy no me convenga ir a la torre.

—Queda poco, su excelencia —la animó Lavinia.

Llegaron a unas escaleras tran estrechas que sólo podía pasar una persona.

—Vaya usted delante, excelencia, yo la seguiré.

Kassidy se dio cuenta de su error a medio camino y sintió un fuerte dolor en el vientre. Se detuvo, apoyándose contra la pared y tratando de recuperar el aliento. El dolor aumentaba y se agarró desesperadamente a la barandilla de hierro. Tenía la frente empapada en sudor y se sintió mareada.

—Sólo unos cuantos escalones más, excelencia.

Kassidy subió lentamente hasta llegar a lo alto. Caminando por una superficie más amplia, observó que aquella parte de la torre había sido destruida para rehacerla. Contempló el cielo a través del enorme agujero.

Sintiendo vértigo, apoyó la espalda contra el muro.

—Nunca pensé que fuera tan alto. No me siento bien. —Buscó a Raile, pero allí no había nadie más que ella y la sirvienta, Betty.

—¿Dónde está mi marido?

—Estoy segura de que no tardará mucho. —Lavinia se acercó a Kassidy y permaneció en el borde del andamio que asomaba el vacío—. Mire, excelencia, ¿ha visto el paisaje desde aquí? Se pueden ver todos los alrededores.

Kassidy negó con la cabeza.

—No, gracias. Esperaré aquí a mi marido. Quizá

podría ir a buscarlo y decirle que venga enseguida. No me siento bien.

Lavinia miró el pálido rostro de Kassidy.

—¿Es por el niño?

—Sí, creo que sí. Por favor, apresúrese.

Lavinia cogió la mano de Kassidy y la empujó.

—La ayudaré a sentarse. Acérquese un poco más. Así... Apóyese en mí.

—No —repuso Kassidy, tratando de apartarse de la mujer—. No quiero acercarme al borde. Me quedaré aquí hasta que llegue mi marido.

Los ojos de Lavinia brillaron de locura.

—Me temo que no vendrá, querida. En realidad, nadie vendrá a ayudarte.

Kassidy forcejeó cuando la mujer la empujó al borde del andamio.

—¿Qué estás haciendo? —exclamó, aterrorizada.

Lavinia rió maliciosamente y el eco de sus malvadas carcajadas resonaron en la torre.

—Deberías saber quién soy. Piénsalo, excelencia. ¿No adivinas por qué te he traído aquí?

Kassidy se estremeció de pánico. Tenía que ser la madrastra de Raile... la mujer que la encerró en Newgate.

—Eres... Lavinia DeWinter... pero no sé por qué estás haciendo esto.

—He estado esperando y planeando este día durante mucho tiempo. Es una pena que el pobre Raile no sea testigo de tu muerte.

—No, no, por favor. ¡Piense en el niño! —rogó Kassidy, llevándose la mano al vientre. El pánico le recorrió el cuerpo y supo que el hijo de Raile iba a nacer. Alzó la mano implorando a la mujer—. Señora DeWinter, por favor, piense en el bebé. No puede desear la muerte de un niño inocente.

—Eso es exactamente lo que quiero. Raile no tendrá un heredero que impida a mi hijo ocupar su lugar.

Lavinia agarró las muñecas de Kassidy y la empujó hacia el vacío.

Kassidy forcejeó y luchó tratando de escapar, pero fue inútil. Lavinia la estaba arrastrando cada vez más cerca del andamio, que sobresalía de la ventana arqueada.

No había salida.

—¿Ha valido la pena la pasión que Raile te ha dado en la cama? —Se mofó Lavinia—. Raile, siempre tan arrogante, tan seguro de sí mismo... Las mujeres lo adoran y él las aparta cruelmente. Yo podía haberlo amado, pero él nunca se dignó mirarme.

Lavinia abofeteó a Kassidy, que cayó en el borde del andamio. Cerró los ojos para evitar mirar.

—Mi mayor esperanza era presenciar el tormento de Raile cuando aquello que más ama en este mundo yazca inerte ante él.

Kassidy perdió el equilibrio, pero se agarró a una fina cuerda con todas sus fuerzas.

—Sólo quiero que sepas que no tengo nada contra ti —Lavinia parecía disfrutar torturando a Kassidy—. Pero te has interpuesto en mi camino y... tienes que morir.

Kassidy alzó la cabeza y observó a la mujer que le había causado tanto dolor.

—Estás loca.

—Es posible, pero eso a ti no te importa, ¿verdad? —Lavinia se acercó a Kassidy—. Todo acabará dentro de un momento. No pienses en el dolor.

35

Thomas Creag había descargado el carro y buscaba, enojado, a Betty Daniels.

—¿Has visto a la mujer que me acompañaba? —preguntó a la cocinera—. No me ha ayudado a descargar.

La cocinera miró al señor Creag con indiferencia y preguntó:

—¿Es responsabilidad mía? Será mejor que la encuentres y te marches de una vez. Últimamente su excelencia no quiere que nadie ajeno al castillo ronde por aquí.

—He visto al guarda en la verja. ¿Qué sucede?

—No puedo decirlo con seguridad. Los sirvientes de la casa lo saben, pero no nos informan de nada. Lo único que puedo decir es que una mujer está acechando a la duquesa. Nos han dicho que vigilemos a toda mujer que ronde por aquí. —El rostro de la cocinera empalideció e inquirió—: ¿Has dicho que no encontrabas a tu sirvienta?

—Ella no puede ser la mujer que buscáis. Ha estado trabajando conmigo durante quince días.

—Eso no significa que la conozcas bien —puntualizó la cocinera, secándose las manos en el delantal—. Será mejor que la encuentres de inmediato.

—Ya te lo he dicho, esa mujer no haría daño a nadie. Incluso cuida de mis niños.

La cocinera empujó a Thomas Creag contra la puerta.

—¡Búscala en el patio y yo haré que la busquen en el interior!

Antes de que la cocinera reuniera a los sirvientes, Thomas Creag volvió a la cocina y exclamó, horrorizado:

—¡Llama al duque...! ¡La torre..., rápido!

Kassidy sintió que el andamio se hundía cuando Lavinia la empujó desde la parte interior de la torre.

La frenética risa de Lavinia heló la sangre de Kassidy.

—Al parecer, me han descubierto. Tu marido no tardará en venir a rescatarte. —Jugueteó con varias de las cuerdas que aseguraban el andamio—. Esperaré a que venga para cortar las cuerdas.

—Por favor, no lo hagas —rogó Kassidy—. Tienes un hijo, de modo que sabes cuánto amo al mío.

Lavinia extrajo un cuchillo de los pliegues de su vestido y cortó dos de las siete cuerdas que aseguraban el andamio. Éste se balanceó peligrosamente, mientras Kassidy se agarraba a él para no caer.

—Qué hilos tan frágiles te mantienen con vida, ¿no te parece, excelencia? Cuando corte los demás, morirás.

Kassidy apretó los labios para evitar gritar. No le daría a la mujer la satisfacción que parecía obtener torturándola.

—Adelante... haz lo que tengas que hacer.

Por un momento, la mirada de Lavinia expresó un respeto rencoroso.

—Debiste haber sido la mujer de mi hijo en lugar de la de Raile. Hubieras sido digna de él.

Oyeron pisadas en las escaleras... Ambas supieron que era Raile.

—Mi deseo se hará realidad. —Lavinia reía, fuera de sí—. Raile será testigo de tu muerte. ¡No te acerques tanto, Raile! Si lo haces, cortaré las cuerdas y tu mujer caerá hacia la muerte —dijo al ver al duque.

Raile observó a Kassidy tratando de mantener el equilibrio. Sabía que si se acercaba a Lavinia, ésta cumpliría su amenaza y cortaría las cuerdas. Cuando Kassidy perdió el equilibrio, el corazón de Raile palpitó con fuerza mientras ella se agarraba al andamio en el último instante.

Kassidy estaba a punto de caer al vacío.

—¡Kassidy! —exclamó Raile, sintiéndose impotente—. ¡Aguanta, mi amor! ¡No te sueltes!

Kassidy sintió un intenso dolor y dijo:

—Raile, lo siento. No puedo aguantar más... no puedo. ¡El niño...!

Raile avanzó hacia ella, pero cuando Lavinia amenazó con cortar las cuerdas, Raile se detuvo, observando el balanceo del andamio.

—No lo hagas, Lavinia. Mi mujer no te ha hecho nada. Es a mí a quien quieres. Déjala ir.

—¿Te duele tanto como si estuvieran arrancándote las entrañas, Raile? —preguntó Lavinia, mirándole a la cara para ver la evidencia de su sufrimiento.

—¡Sí, maldita seas! Me siento como en el infierno, si eso es lo que quieres.

Eufórica, Lavinia contempló el rostro de Raile.

—¿Ver a la mujer que amas luchando por su vida e incluso por la vida de tu hijo es más de lo que puedes soportar? ¿Qué vendrá antes, Raile? ¿La caída o el bebé? ¿Cuánto crees que podrá soportarlo? ¿Ves cómo la sangre de su vida se derrama en los adoquines del patio?

—Deja que me ponga en su lugar, Lavinia. Luego podrás hacer conmigo lo que quieras. —Aunque estaba suplicando a su madrastra, tenía que hacer todo lo posible por salvar a Kassidy.

La mirada de Lavinia se endureció.

—¿Crees que soy idiota? No quiero que mueras, Raile... aún no. Quiero que vivas atormentado, que llores por las noches porque viste el cuerpo destrozado de la mujer que amaste.

Kassidy miró a Raile y quiso gritar por la agonía que percibió en sus ojos. Era un hombre tan orgulloso que debía de dolerle mucho estar en manos de Lavinia. Quería decirle muchas cosas, pero se le estaban acabando las fuerzas y lo único que podía hacer era seguir luchando por no caer.

Raile no se percató de la llegada de su hermano hasta que Hugh habló.

—Deja que me ocupe de esto, Raile —dijo Hugh—. Apártate.

Raile dudaba de las intenciones de Hugh, así que se interpuso en su camino.

—Yo me ocuparé de tu madre, Hugh.

—No seas estúpido, Raile. Ha perdido la razón. Sólo yo sé cómo tratarla. —Hugh observó la agonizante indecisión de Raile y agregó—: No me importa lo que pienses de mí, hermano, pero yo no te haría daño, ni a ti ni a las personas que amas.

Raile se apartó, desesperado.

—Tengo que confiar en ti, Hugh. No sé cuánto tiempo podrá aguantar Kassidy... Apresúrate.

Los hermanos intercambiaron sendas miradas y, en ese momento, ambos supieron lo que tenían que hacer.

—No permitiré que haga daño a tu esposa, Raile.

Lavinia vio a Hugh y sonrió.

—Llegas justo a tiempo de presenciar nuestro triunfo, hijo mío. Ven, a mi lado.

De reojo, Hugh vio a Kassidy forcejeando... no podría aguantar mucho más.

—Sabías que vendría, madre —dijo suavemente—. Te he buscado por todas partes, pero no he podido encontrarte. —Le hablaba como si fuera un niño mientras avanzaba hacia ella—. Cuando has llegado, no te he reconocido.

—Hago esto por ti, Hugh. Maté a John por ti. —Miró a Raile—. Tendrás que admitir que fue muy inteligente hacer que la actriz viniera al castillo de Ravenworth. Apuesto a que te creó problemas, Raile.

Hugh se acercó más a Lavinia.

—Entrégame el cuchillo, madre.

—Sí, tú puedes cortar la cuerda. —Cuando se disponía a dárselo, dijo—: Pero no sé si puedo confiar en ti. Nunca quisiste ocupar el lugar de Raile. Siempre sentiste una admiración hacia él que yo jamás pude entender, aunque lo intenté.

—Vamos, madre, dame el cuchillo y nos marcharemos juntos.

—No. —Lavinia se volvió y cortó las cuerdas restantes. El andamio se tambaleó y Kassidy se deslizó aún más hacia el borde.

Hugh se precipitó sobre su madre y ambos cayeron al vacío.

Kassidy gritó cuando oyó sus cuerpos impactar sobre los adoquines. En el momento en que se soltó, Raile agarró su mano y la levantó. Luego la abrazó, besándole los párpados, las mejillas, la boca.

—Querida —susurró—, todo ha terminado. Ahora estás a salvo...

Kassidy apoyó la cabeza en su hombro al sentir las contracciones.

—El niño, Raile.

Él la levantó cuidadosamente en brazos y bajaron por las escaleras, donde se encontraron con los sirvientes, expectantes.

Oliver y Elsphet abrieron las puertas a Raile. Al llegar al dormitorio de Kassidy, Raile la colocó en la cama y se sentó junto a ella.

—Elsphet, ayúdala —dijo Raile, mirando a la sirvienta—. El niño...

Elsphet asintió antes de apresurarse hacia las escaleras en busca de agua caliente y vendajes.

—Ve lo más rápido que puedas a buscar al doctor

—ordenó Raile a Oliver—. Envía a alguien al pueblo a buscar a la comadrona para que nos ayude hasta que llegue el médico.

Kassidy se retorcía de dolor. Se mordía el labio inferior para no gritar.

—Es demasiado tarde... para... el médico, Raile. —Tenía la mirada resignada—. ¿Moriré en el parto como mi hermana, Raile?

—Kassidy, no digas tonterías. Coge mi mano. Te ayudaré.

Le agarró con fuerza la mano.

—Tienes que prometerme algo, Raile. —Sonrió con tristeza, consciente de lo que Abigail había sentido en los últimos momentos.

—Cualquier cosa, Kassidy.

—Si... no sobrevivo, deja que nuestro hijo y Arrian pasen algún tiempo con tía Mary. Quiero que la conozcan y la quieran tanto como yo.

—No te pasará nada. No lo permitiré.

Kassidy vio la incertidumbre reflejada en sus ojos marrones.

—No te aflijas, Raile.

De pronto, sintió otra contracción y se retorció de dolor.

Lo único que Raile podía hacer era cogerle de la mano, deseando ser él quien sufriera.

—El bebé... es demasiado pronto, Raile —sollozó y luego perdió la conciencia.

Raile se arrodilló, cogiéndola con fuerza.

—No me importa el niño, Kassidy —lloró—, sólo me importas tú.

Kassidy no escuchó la declaración de amor de Raile, ni siquiera volvió a sentir la primera contracción. Estaba en el umbral entre la vida y la muerte.

Elsphet volvió y se quedó atónita al ver las lágrimas del duque.

—No puedo perderla ahora, Elsphet... no puedo.

—Vamos, excelencia, —dijo, tratando de animarlo —. Tengo cierta experiencia en partos. Está agotada de miedo y dolor.

—Ayúdala —dijo Raile, llevándose la mano de Kassidy a los labios—. No he cuidado bien de ella, ¿verdad, Elsphet?

La sirvienta le golpeó en el hombro.

—Tendrá que dejarme sitio para que pueda trabajar, excelencia.

Raile soltó dubitativamente la mano de Kassidy y se levantó.

—Ruega a Dios que viva.

—Lo haré, excelencia. Kassidy tiene carácter y esto no podrá acabar con ella.

El pesar cayó sobre el castillo de Ravenworth. Recogieron los cuerpos de Hugh y Lavinia. Hugh yacía en la iglesia del castillo, donde se le despediría religiosamente, mientras que a Lavinia se la llevaron al pueblo para enterrarla rápidamente.

La atmósfera del castillo era opresiva mientras todos los sirvientes esperaban noticias de la joven duquesa. Los sirvientes hablaban entre susurros mientras llevaban a cabo su trabajo.

Cuando la noticia de lo que le había sucedido a la duquesa en el castillo llegó al pueblo, hombres, mujeres y niños se reunieron en el patio. Pasarían allí la noche. Se pronunciaron muchas oraciones por la mujer que habían llegado a querer.

Cuando el doctor Worthington llegó, el niño aún no había nacido. Raile permaneció a los pies de la cama contemplando la palidez de Kassidy.

—Doctor, no podrá soportar mucho más.

—Ha tenido una experiencia aterradora. Pero es una mujer fuerte aseguró a Raile.

—¿Y el bebé?

—El niño nacerá en las próximas horas.

—Su hermana murió tras un parto muy largo —intervino Elsphet.

El doctor Worthington levantó los párpados de Kassidy y le apretó el vientre con la mano.

—Está tardando mucho, pero a veces sucede. Haré todo lo posible.

Raile permaneció en la ventana de su dormitorio, observando el cielo de la noche. Se dirigió muchas veces a la puerta que conectaba con la habitación de Kassidy y esperó allí.

Oliver le trajo la cena, pero Raile se negó a comer. ¿Cómo podía comer mientras Kassidy estaba tan cerca de la muerte? Abrió la ventana para respirar aire fresco. Posado sobre las ramas del roble, había un ruiseñor. Pero su canto era silencioso, y cuando Raile quizo alcanzarlo, el pájaro batió las alas y desapareció entre las nubes.

—Va a morir, Oliver. Lo sé.

El mayordomo nunca había visto a Raile en aquel estado, ni siquiera cuando cayó herido en la batalla de Waterloo.

—Sin duda Dios no la apartará de vos, excelencia... de nadie de nosotros.

Raile se volvió y miró a Oliver.

—Sientes afecto hacia ella, ¿verdad?

—No conozco a nadie que no lo sienta, excelencia. Desde el primer momento en que la vi me pareció excepcional.

Raile se inclinó hacia la ventana, recordando la primera vez que Kassidy había venido al castillo de Ravenworth.

—Al principio, no la valoré, y ahora puede que sea demasiado tarde.

—Será mejor pensar que se pondrá bien, excelencia. —Oliver vertió agua en una palangana y tendió una toalla a Raile—. No tardará mucho en ser padre.

En ese momento, ambos oyeron un grito... El ruiseñor había vuelto a posarse en una rama del roble.

36

Raile respiró profundamente un poco de aire fresco. No necesitó que nadie le dijera que había tenido un hijo. Al igual que Kassidy, siempre había intuido que sería un niño.

Sin embargo, se apoderó de él una profunda pena... Sabía que Kassidy estaba muerta. ¿Cómo podría vivir sin ella?

Haciendo caso omiso de la agonía del duque, Oliver sonreía.

—Felicidades, excelencia.

Raile se dirigió hacia la puerta contigua y la abrió. Pudo ver al doctor inclinado sobre Kassidy. La cama estaba cubierta de sangre.

Lady Mary se acercó a Raile con el bebé en brazos.

—Tienes un hijo, Raile. Está sano y es fuerte, y se parece a ti.

Raile contempló el rostro enrojecido de su hijo y pensó que, en aquel momento, no sentía nada hacia el niño que había engendrado. Sólo podía fijar la mirada en Kassidy, que yacía inmóvil.

—Está muy débil, Raile —dijo lady Mary—. ¿Por qué no vienes conmigo a sentarte un rato mientras el doctor hace lo que puede por ella? Quizá quieras coger a tu hijo.

—Aún no —repuso sin dejar de mirar a Kassidy—. ¿Vivirá doctor?

—Haré todo lo posible, excelencia.

Raile abandonó la habitación y recorrió el largo pasillo. Subió por las escaleras y se dirigió a la torre. Se detuvo ante la ventana arqueada, donde por la mañana se había librado una batalla entre la vida y la muerte. Recordó cada uno de los agonizantes instantes. ¿Podía haber hecho algo más para salvar a Kassidy?

Lavinia estaba muerta y él no lo lamentaba. Hugh había demostrado tener una fuerza de carácter insospechada. Su hermano podía no haber vivido una vida útil, pero había muerto con valentía. Dio su vida para salvar a Kassidy y al bebé, un sacrificio que Raile no esperaba. De pronto, se sintió culpable por no haberse preocupado antes por él. De haberlo hecho, quizá lo hubiese librado de Lavinia.

Raile hizo una reverencia con la cabeza y susurró una oración.

—Dios, ¿me has dado a Kassidy sólo para llevártela cuando más la necesito?

Observó los finos rayos de sol que surgieron en el cielo. Sonaron las campanadas de la iglesia, anunciando que los duques habían tenido un hijo.

El dueño del castillo y de cuantas tierras podían abarcarse con la vista, permaneció en silencio en lo alto de su mundo, sumido en las profundidades de la desesperación.

Kassidy despertó cuando la luz del sol invadió el dormitorio. Se sentía débil y casi no podía moverse.

—Kassidy —dijo lady Mary, cogiéndole la mano—, has dormido durante horas.

Los labios de Kassidy temblaron.

—He perdido el bebé, ¿verdad?

—Por supuesto que no. Tienes un hijo maravilloso. ¿Quieres que lo traiga?

Kassidy sintió un intenso júbilo y trató de incorporarse, pero su tía se lo impidió.

—No debes moverte. Traeré a tu hijo.

Kassidy cerró los ojos y agradeció a Dios que el bebé hubiera sobrevivido. Trató de no pensar en Lavinia y Hugh, quizá más tarde rezaría por ellos.

Lady Mary entró en la habitación y le mostró a su hijo.

—El doctor Worthington dice que aún no puedes cogerlo. Es guapo, ¿verdad?

Kassidy, sobrecogida, tocó la pequeña mano de su hijo. Tenía el pelo y los ojos negros.

—Se parece a Raile —dijo—. Oh, es tan guapo, tía Mary.

—Claro que lo es. Ahora este jovencito necesita comer, y tú también. Debes recuperar las fuerzas.

—¿Raile ha visto al niño?

Los ojos de lady Mary se ofuscaron.

—Está sufriendo mucho, Kassidy. Se culpa a sí mismo por lo que sucedió ayer.

—Pero él no tuvo la culpa.

—Dale tiempo. —Lady Mary se dirigió hacia la puerta—. Después de que el doctor confirmara que tú y el niño estabais bien, se marchó a Londres. Dijo que te comunicara que volvería en cuanto arreglara ciertos asuntos. También me pidió que te preguntara si accederías a llamar al niño Michael Donovan DeWinter, como su padre. Estará en casa para el bautizo. Dijo que te recordara que el niño ha heredado uno de los títulos inferiores de los DeWinter y que es un conde.

Kassidy sintió cierto dolor en su interior.

—Supongo que a Raile no le pareció necesario preguntarme él mismo por el nombre.

—A veces los hombres son difíciles de comprender,

Kassidy, pero creo que, cuando tienen problemas, aún se inhiben más.

Kassidy se preguntó si quizá Raile necesitaba el apoyo que Gabrielle Candeur podía darle, pero no se lo dijo a su tía.

Cada día Kassidy se sentía más fuerte y se contentaba con pasar las primeras horas con su nuevo hijo y Arrian. Ésta, por supuesto, creía que el pequeño Michael le pertenecía. Con él era posesiva y protectora, y Kassidy se deleitaba observándolos.

La tristeza por la muerte de Hugh disminuyó a medida que los soleados días bendecían las tierras de los alrededores de Ravenworth. Los campos estaban verdes, prometiendo una fructífera cosecha, pero el dueño del castillo de Ravenworth seguía ausente.

Kassidy estaba dando instrucciones a los trabajadores que colgaban los tapices de seda de la sala principal. Las mujeres del pueblo los habían reparado y limpiado para regalárselos a sus duques en demostración de su gratitud.

Kassidy se adelantó y examinó a la dama y al unicornio, que era su preferido.

—Elsphet, no se distinguen las reformas. Han hecho un trabajo maravilloso. La señorita Mayhew me dijo que había sido una tarea de amor. ¿No te parece encantador decir eso?

—Estoy seguro de que hablaba sinceramente. Todos ellos te adoran, Kassidy —dijo una voz profunda y familiar.

Kassidy se volvió y vio a Raile detrás de ella. El corazón le latió de excitación que se transformó en ira.

—Así que, su excelencia, ya ha vuelto a casa...

Él la recorrió con la mirada, pensando que nunca había estado tan encantadora.

—Sí —dijo por fin—. He vuelto a casa.

—¿Y has encontrado a la señorita Candeur con buenos ánimos?

A él se le dilataron las pupilas y respondió:

—Vi a Gabrielle, Kassidy. Te lo digo sólo porque has preguntado por ella y porque no quiero que nunca más vuelva a haber malentendidos entre nosotros.

Kassidy pensó que quizá no le dolería tanto si él se mostrase más honesto.

—¿Te gusta la tapicería, Raile?

—Mucho. Me han dicho que las enviaste a una aldeana, pero no esperaba volver a verlas tan relucientes. Me alegra de que estén reparadas. —La cogió por los hombros y se volvió para mirarla de frente—. Has puesto mi casa en orden, has cuidado de mi pueblo, y mis sirvientes te adoran.

—¿Olvidas que también te he dado al hijo que anhelabas?

—Sí, también has hecho eso.

—No te comprendo, Raile. Parecías desear un hijo desesperadamente y, cuando nació, te marchaste a Londres ignorándolo por completo.

—¿Estás castigándome, madame, por haber descuidado mi deber? —preguntó Raile.

Ella se sintió avergonzada y bajó la mirada.

—No me gustaría pensar así, Raile, pero quizá me he convertido en una esposa de mal genio.

Raile esbozó una sonrisa y dijo:

—Si mi destino es tener una esposa con mal genio, que así sea.

Ella se volvió y se dirigió al pequeño tapiz con la intención de examinarlo, aunque lo cierto era que sólo podía pensar en él. Todo su cuerpo sentía revivir cuando él estaba cerca.

—Anoche cené con tía Mary y tío George. Te mandan recuerdos.

—Anoche yo cené sola —comentó ella, sintiendo la ira hirviendo en su interior.

Él la cogió por el brazo y la condujo a lo largo del pasillo.

—Tengo algo que decirte, Kassidy. Creo que ha llegado el momento de que ambos hablemos de nuestro futuro.

Kassidy pensó que por fin había llegado la hora. Él tenía su hijo y ahora querría que ella se marchara para recuperar la libertad. En su interior sintió un profundo e insospechado dolor.

¿Confiaba realmente en que ella abandonaría a Michael? Ése había sido el trato, pero en ese momento ella no había pensado en el bebé ni en lo mucho que iba a quererlo. Abandonar a su marido y a su hijo le destrozaría el corazón.

Raile la hizo sentarse en el sillón, mientras él se apoyó en el borde de su mesa.

—Es hora de saldar cuentas, Raile. Sé de qué quieres hablar.

—¿Lo sabes, Kassidy? En ese caso quizá puedas ayudarme a decírtelo.

—Quizá prefieras empezar por la casa de Londres. Sé que dijiste que podía vivir allí, pero preferiría no hacerlo. Creo que me marcharé a otro país por una temporada.

Él se levantó y ella lo siguió con la mirada. Raile era todo lo que una mujer podía desear. Era generoso, simpático y atractivo. Podía seducirla con una sonrisa, o hacer que se le disparara el corazón con una mirada. Para ella era el campeón que la había ayudado cuando era una niña, el padre de su hijo y el marido que la había ayudado a desprenderse de las pesadillas nocturnas. Pero él nunca le había pertenecido, y ella debía dejarle marchar.

Raile llenó dos copas de coñac y ofreció una a Kassidy, pero ella negó con la cabeza. Él bebió un trago y se volvió hacia Kassidy.

—Lo necesito para enfrentarme a los próximos instantes.

—No hay nada de lo que debas preocuparte, Raile. Recuerdo muy bien el trato que hicimos antes de casarnos. Estoy dispuesta a mantener mi promesa.

Él la miró fijamente a los ojos como si buscara algo.

—¿Insinúas que eres capaz de abandonar a nuestro hijo?

Ella no lloraría, no le mostraría su debilidad, aunque sería muy doloroso abandonar a su hijo.

—Estoy dispuesta a mantener nuestro trato, Raile.

Él suspiró lentamente mientras el dolor por la pérdida le destrozaba el corazón.

—Esperaba que si me alejaba el tiempo suficiente, te sentirías unida al bebé y no serías capaz de abandonarlo.

Kassidy retorció la mano en el regazo.

—¿Lo dices para torturarme, Raile?

—Sé bastante sobre torturas, Kassidy.

—Por supuesto, Raile. Puedo imaginar lo que se siente al estar casado con alguien mientras se ama a otro.

Él parecía desconcertado, pero enseguida se recuperó y preguntó:

—¿Te refieres a mí?

—Sé lo que sientes por la señorita Candeur.

Él apretó las manos y las colocó sobre la mesa.

—Dudo que lo sepas, Kassidy. No mencioné el motivo por el que he visto a Gabrielle. Quizá debería haberlo hecho.

—No hay necesidad, Raile. Siempre he sabido lo que sentías.

—Kassidy, ¿oíste a Lavinia cuando se burló de mí sobre que Gabrielle viniera aquí?

—No.

—Lo comprendo, tenías otras ocupaciones. Verás, cuando Gabrielle vino a Ravenworth, creyó que yo la había mandado llamar. Recibió una carta que creyó que yo mismo había firmado.

—Oh... yo.

—Sí, Lavinia fue la autora de la carta.

—Pobre mujer. Estaba loca...

—En cuanto a Gabrielle, Kassidy —prosiguió Raile—, ese día lamenté que hubiera sido utilizada por Lavinia. Supongo que también me sentí culpable por haber terminado mi relación con Gabrielle después de que nos casáramos, de un modo algo cobarde. Dejé que se enterara por los demás de que me había casado contigo. No me enorgullezco de eso.

—¿Terminaste tu relación con ella después de nuestra boda? —Ella lo miró, sorprendida—. Creí que la amabas.

—No. Nunca la amé, Kassidy. Pero para que no haya confusión alguna, quiero que sepas que estoy pagando sus facturas y haciendo los preparativos para que vuelva a Francia. Es sólo compasión, Kassidy, nada más.

—Sí, sé que eres un hombre muy compasivo.

Él sonrió, y luego soltó una fuerte carcajada.

—Por mi arrogancia, te ofrecí compasión. Pensé que al casarme contigo te libraba de una vida solitaria, cuando lo cierto es que podías tener a todos los hombres que quisieras. ¿Podrás perdonar alguna vez esta idiotez?

Ella lo miró fijamente y dijo:

—Al parecer, has cumplido con tus deberes hacia todo el mundo, Raile. Me salvaste de una vida de soledad, salvaste a la señorita Candeur de la humillación, incluso salvaste a Arrian de ser huérfana. Eres poco menos que un santo.

Raile se dio cuenta de que no estaba siendo lo bastante explícito.

—Debes saber que he confirmado que Hugh y Abigail estaban casados y que, por tanto, Arrian tiene el derecho de apellidarse DeWinter.

—Bien, Raile, después de todo has ordenado perfectamente tu vida.

—No del todo, Kassidy —dijo con arrepentimiento—. No en lo que a ti se refiere.

—Yo soy tu esposa. Lo único que tienes que hacer es decirme qué deseas de mí, su excelencia, y yo cumpliré tu deseo.

Él elevó la mirada hacia el techo.

—Ojalá fuera cierto.

—Ningún hombre me controlará jamás, Raile. A estas alturas deberías saberlo.

Él recordó el día que Kassidy le había traído a Arrian al castillo y se había enfrentado a él.

—En esta habitación nos conocimos realmente, Kassidy. De haber sabido lo que me esperaba, me pregunto si hubiera huido de ti.

—Hubiera sido una buena idea, Raile, pero decir que nos conocimos en esta habitación no es del todo cierto, ¿verdad? Nos conocimos en el parque cuando yo era una niña.

—Así es, pero por aquel entonces eras tan joven...

—Y tú estabas tan triste...

—Y aún lo estoy, Kassidy.

—A no ser por nuestro hijo, hubiera sido mejor para ambos no habernos casado nunca —repuso Kassidy amargamente.

Raile parecía destrozado y, por un momento, se quedó en silencio, mientras se dirigía hacia ella y la obligaba a levantarse.

—Como sabes, Kassidy, al principio di poca importancia al matrimonio.

—Así es. Me casé contigo sabiendo que no siempre viviríamos juntos.

—Por favor, escucha lo que tengo que decir.

Ella lo miró, deseando que no pronunciara las palabras que le destrozarían el corazón.

—Muy bien, escucho.

—He llegado a creer, Kassidy, que si un hombre tiene una mujer que posee los ojos más verdes que nunca se han visto... —Le cogió un mechón de sedoso pelo, que pareció vivo entre sus manos— y cuyo cabello dorado compite con la puesta de sol... —Llevó las manos a su cabeza y acercó su cara a la suya—. Y que además de eso es fiel, generosa y encantadora, y que si ella tiene un carácter que despierta como un volcán y una inolvidable naturaleza capaz de amansar a un hombre, si en definitiva ella es testaruda y siempre dice lo que piensa... —cerró los ojos por un instante y concluyó—: entonces un hombre puede considerarse el más afortunado del mundo.

Respiró hondo y temió que Kassidy no lo amara.

—Kassidy, ¿desaprovecharía algún hombre una joya tan preciosa y exótica?

Ella lo miró a los ojos, deseando haber escuchado bien.

—¿Insinúas que te gusta estar casado conmigo?

Él la abrazó y respondió:

—He sufrido mientras he estado alejado de ti. Me he acostumbrado a verte cada día. Nunca había sentido añoranza de nadie desde que murió mi madre, Kassidy... pero he sentido la necesidad de ver tu rostro, de escuchar el sonido de tus risas, de sentir tu mano sobre la mía.

Kassidy abrió los ojos, sorprendida.

—Raile, yo...

—Por favor, perdóname, Kassidy —la interrumpió, temiendo que si no acababa de hablar, sería incapaz de continuar—. Nunca había amado a ninguna mujer y no sé cómo actuar contigo. Sé que lo he hecho todo mal.

Ella se apartó un poco y preguntó:

—¿Me amas, Raile?

—Estoy totalmente enamorado de ti, mi pequeña esposa —respondió esbozando una sonrisa.

—Pero si dijiste que nunca...

Él le puso los dedos sobre los labios.

—He dicho muchas tonterías, Kassidy. Espero que seas generosa y no me lo recuerdes muy a menudo.

Kassidy le tocó la mejilla suavemente, mientras la duda invadía sus ojos verdes encharcados de lágrimas.

—Oh, Raile, no puedo creer que me ames. No te he causado más que problemas.

—No lo negaré. Desde el momento en que te conocí, mi mundo cambió —dijo, mirándola a los ojos—. Kassidy, me pregunto si me permitirás que rompa otra promesa.

Ella sentía el calor de la felicidad. Deseaba apretar su cuerpo contra él y dejar que su proximidad llenara todo su ser.

—¿Qué promesa, Raile? —preguntó en un susurro.

—La de que te concedería tu libertad si me dabas un hijo.

Sus ojos verdes brillaron de alegría.

—Intenta apartarme de ti, Raile, y... te seguiré allí adonde vayas.

—No siempre te he tratado bien.

—Eso no es así, Raile. Cada vez que he tenido un problema, has permanecido junto a mí y me has ayudado a superarlo.

Tenía una mirada triunfal en los ojos y la cogió entre los brazos y la llevó hacia las puertas para salir al jardín.

—Ahora estás unida a mí, Kassidy. Nunca te dejaré marchar.

¿Estarían los fantasmas de las antiguas mujeres DeWinter observándola desde lo alto de las torretas del castillo y asintiendo de satisfacción? Ella sintió como si estuvieran. Kassidy lo abrazó mientras la felicidad invadía su ser.

—Oh, Raile, mi amor, mi amor, ¿por qué iba a querer abandonar el paraíso?

Él inclinó la cabeza y lentamente acercó su boca hacia ella. Se besaron y ambos permanecieron abrazados hasta que por fin él se apartó y dijo:

—Has logrado que vuelva a vivir y a creer que cosas como el amor y el honor siguen existiendo.

De pronto, un pájaro echó a volar desde un matorral cercano y Kassidy lo siguió con la mirada, mientras el corazón se le disparaba como si dispusiera de alas. Alzó los ojos para mirar a Raile, consciente de que también había visto al ruiseñor.

—Mira. —Raile señaló al alto roble que daba sombra al jardín—. El macho la espera en la rama más alta... ¿lo ves?

—Sí, lo veo —respondió Kassidy, mientras Raile la abrazaba, apretándola contra sí.

—Escucha, mi amor —le susurró Raile en el oído—. ¿Oyes cómo canta a su pareja?

—Sí, Raile, oigo el canto que el ruiseñor dedica a su amada.

Él se volvió para mirarla, con los ojos castaños llenos de amor.

—El ruiseñor también canta para nosotros, Kassidy.

Ella apretó la mejilla contra su pecho, escuchando las palpitaciones de su corazón.

—Eso también lo sé, querido.

Kassidy no pudo decir nada más porque el dulce canto del ruiseñor resonaba en sus oídos mientras los labios de su marido la besaban. El canto del ruiseñor pronto quedaría silenciado tras los latidos de sus corazones.

EN ESTA MISMA COLECCIÓN